KATHARINA HÖFTMANN

DER RABBI
UND DAS BÖSE

KOMMISSAR ROSENTHAL
ERMITTELT IN TEL AVIV

KRIMINALROMAN

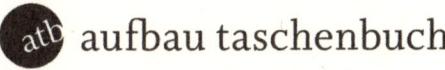

aufbau taschenbuch

MIX
Papier aus verantwor-
tungsvollen Quellen
FSC® C083411

ISBN 978-3-7466-2963-6

Aufbau Taschenbuch ist eine Marke der
Aufbau Verlag GmbH & Co. KG

2. Auflage 2019
© Aufbau Verlag GmbH & Co. KG, Berlin 2013
Umschlaggestaltung capa design, Anke Fesel
unter Verwendung eines Motivs von Chris Keller / bobsairport
Herstellung Henning Däuber
Druck und Binden CPI books GmbH, Leck, Germany
Printed in Germany

www.aufbau-verlag.de

Für meine Mutter

Böses muss mit Bösem enden.

Johann Christoph Friedrich von Schiller

KAPITEL 1

»Seid ihr bereit für den Frieden?«

Assaf Rosenthal rollte mit den Augen. Vor ihm wippte Gili mit ihrer roten Lockenmähne auf und ab. Eben hatte Kobi Rubin die Bühne des Friedenskonzertes im Ehrlich-Park in Jaffa betreten. »Atem muchanim le shalom?« Der Kommissar wusste, dass er mit so einer Frage auf einem Konzert, das von der Organisation Peace Now veranstaltet wurde, rechnen musste. Trotzdem. Wie lächerlich! Bereit für den Frieden? Er war seit seiner Geburt bereit dafür, aber der Frieden, der kam ja doch nicht. Kobi Rubin mit seiner schütteren grauen Matte, die ihm wie ein zerfledderter Besen hinterher wehte, sah aus, als sei er seit Jahrhunderten bereit für den Frieden. Assaf erinnerte sich, dass schon aus dem alten knatternden Küchenradio seiner Mutter die Schlager von Rubin dröhnten. Dann hatte der Alkohol den Sänger für eine Dekade aus dem Verkehr gezogen, und nun stand er wieder hier. Wie Phönix aus der Asche. Bejubelt von jungen und alten Israelis, die sich die Hoffnung und den Willen nach Schalom nicht nehmen lassen wollten. Nicht von Raketen, nicht von Terroranschlägen und schon gar nicht von ihrer eigenen Regierung. Immerhin darauf konnte man sich noch verlassen.

Gili griff nach seiner Hand und rief lachend: »Ich sehe dir an, wie albern du das hier findest.«

»Nein gar nicht, buba«, log er. »Alles gut.« Assafs Blick war nun ganz auf seine Freundin fixiert. Er konnte sich nicht satt sehen an ihren Augen, die in der Sonne grün mit einem leichten Gelbstich schimmerten, und an den vielen Sommersprossen, die wie ein perfektes Bild in ihr Gesicht gekleckst waren. Für diesen Anblick ging er sogar auf Pro-Palästina-Konzerte. Und in all die eigenartigen Kunstausstellungen, in die ihn die Galeristin in den letzten Wochen geschleppt hatte. Er hatte sowieso einen Teil seines sechzehntägigen Jahresurlaubs nehmen müssen, da konnte er auch einen Nachmittag für den Frieden opfern. Und zur Belohnung würden sie in ein paar Stunden in ihrem Zelt am Strand sitzen und Zwiebeln ins Lagerfeuer halten.

Auf der Bühne robbte sich Kobi Rubin an seine sexy Backgroundsängerin heran, die allem Anschein nach vergessen hatte, ein Kleid über ihre Reizwäsche zu ziehen, während er mit brüchiger Stimme ins Mikrofon krächzte. Doch die alten Hits, wie Assaf sie kannte, waren das nicht, die aus dem schwächlichen Stimmorgan des Mannes ertönten. Ein DJ, wahrscheinlich ein orientalischer Jude aus Beersheva oder Aschkelon, hatte die Lieder in einen Techno-Remix gepresst und sie damit des letzten Funkens Charme beraubt. Gegen Bass und Beat und diese Zeiten überhaupt ankämpfend, schrie Rubin in diesem Moment verzweifelt die letzten Zeilen seines Hits, mit dem er einst den Grand Prix gewonnen hatte. Das Publikum tobte, und Assaf ließ sich zwischen ihnen zu einem leichten Wippen hinreißen. Gili pfiff begeistert auf zwei Fingern.

Den Jubel genießerisch wie einen Regen in der Wüste abwartend, stand Kobi Rubin wie sein eigenes Denkmal auf der Bühne. Der Applaus verebbte langsam, und der Altstar wurde ernst und sah nun ganz wie ein Versicherungsvertreter aus: »Leute, ich will euch einen besonderen Menschen vorstellen. Er hat mehr für den Frieden in unserem Land getan als wir alle zusammen. Er engagiert sich beharrlich für ein friedliches, gerechtes Zusammenleben zwischen uns und unseren palästinensischen Brüdern und Schwestern. In schweren Zeiten, in denen unsere Regierung uns auf Hass trimmen will, propagiert er Liebe. Er ist Mitglied der Gruppe ›Rabbiner für Menschenrechte‹ und spiritueller Führer der ›Simchat Tora‹-Gemeinde. Er hat arabische Jugendzentren in Hebron und hier in Jaffa aufgebaut. Einen tosenden Applaus bitte für Rabbiner Zvi Ben Avraham aus New York!«

Assaf streckte sich leicht auf die Zehenspitzen und entdeckte einen weißhaarigen Rabbiner im Publikum, auf dem Kopf trug er einen hohen Fedora-Hut mit nach oben gebogener Krempe. Der bärtige Mann, bekleidet mit einem langen schwarzen Gehrock, die unmenschliche Hitze völlig ignorierend, bahnte sich seinen Weg zur Bühne. Seine Peies, die Schläfenlocken, schwangen mit jedem Schritt im Takt. Die Hände hochgestreckt, winkte er dem begeisterten Publikum zu.

Als Assaf plötzlich Schreie hörte, dachte er noch amüsiert, dass der Rabbi wohl von einigen seiner Jünger wie ein Popstar bejubelt wurde. Dann begriff er, dass etwas nicht stimmte. Der Kommissar streckte sich und hüpfte leicht hoch, um besser sehen zu können. Der Rabbiner war verschwunden, so, als sei er hingefallen. Sicherheitsmänner eilten von allen Richtungen auf die Stelle zu, an der Assaf den älteren Mann vermutete. Das Publikum blickte entsetzt Richtung Bühne. Nun verstanden auch die Menschen um ihn herum, dass hier etwas ganz und gar nicht stimmte. Dann schien die Zeit für einen Moment still zu stehen. Eine Frau schrie, offenbar ohne auch nur einmal Luft zu holen, mit schriller Stimme. Und nur die verschiedenen Klangfarben ihres Schreiens waren ein Anzeichen dafür, dass die Welt sich weiter drehte. Wie in Zeitlupe sah Assaf, dass aus dem Gerangel plötzlich jemand entwich: Verkleidet als Weihnachtsmann flüchtete der Mann durch den Pfad, den die Sicherheitskräfte als Notausgang frei geschoben hatten, dabei umschlängelte er die Muskelpakete geschickt wie ein Slalomläufer. Wäre die Situation nicht so ernst gewesen, hätte es fast lustig ausgesehen, wie der schlanke Weihnachtsmann die gestählten, aber ungelenken Männer einen nach dem anderen hinter sich zurückließ. Kommissar Rosenthal überlegte keine Sekunde und nahm die Verfolgung des fliehenden Weihnachtsmannes auf. Er bahnte sich, laut »Polizei« rufend, den Weg durch die Menge und sah gerade noch, wie der kostümierte Mann um die Ecke der Yefet-Straße in die kleinen Gassen von Jaffas Viertel Ajami verschwand. Assaf sprintete ihm mit angewinkelten Armen hinterher. An der Kurve stieß er fast mit einem Fahrradfahrer zusammen, dessen Fahrradkorb, voll gepackt mit Einkaufstüten, dem Mann die Sicht auf die Straße und den Kommissar versperrt hatte. Assaf strauchelte kurz und folgte dem Weihnachtsmann dann in das Straßengewirr. Er passierte eine Moschee, um die sich gleichmäßig schmale Gänge wie Umarmungen wickelten. Am Ende, genau dort, wo das Minarett begann, führte eine lange, schmale Steintreppe zu der etwas tiefer gelegenen Haivi-Straße. Assaf entdeckte den Flüchtigen, der in diesem Moment die Treppe mit einer gekonnten Bewegung in einem Zug heruntersprang. Dann kletterte der verkleidete Santa Claus die hohe Mauer, welche die enge Straße zur linken Seite begrenzte, scheinbar mühelos, flink wie eine Echse hoch und verschwand hinter ihr. Assaf blieb nicht viel Zeit über die Wendigkeit des Mannes zu staunen. Etwas weniger routiniert, ja im Vergleich zu dem gelenkigen Mann im seltsamen Kostüm geradezu behäbig, lief er die Treppe herunter und erklomm die terracottafarbene Wand ebenfalls. Der Flüchtige war bereits zur Hälfte die schmale, endlos lang erscheinende Straße hinter der Mauer entlanggelaufen. Er drehte sich kurz hektisch um, und Assaf sah, dass er sogar an den Vollbart gedacht hatte, nach dem das Weihnachtsmannkostüm verlangte. In der heißen Augustsonne, die gnadenlos auf Jaffas alte Steine herunterschien, musste der Mann darunter Blut und Wasser schwitzen. Während er die Gasse ebenfalls entlang rannte, überlegte der Kommissar, dass es sich anhand der gelenkigen Bewegungen um einen jüngeren sportlichen Mann handeln musste. Weiter kam er mit seinen Gedanken nicht, denn der Mann hatte nun einen neuen Weg gefunden, ihm zu entkommen. Er hangelte sich pfeilschnell über ein Tor und hüpfte von dort, indem er sich an der Satellitenschüssel hochzog, auf das Dach eines niedrigen Einfamilienhauses. Assaf versuchte es ihm mit einiger Verzögerung gleichzutun, aber ein bedrohlich bellender Schäferhund stellte sich ihm in den Weg.

Als der Kommissar schließlich, nach einigen beruhigenden Worten für den Hund und einem schnellen Satz, ebenfalls auf das Dach gelangte, war der flüchtende Weihnachtsmann längst verschwunden. Assaf legte keuchend die Hände auf seine Knie. Dann stand er auf und sah wie ein Lotse auf

Wachposten in alle Richtungen. Hinter ihm bot sich ein geradezu malerisches Bild. Das Mittelmeer strahlte in verführerischem Tiefblau, ein Kirchturm und ein Minarett lagen Seite an Seite in pittoresker Eintracht. Und mittendrin stand der gutaussehende Assaf Rosenthal in seiner schmalen dunkelblauen kurzen Hose, einem bordeauxfarbenen Poloshirt und feinen Wildledermokassins. Das Bild hätte auch – das war die Ironie des Augenblicks – aus einer Modezeitschrift stammen können. Assaf strich sich mit einer schnellen Handbewegung den Schweiß aus dem dunklen Vollbart. Ihm fiel das nah gelegene Parkhaus ein, in dem er manchmal Gilis Wagen parkte. Der Kommissar holte Schwung und landete hart im Vorgarten. Bevor der Schäferhund ihn abermals entdeckte, rannte Assaf bereits die Straße hinunter. Er bog in die Mendes France ein, passierte den Wohnsitz des französischen Botschafters, spurtete durch den Toulouse-Garten und fand sich nun direkt am Meer wieder. Entlang dutzender Baustellen, die vom einzigartigen Bauboom dieser Gegend Jaffas zeugten, gelangte er wenige Minuten später zu dem Parkhaus. Um diese Uhrzeit an einem Freitag war weder in dem Parkhaus noch in der Tankstelle, die sich im Erdgeschoss befand, viel los. Der Kommissar lief durch den niedrigen Eingangsbereich, vorbei an den verwaisten Zapfsäulen. Über ihm hingen rote Metallrohre, die im Falle eines Brandes Wasser über die Tankstelle verteilen sollten. Sie sahen wie eine der abstrakten Kunstinstallationen aus, die Gili so liebte. Das Wärterhäuschen an der Schranke zum Eingang der Garage war leer. Daneben entdeckte Assaf in einem Wassereimer, der dort zur Reinigung der Windschutzschreiben abgestellt worden war, einen Teil der Weihnachtsmannverkleidung:

Es handelte sich um den Bart und die Mütze, die der Flüchtige hier entsorgt hatte. Klugerweise hatte der Mann die Sachen ins Wasser geworfen.

Soviel zu möglichen DNA-Spuren, dachte der Kommissar grimmig. Aber immerhin bestand die Chance, dass der Angreifer noch hier war. Und jetzt konnte er sich nicht mehr hinter dem Kunstbart verstecken.

Lautlos eilte Assaf die steile Rampe hoch und gelangte in den ersten Stock der dunklen Hochgarage. Er hielt kurz inne und lauschte angestrengt nach einem Anzeichen dafür, dass der Mann mit seinem Faible für seltsame Kostüme noch hier war. Aber außer einem konstanten Summen, bei dem der Kommissar nicht sicher war, ob es von den Klimaanlagen der Nachbarschaft oder aus seinem erschöpften, schwitzenden Körper kam, konnte er nichts hören. Er stieg über die Treppe in den zweiten Stock des Gebäudes – auch hier konnte er nichts Verdächtiges entdecken. In dem Moment, als er sein iPhone aus der Hose ziehen wollte, um die Kollegen zu informieren, hörte er etwas entfernt ein quietschendes Geräusch, wie es Turnschuhe in Sporthallen machten. Assaf erinnerte sich an den Linoleumboden, über den er kurz zuvor gerannt war. Der Verdächtige musste ein Stockwerk unter ihm sein. Mit einer abrupten Drehung hetzte der Kommissar zurück ins Treppenhaus und rannte die Stufen hinunter. Doch als er unten an der Tankstelle herauskam, sah er nur noch einen knatternden Motorroller von hinten. Auf ihm saß ein schlanker Mann mit blauem Kapuzenpullover, die Kapuze trotz der Hitze weit über den Kopf gestülpt. Auf dem Rücken trug er einen schwarzen Rucksack, dessen Label Assaf auf die Entfernung nicht erkennen konnte. Und ein Nummernschild hatte der Roller nicht.

Assaf versuchte noch, dem Roller zu folgen, aber der Mann war nach wenigen Sekunden hinter einer Ecke verschwunden. Der Kommissar schrie ihm ein paar wüste Verwünschungen hinterher und beendete den Ausbruch mit einem ungestümen Tritt gegen die Bordsteinkante. Dann machte er sich grummelnd auf den Weg zurück in den Park.

Als Assaf zurück zur Bühne kam, hatten sich die wenigen Zuschauer und Demonstranten, die noch geblieben waren, im Park weitflächig verteilt. Von einem der mittlerweile angekommenen Polizisten erfuhr er, dass der Rabbiner schwer verletzt ins Krankenhaus gebracht worden war. »Der Typ im Weihnachtsmannkostüm hat mehrmals auf den Rabbi eingestochen. Sieht nicht gut aus«, erklärte der Kollege mit hochgezogenen Augenbrauen.

Aber er lebt, dachte Assaf, und damit fiel der Fall nicht in sein Aufgabengebiet. Kommissar Rosenthal berichtete dem Kollegen in kurzen, abgehackten Sätzen von seiner Verfolgungsjagd und zählte die Merkmale auf, die er an dem Flüchtigen ausgemacht hatte. Als der Beamte alles notiert hatte, kehrte Assaf zu Gili zurück, die auf einer Parkbank wartete. Er setzte sich neben sie und umarmte sie behutsam. »Alles okay?«

Sie seufzte und fuhr sich mit der Hand durch die Haare. »Wer macht denn so was? Das ist doch krank. Einen Rabbi abzustechen.«

Assaf nickte schweigend.

»Ich habe in der Zwischenzeit mit ein paar Leuten gesprochen, die etwas näher an der Bühne standen. Ich habe sie gefragt, ob ihnen noch was aufgefallen ist ...«, sagte sie.

»Walla. Und?«

»Der Rabbiner ist aus der Menge herausgetreten, und kurz bevor er die Treppe zur Bühne erreichte, kam dieser verkleidete Psycho wie aus dem Nichts auf ihn zugestürmt. Ohne ein Wort zu sagen, stach er auf ihn ein und rannte dann weg. Sein Gesicht konnte niemand erkennen, er trug Bart und Mütze, und es ging ja auch alles so schnell. Aber sie meinten, der wäre auf jeden Fall noch ziemlich jung gewesen. Mann, ich fühle mich so an Rabin erinnert.«

Assaf stimmte ihr nachdenklich zu. Jitzhak Rabin war 1995 ebenfalls bei einer Friedensdemo angegriffen worden. Auf dem Weg von der Bühne hatte ein fanatischer, jüdischer Fundamentalist auf ihren Staatschef geschossen, und Rabin war nach Stunden des Bangens eines ganzen Landes schließlich im Krankenhaus verstorben. Der Kommissar erinnerte sich noch heute an die Worte aus Rabins Rede vor dem Angriff: »Diese Regierung hat sich entschieden, dem Frieden eine Chance zu geben – einem Frieden, der die meisten Probleme Israels lösen wird. Der Weg des Friedens ist dem Weg des Krieges vorzuziehen. Und das sage ich als jemand, der 27 Jahre lang ein Mann des Militärs war.« Das Gefühl von Hoffnung und Zuversicht, das Rabin ihnen damals gegeben hatte, konnte Assaf noch heute spüren. Doch sein Tod lag nun fast zwanzig Jahre zurück, und wieder einmal standen sie dem Krieg viel näher als dem Frieden.

Assaf schüttelte die schweren Gedanken ab, indem er von der Bank aufsprang. »Aber der Priester ist nicht Rabin. Er lebt noch. Und er war nicht unsere einzige Hoffnung auf Frieden«, sagte er schließlich pragmatisch, »Komm, wir gehen.« Er zog leicht an Gilis Arm, bis auch sie sich erhob. Er drückte sie fest an sich, und die beiden küssten sich. Doch anders als sonst konnte der Kommissar die Küsse seiner Freundin nicht richtig genießen. Ein Mann war vor seinen Augen fast ermordet worden. Und es ärgerte ihn zu sehr, wie leichtfüßig ihm der Täter davongelaufen war.

KAPITEL 2

Assaf beobachtete schläfrig, wie das kleine orangene Polyesterstück über ihm im Wind flatterte. Die Sonne war gerade aufgegangen, und sofort war es brüllend heiß in ihrem Zelt. Das kleine Luftloch an der oberen Seite des Zeltes konnte der Demse nichts entgegensetzen, daher zog Assaf mit einer Hand, möglichst leise, da Gili noch zu schlafen schien, den Reißverschluss auf. Zentimeter um Zentimeter bot sich ihm mehr von dem traumhaften Bild, das er so liebte: Das Meer bäumte sich in kleinen ruhigen Morgenbewegungen auf, um dann wie erschöpft in sich zusammenzufallen. Assaf beruhigte das Meeresrauschen so sehr, dass er sich sogar eine Sound Machine als Einschlafhelfer gekauft hatte, die ihn von seinem Nachtschrank aus mit Meerestönen beruhigte. Allerdings hatte er in den letzten Wochen meistens bei Gili übernachtet, und bei ihr in Jaffa gab es diese Geräuschkulisse umsonst.

Das Meer trug eine sanfte Brise in ihr Zelt, und Assaf atmete die salzige Luft tief ein. Er drehte sich vorsichtig und sah ein anderes Bild, das ihm gefiel. Gili schaute ihn mit weit geöffneten Augen an, in ihrem Blick lag eine Mischung aus Neugierde und Spannung auf den kommenden Tag. Assaf freute sich jeden Morgen auf den Moment, wenn sie die Augen öffnete und ihn mit diesem Blick begrüßte. Seit zwei Monaten sahen sie sich nun regelmäßig. Was als One-Night-

Stand begonnen hatte, entwickelte sich langsam zu der ernstesten Beziehung, die er seit Hanna hatte. Gili war einfach anders als die Frauen, mit denen Assaf zuvor zusammen gewesen war. Sein Kumpel Jaron bezeichnete sie, nicht ohne eine Spur von Ironie, als »Freigeist«, aber Assaf wusste inzwischen, dass das nur die halbe Wahrheit war. Zwar legte sie nicht viel Wert auf einen traditionellen Lebensstil, so ging ihr die in Israel unter jungen Menschen verbreitete, hektische Suche nach einem Ehepartner völlig ab, aber gleichzeitig hatte sie ein sehr altmodisches Wertesystem. »Ich erwarte keine Treue von dir. Daran glaube ich nicht, schon gar nicht bei dir, aber Loyalität. Loyalität verlange ich«, hatte sie eines Abends, nachdem Assaf eine ganze Woche lang ununterbrochen bei ihr übernachtet hatte und es langsam klar wurde, dass dies mehr als eine Affäre war, dramatisch bei Kerzenschein zu ihm gesagt. Über Assafs Antwort, dass für ihn Treue und Loyalität zusammengehörten, hatte sie erleichtert gelächelt und ihn dann innig umarmt. Auch wenn sie unabhängig und freiheitsliebend war und sehr klare Vorstellungen von ihrem Leben hatte, merkte Assaf doch, dass sie es genoss, all diese Vorstellungen mit jemandem zu teilen. Auch brauchte sie viel mehr Aufmerksamkeit, als sie selbst von sich dachte. Gleichzeitig ließ sie ihm mehr Freiheiten als andere Freundinnen, die er gehabt hatte. Wenn er lange arbeiten musste, merkte sie es oft gar nicht, weil sie selbst bis spät in die Nacht in ihrer Galerie herumwirbelte. Und wenn sie nach Hause kam, drehte sie entspannt auf ihrer Terrasse einen Joint, den sie sich dann teilten. Auch die vielen Frauengeschichten, die er in der Vergangenheit gehabt hatte und die ihnen immer wieder begegneten, wenn sie zusammen ausgingen, schienen Gili nicht zu stören. Dafür packte Assaf oft genug die Eifersucht, wenn sie mal wieder in einer Bar etliche Männer lachend umarmte.

Gili legte ihren Lockenkopf auf seine Brust. »O Mann, die letzten drei Tage waren einfach ein Traum«, seufzte sie. »Ich will nicht zurück in die Realität. Die böse reale Realität.«

Assaf lächelte verschmitzt. »Na, wir haben ja noch ein paar Tage fürs gemeinsame Nacktbaden …«

»Natürlich. Das wird dir am eindrucksvollsten im Gedächtnis bleiben – das Nacktbaden.« Sie grinste ihn mit hochgezogenen Augenbrauen an.

Statt einer Antwort vergrub er sein Gesicht in ihr Haar. Er atmete tief ein, und gerade als er denken wollte, dass es für immer so bleiben könnte, riss ihn das schrille Klingeln seines Telefons aus den paradiesischen Zuständen.

»Rosenthal«, meldete er sich nach einem kurzen Blick auf das Display. Der Anrufer war der Polizeikollege, der sich um den Angriff auf den Rabbiner gekümmert hatte.

»Kommissar Rosenthal, hier spricht Yoav, vom Revier Migdal Yafo …«

»Schalom Yoav. Was ist los?«

»Kommissar, Rabbiner Zvi Ben Avraham ist letzte Nacht verstorben. Ich wollte dir nur Bescheid sagen.«

Assaf richtete sich abrupt auf. »Was? Fuck. Im Krankenhaus?«

»Ja, er war zuerst ins Koma gefallen. Aber nun … Herzstillstand, sagt der Arzt.«

»Herzstillstand«, wiederholte Assaf, und Gili sah ihn fragend und besorgt an.

»Ich weiß nicht, ob du den Fall übernehmen wirst, aber ich dachte, es ist besser, wenn ich dir gleich Bescheid sage.«

»Ja. Danke, Yoav. Ich kümmere mich darum. Wir sprechen uns«, beendete der Kommissar das Gespräch.

»Was ist denn passiert?«, fragte Gili aufgeregt.

»Der Rabbi … er ist gestorben. Ich muss zurück nach Tel Aviv«, sagte Assaf, aus dessen Gesicht in Sekundenschnelle alle Entspannung gewichen war. »Sorry, buba«, schob er noch schnell hinterher.

Im Auto rief Assaf seinen Chef und den Polizeidirektor Tel Avivs Chaim Wieler an. Wieler war in der Armee sein Befehlshaber gewesen und hatte ihn vor rund einem Jahr zur Polizei geholt. Für Assaf, der zuvor als hochrangiger Offizier an der Grenze zu Gaza gedient hatte, war der Arbeitswechsel nach Tel Aviv bitter nötig gewesen. Er hatte den ganzen Mist, mit dem sie sich in der Spezialeinheit beschäftigen mussten, einfach nicht mehr ertragen. Und nach einigen Anfangsschwierigkeiten hatte er sich in der Mordkommission etabliert.

Während Wieler, der aufgrund seiner Körperfülle immer etwas aus der Puste war, ins Telefon schnaufte, berichtete Assaf ihm von dem Tod des Rabbiners und bat darum, den Fall übernehmen zu dürfen.

»Aber, Rosenthälchen, hast du nicht gerade Urlaub?«

Bevor Assaf antworten konnte, überlegte Wieler laut, dass es natürlich sinnvoll war, wenn er, Assaf, den Fall übernehme, immerhin hatte er, Assaf, die Tat beobachtet. »Also vergiss das mit dem Urlaub«, brüllte sein Chef ins Telefon.

Der Kommissar verstand ihn kaum, hinter ihm lärmte es wie in einem Fußballstadion.

»Chaim, was ist das für ein Krach? Wo bist du denn so früh am Morgen?«

»Frag nicht! Sommerferien. Und die haben meine fünf Enkelkinder bei mir abgestellt. Und obwohl meine liebe Ehefrau gesagt hat, dass sie nur kurz zum Bäcker geht, ist sie seit einer gefühlten Ewigkeit verschwunden, und ich sitz hier mit den Schreihälsen … Dei, Jonathan, lass das«, maßregelte er wie zur Bestätigung seinen jüngsten Enkel, den Assaf von seinen Besuchen auf dem Revier kannte.

»Äh, na gut, dann viel Glück, ich mache mich auf den Weg zur Dienststelle.«

»Ich wünschte, wir könnten tauschen«, erklärte Wieler, bevor er ohne Verabschiedung auflegte.

Als Assaf kurze Zeit später auf dem Polizeipräsidium in Jaffa ankam, war es immer noch so früh, dass er einer der ersten in den langen kühlen Fluren war. So kühl es im fensterlosen Treppenhaus war, so heiße Luft schlug ihm aus seinem Büro entgegen. Assaf riss die hohen Panoramafenster auf und setzte dann kurze Zeit später, nachdem sich die schlechte, heiße Luft einigermaßen verflüchtigt hatte, die Klimaanlage in Gang. Er sortierte sich einen Moment, rückte seine Unterlagen zurecht und ging dann seine Aufzeichnungen durch, die er sich nach dem Angriff auf den Rabbiner gemacht hatte. Einige Zeit später hörte der Kommissar, dass Zipi Meier, die Sekretärin seines Teams, angekommen war. Er lief zu ihrem Schreibtisch nebenan, um sie zu begrüßen. So wie er es von ihr gewohnt war, trug die Endfünfzigerin mal wieder ein Outfit, das wahrscheinlich auch ihrer ältesten Teenie-Enkelin gefallen hätte.

»Assaf, was machst du denn hier?«, fragte sie überrascht, als sie den Kommissar entdeckte, »Motek, du hast doch Urlaub. Ist was passiert?« Sie umarmte ihn herzlich.

»Hätte ich gewusst, dass du da bist, hätte ich dir was von dem Kuchen mitgebracht, den ich gestern gebacken habe.«

»Der Rabbiner, auf den bei der Friedensdemo vor ein paar Tagen eingestochen wurde, ist heute Morgen im Krankenhaus verstorben.«

Zipi stieß einen lauten Seufzer aus. »Ich habe von dem Fall in der Zeitung gelesen. Schrecklich.«

»Ich war dabei, als es passiert ist. Ich bin dem Angreifer sogar noch eine ganze Weile gefolgt, aber schließlich habe ich ihn verloren.« Er zog die Schultern hoch und sah die Sekretärin kopfschüttelnd an.

»Ich bin sicher, du hast getan, was du konntest«, versuchte Zipi ihn zu beruhigen. Dann klatschte sie in die Hände, zottelte entschlossen ihr kurzes, enges T-Shirt über den drallen Bauch, der hier und da bereits seinen Weg unter dem Stoff herausgefunden hatte, und drückte den Rücken durch, wobei sie ihre großen Brüste herausstreckte. »Ich fordere gleich einmal die Akten von den Kollegen an. Und dann gebe ich dir die Adresse des Krankenhauses, in dem der Rabbiner verstorben ist.«

»Danke dir. Und ich sage Liat Bescheid«, rief Assaf, der bereits auf dem Weg zurück in sein Büro war.

Liat Schapira war die zuständige Rechtsmedizinerin, mit der Assaf auch privat befreundet war. Sie musste den Transport der Leiche in die Rechtsmedizin im untersten Stockwerk des Hauses koordinieren.

Noch während Assaf mit ihr telefonierte – er hatte sie per Handy auf dem Weg zur Dienststelle erreicht –, betrat Zipi sein Büro und legte ihm einen Zettel mit der Adresse des Krankenhauses auf den Schreibtisch.

»Du, Liat, Zipi sagt mir gerade, dass sich die Leiche des

Rabbiners noch im Sourasky-Krankenhaus befindet. Kannst du da direkt hinkommen?«

Liat brummte am anderen Ende etwas, das wie eine Zustimmung klang.

Ohne ein weiteres Wort seiner Kollegin abzuwarten, legte Assaf auf. Er sammelte Notizbuch, Handy und Schlüssel in seiner braunen, ledernen Aktentasche zusammen und eilte los. Auf dem Weg zum Parkplatz, wo Assaf seinen Roller abgestellt hatte, stoppte er schlagartig, als plötzlich seine Kommissarkollegin Anat Cohen vor ihm stand. Die beiden begrüßten sich denkbar unbeholfen, und Assaf berichtete, ohne dass sie ihn danach gefragt hätte, warum er seinen Urlaub abgebrochen hatte.

Das Verhältnis zwischen ihm und Anat war nach einigen Küssen, aus denen aber nie so richtig mehr werden wollte, etwas heikel. Mittlerweile schienen sie beide unabhängig voneinander zu dem Schluss gekommen zu sein, dass das mit ihnen nicht funktionieren konnte. Und seitdem Assaf mit Gili zusammen war, hatte sich das Verhältnis merklich abgekühlt. Trotzdem: Er konnte dieses Gefühl, das zwischen ihnen wie eine frisch aufgezogene Gitarrensaite spannte, einfach nicht endgültig abschütteln. Und er spürte, dass es ihr genauso ging. Und so begegneten sie sich mit Unbeholfenheit und tauschten halbherzig Banalitäten aus, um sich gegenseitig zu versichern, dass sie trotz allem gute Kollegen sein konnten. Assaf war erleichtert, als sein Kollege und Partner Yossi Hag dazukam und sich das seltsame Gefühl dank seiner herzlichen Begrüßung in Luft auflöste. Auch Anat schien über die Störung nicht undankbar und nutzte die Gelegenheit, um im Dienstgebäude zu verschwinden.

Assaf besprach sich kurz mit Yossi und bat den Polizeihauptmeister, gemeinsam mit Zipi schon ein paar Informationen über Rabbiner Zvi Ben Avraham zu sammeln. Danach setzte sich der Kommissar auf seinen weißen Roller und fuhr Richtung Zentrum Tel Aviv. Er durchquerte die Stadtteile Shapira und Neve Sha'anan, die in letzter Zeit immer wieder mit ihrer zunehmend afrikanischen Bevölkerung in die Schlagzeilen geraten waren. Seitdem afrikanische Flüchtlinge zwei israelische Frauen vergewaltigt hatten – eine davon über 83 Jahre alt –, war der Hass gegen die Eritreer und Sudanesen deutlich spürbar. Was vorher mit Demonstrationen und zweifelhaften Kommentaren von konservativen Politikern unter dem Deckmantel der zivilisierten Gesellschaft angeschwollen war, brach nun vereinzelt in wahrlosen Angriffen auf Schwarze mit der hässlichen Fratze des Rassismus heraus. Selbst Assaf, der politisch dem konservativen Spektrum angehörte und wahrlich kein Freund der, wie er es nannte, »Gutmenschen« war, die die afrikanischen Wirtschaftsflüchtlinge um jeden Preis im Land behalten wollten, widerte an, was im Süden der Stadt passierte. Von beiden Seiten. Die Afrikaner waren ein Problem, daran hatte er keinen Zweifel. Aber ihre jüdischen Nachbarn auch. Immer öfter begann sich der Kommissar, der selbst überzeugter Patriot, ja Zionist, war, zu fragen, ob sich sein geliebtes Land in die richtige Richtung entwickelte. Manchmal hatte er das Gefühl, dass sie mit all der jüdischen Orthodoxie und den vielfältigen anti-demokratischen Kräften ihren arabischen Nachbarn immer ähnlicher wurden. Er führte diese Gedanken aber nie zu Ende, da er trotz allem immer noch davon überzeugt war, in einem Land zu leben, das sich von den arabisch-muslimischen Staaten, die sie umgaben, grundlegend unterschied. Grundlegend, wie er zu sagen pflegte, »in allem Menschlichen« unterschied!

Assaf bog in die Ibn Gvirol Straße ein und war nun mitten im modernen Tel Aviv, wo sich Restaurants, Boutiquen und Cafés aneinander drängten, als wäre dies die einzige Straße in der Stadt. Nur kurze Zeit später erreichte der Kommissar sein Ziel in der Weizman-Straße und parkte vor dem Sourasky-Krankenhaus. Er passierte zügig den Wärter am Eingang, der die Taschen der Besucher untersuchte und sie dann durch ein Tor mit Metalldetektoren, wie man es von Flughäfen her kannte, schickte, und lief zum Fahrstuhl. Die Abteilung für Innere Medizin befand sich im dritten Stock. Schnell entdeckte er den Empfangsbereich und fragte nach Doktor Noy. Eine ältere Krankenschwester namens Rita, so entnahm er ihrem Namensschild, führte ihn in das Büro des Oberarztes.

Assaf betrat den kleinen Raum, in dessen Mitte ein etwas chaotisch aussehender hellbrauner Schreibtisch stand. Überall in dem Zimmer türmten sich Bücher und Fachzeitschriften. Der Oberarzt selbst, ein kleiner Mann mit schütterem Haar, das eindeutig gefärbt war, hockte hinter den Wälzern fast unsichtbar am Schreibtisch. Er schaute den Kommissar mit wachen Augen an, die über eine schmale Lesebrille hinüberlugten.

»Doktor Noy, mein Name ist Assaf Rosenthal. Ich bin von der Mordkommission.«

»Ah. Kommissar Rosenthal. Deine Kollegin Zipi Meier hat dich bereits angekündigt. Möchtest du einen Kaffee?«, fragte der Arzt freundlich, während er dem Kommissar lasch die Hand schüttelte. Er sprach mit einem leichten russischen Akzent.

Assaf nahm eine Tasse Nes, wie sie den allseits beliebten Instantkaffee nannten, und fragte den Arzt dann ohne Umschweife, was passiert war.

»Wie du sicher weißt, wurde Zvi Ben Avraham bereits vor einigen Tagen bei uns auf der Intensivstation eingeliefert. Er hatte schwere Stichverletzungen im Bauch- und Brustbereich. Einer der Messerstiche hat die Leber getroffen, und der Mann hatte bereits viel Blut verloren, als er eingeliefert wurde. Wir haben Bluttransfusionen gelegt, konnten aber nicht verhindern, dass er ins Koma fiel.« Doktor Noy schaute Assaf an, als überlege er, ob es noch mehr zu sagen gab.

»Und dann?«, fragte der Kommissar schließlich, als der Arzt nicht weitersprach.

»Kammerflimmern. Letzte Nacht. Er hatte einen Herzstillstand.« Der Arzt öffnete die Hände, als wollte er sagen: Was kann man machen?

»Ist das eine normale Komplikation?«

»Im Grunde schon. Der Mann war ja auch schon etwas älter. Die Stiche hatten ihn schwer verletzt.«

»War er seit seiner Einlieferung noch einmal bei Bewusstsein? Hat er vielleicht noch die Chance gehabt, irgendetwas zu sagen. Über den Täter?«

»Nicht, dass ich wüsste, aber wir können natürlich nicht rund um die Uhr am Krankenbett der Patienten sitzen«, stellte der Arzt nüchtern fest.

»Hätte man seinen Tod irgendwie verhindern können? Wenn man früher in sein Zimmer gekommen wäre?«

»Kommissar Rosenthal, in unserem gesamten Krankenhaus arbeiten rund 150 Ärzte und 200 Pfleger sowie ein paar weitere Dutzend Mitarbeiter für Verwaltung, Wirtschaft und Technik. Bei einem Krankenhaus in dieser Größe ist ein vertrautes Arzt-Patienten-Verhältnis schlichtweg nicht möglich. Dafür haben wir einfach nicht genug Mitarbeiter, und die, die wir haben, verdienen nicht das Geld, was sie verdient hätten. Natürlich kann da für jemanden von außen der Eindruck entstehen, dass hier nicht genug für die Patienten getan wird. Das heißt aber nicht, dass wir hier nicht unsere Arbeit machen«, erklärte Doktor Noy kühl und routiniert, so als hätte er diese Rede schon oft halten müssen.

»Das wollte ich auch nicht andeuten. Ich weiß, dass die Situation in unseren Krankenhäusern nicht einfach ist«, beschwichtigte der Kommissar. Er erinnerte sich gut an die Proteste und Demonstrationen des medizinischen Personals gegen die unmöglichen Arbeitsbedingungen. Vor allem die jungen Ärzte mussten oftmals sieben bis zehn Schichten am Stück schieben und dann noch an den Wochenenden neben ihrem normalen Dienst durcharbeiten. Daher hatten mehr als 700 Mediziner in einer einmaligen Aktion gekündigt. Ob die Situation sich danach verbessert hatte, wusste der Kommissar nicht. So war es oft, es wurde demonstriert und protestiert, und irgendwann flaute das ganze Spektakel ab, und kurze Zeit später wusste niemand mehr, ob die ganze Aufregung überhaupt irgendetwas gebracht hatte. Auch die Massenproteste für mehr soziale Gerechtigkeit waren irgendwo zwischen der iranischen Bedrohung und Raketen aus Gaza, die kontinuierlich auf den Süden Israels flogen, untergegangen.

»Hast du sonst noch Fragen? Kann ich noch irgendetwas für dich tun?«, riss Doktor Noy Assaf aus seinen Gedanken.

»Welcher Pfleger hatte denn Dienst, als der Rabbi verstorben ist?«

»Da fragen wir am besten vorne bei der Oberschwester nach. Ich begleite dich.« Der Arzt stand auf und kam auf Assaf zu. Er war einen ganzen Kopf kleiner als der Kommissar.

Sie gingen auf den kahlen Gang, und Assaf folgte dem Mediziner, der in seinem großen weißen Kittel ganz verloren aussah. Gemeinsam traten sie an den Tresen im Eingangsbereich heran, in dem Assaf angekommen war.

»Schwester Rita, Kommissar Rosenthal würde gerne wissen, wer letzte Nacht Dienst hatte«, forderte Doktor Noy die Schwester auf, die Assaf bereits in Empfang genommen hatte. Dann sagte er förmlich an den Kommissar gewandt: »Adon Rosenthal, viel Erfolg bei den Ermittlungen.«

Assaf nickte dankend und schaute dem Arzt, der in den weiß gestrichenen Flur verschwand, kurz hinterher. Dabei fiel ihm eine junge Krankenschwester auf, die ihn, etwas versteckt im Türrahmen, aus einer Entfernung von etwa zehn Metern ängstlich beobachtete. Als sie bemerkte, dass der Kommissar sie entdeckt hatte, ging sie plötzlich los und lief schnellen Schrittes an ihm vorbei. Assaf schaute unauffällig auf das Namensschild, das in ihren Kasack eingenäht war. Ifat, las er, bevor er sich wieder zu der Oberschwester umdrehte.

»Also gestern Nacht hatten Schwester Hagar und Pfleger Itay Dienst.« Die Oberschwester deutete mit ihrem Zeigefinger auf den Dienstplan.

Assaf entdeckte den Namen Ifat neben dem Plan auf den Schwester Rita zeigte. »Und wofür ist dieser Plan?«, fragte er, während er sich unauffällig den Nachnamen der Krankenschwester notierte, die ihn eben so argwöhnisch beobachtet hatte. Sie hieß Abu Najib, und das alleine war schon seltsam. Es kam nicht oft vor, dass eine Frau mit jüdischem Vornamen einen eindeutig arabischen Nachnamen hatte. Die Krankenschwester musste mit einem Araber verheiratet sein, eine solche Verbindung war eine absolute Rarität.

»Dieser Plan ist für die angrenzende Station.«

»Ich würde mir gerne die Daten von den zuständigen Pflegern notieren, damit wir sie bei weiteren Fragen kontaktieren können.«

»Kein Problem, ich schreibe sie dir auf«, erwiderte die Oberschwester entgegenkommend.

Assaf hielt Ausschau, ob er Ifat Abu Najib irgendwo entdecken konnte, aber sie schien wie vom Erdboden verschluckt zu sein. Vielleicht hatte er sich ihr auffälliges Verhalten auch nur eingebildet. Er bedankte sich bei der Oberschwester für ihre Hilfe. Gerade als er sich umdrehen wollte, klopfte ihm Liat Schapira, die Rechtsmedizinerin, auf die Schulter.

»Na, Assafon, da bist du ja schon wieder. Ich dachte, du hättest Urlaub. Aber war dir wohl zu langweilig mit deiner sexy Braut im Zelt, was?« Die Rechtsmedizinerin charakterisierte nicht nur ihr loses Mundwerk, sondern auch ihre Liebe zu Frauen.

»Sehr witzig.« Assaf lächelte müde. »Und, habt ihr die Leiche abtransportiert?«

»Ja, haben wir. Ich spreche jetzt noch einmal mit dem behandelnden Arzt. Wir sehen uns später auf dem Revier.«

»Sababa«, stimmte Assaf zu und machte sich auf den Weg.

Als er aus dem Krankenhausgebäude trat, hatte die Mittagssonne bereits ganze Arbeit geleistet. Der trockene, dunkle Asphalt auf dem Parkplatz schien unter der Hitze förmlich zu verdampfen. Langsam, wie um wertvolle Energie zu sparen, lief der Kommissar an der Schattenseite des Parkplatzes entlang. Kurz bevor er seinen Roller erreichte, stellte sich ihm ein Mann mit schulterlangem Zopf in den Weg.

»Kommissar Rosenthal?«, erkundigte sich der Typ, der etwa Mitte dreißig, also im gleichen Alter wie Assaf war.

Assaf hörte den selbstgefälligen, gehetzten Klang in der Stimme des Langhaarigen und ahnte sofort, dass es sich um einen Reporter handeln musste. »Ich kann dir noch nichts zu dem Fall sagen«, antwortete Assaf routiniert. Als ehemaliger Grenzoffizier war er einiges gewöhnt. Die Journalisten hatten ihnen nicht selten die Kameras provozierend ins Gesicht gehalten, immer in der Hoffnung, einer der Soldaten würde ausrasten und sie hätten mal wieder etwas über die »verkommene Besatzerarmee« zu berichten.

»Aber was sind deine Vermutungen? Hat der Mord ein nationales Motiv? Immerhin war der Rabbi ein bekannter Friedensaktivist. Vielleicht ging das den Leuten der Aktion ›Preisschild‹ gegen den Strich«, bohrte der Mann mit dem teigigen Gesicht weiter.

»Vielleicht haben sich auch einige Dschihadisten am jüdischen Einfluss in Jaffa gestört ... Tatsache ist, wir wissen es noch nicht. Bisher gibt es keine klaren Motive, nur einen flüchtigen Verdächtigen. Aber keine Sorge, wir werden ihn bald aufspüren. Und mit ihm die Gründe für diese abscheuliche Tat.« Damit ließ der Kommissar den aufdringlichen Mann stehen, stieg schnurstracks auf seinen Roller und raste davon.

KAPITEL 3

Assaf erreichte das Büro und sah, dass Zipi und Yossi emsig an ihren Computern und Telefonen tätig waren. Als Yossi den Kommissar entdeckte, beendete er schnell sein Gespräch und kam dann mit seinen Aufzeichnungen auf Assaf zu. Die beiden gingen in Assafs Büro und bedeuteten Zipi, die mit kleinen Augen noch ganz vertieft an ihrem Bildschirm hing, nachzukommen.

»Und, was hast du bis jetzt herausgefunden?«, fragte Assaf gespannt.

»Soweit nichts Schlechtes, allerdings ungewöhnliche Dinge. Der Rabbiner Zvi Ben Avraham ist im Jahr 2000 mit seiner Frau Sara, geborene Goldstein, nach Israel eingewandert. Sie zogen nach Hebron, und er hat dann dort einige Jahre später arabische Jugendgruppen betreut ...«, Yossi blätterte kurz in seinen Unterlagen, »und er ist Mitglied bei den Rabbinern für Menschenrechte geworden.«

»Also war er erst Siedler und dann Palästinenserfreund?«, fragte Assaf erstaunt. Wenn das so war, konnte der Kommissar sich ausmalen, wie der Rabbiner über Israel geurteilt hatte. Diesen Gedanken behielt er jedoch für sich, er wusste, dass Yossi und er nicht unbedingt einer Meinung waren, wenn es um die Politik ihres Heimatlandes ging. Gelinde gesagt.

»Scheint so ...«, stimmte der Polizeihauptmeister ihm

nickend zu. »So richtig habe ich das auch noch nicht verstanden. Auf jeden Fall hat er in Hebron Jugendliche betreut, denen er Alternativen zum Terrorismus bieten wollte. Das ist ja nicht verwerflich. Schließlich ist er vor fünf Jahren mit seiner Frau nach Bet Schemesch gezogen und begann kurz danach, die Gemeinde ›Simchat Thora‹ in Jaffa aufzubauen. Er errichtete auch hier ein Zentrum für arabische Kinder und Teenager und besaß eine Zweitwohnung in Jaffa, in der er sich vor der Friedensdemo aufgehalten hat.« Zeitgleich zum letzten Satz betrat Zipi Meier den Raum.

»Der Rabbi war kein Unbekannter. Wenn er irgendwie angefeindet wurde, ist das vielleicht sogar öffentlich passiert«, bemerkte Assaf nachdenklich.

»Dazu habe ich vielleicht was gefunden«, warf Zipi nun ein. »Gegen den Rabbi lag eine Anzeige wegen Missionierens vor.«

»Walla«, entfuhr es Assaf überrascht. Missionieren galt im jüdischen Staat als Strafbestand. In der Regel waren solche Anzeigen äußerst selten. Wenn überhaupt, richteten sie sich gegen christliche Gruppen, da es im Judentum unüblich war zu missionieren. »Und von wem?«

»Das habe ich auf die Schnelle noch nicht herausgefunden. Ich nehme an, die Anzeige wurde damals anonym erstattet. Aber ich hake da noch einmal nach.«

»Gut, danke. Auf dem Parkplatz des Krankenhauses hat mich übrigens ein Reporter abgepasst. So ein Typ mit Pferdeschwanz und Teiggesicht.«

»Ah, betach Eran Danziger. Der Kriminalreporter von Maariv«, warf Yossi schnell ein.

»Er hat mich gefragt, ob der Mord eine Aktion von ›Preisschild‹ gewesen sein könnte.« Assaf schaute nachdenklich in die Runde. Sie alle wussten, wer die »Preisschild«-Leute waren. Eine Gruppe extremistischer Siedler, die vermehrt alles angriffen, was der Siedlungspolitik entgegentrat. Attacken dieser Art gab es seit 2008, und sie sollten zeigen, dass jeder Angriff auf die Siedler oder ihre Siedlungen einen Preis hatte.

»Aber die greifen doch normalerweise nur in den Gebieten selbst an«, stellte Zipi kopfschüttelnd fest.

»Ah, nicht unbedingt«, unterbrach Yossi die Sekretärin, »vermehrt werden auch Einrichtungen in Jerusalem beschmiert und in Brand gesetzt. Allerdings eher christliche als jüdische. Außerdem waren die Attacken bisher immer eine Reaktion auf bestimmte Entscheidungen der Regierung, die gegen die Siedlerinteressen gingen. Und davon gab es ja nun in den letzten Monaten nicht gerade viele.« Die letzte Bemerkung konnte sich Yossi nicht verkneifen.

»Aber nach Tel Aviv zu kommen, um hier einen Rabbi abzustechen, würde schon eine neue Dimension der Preisschild-Aktionen darstellen«, stellte Assaf fest. »Dann ist es genauso denkbar, dass Islamisten den Rabbiner ermordet haben, weil er zuviel Einfluss auf die muslimische Gemeinde in Jaffa hatte. So ähnlich wie damals bei Juliano Mer-Khamis.« Mer-Khamis, Mutter jüdisch, Vater arabisch, war ein Aktivist im Westjordanland gewesen. Er wurde 2011 vor dem von ihm gegründeten Friedenstheater von einem Terroristen erschossen.

Assafs Kollegen stimmten ihm nickend zu.

»Wie dem auch sei«, sagte der Kommissar langsam, »wir behalten das im Hinterkopf. Hatte der Rabbi neben seiner Frau weitere Angehörige in Israel? Was ist mit den Kindern?«

»Ähm, nicht, dass ich wüsste. Komisch, von Kindern steht hier gar nichts. Die Frau ist bereits vom Krankenhaus informiert worden«, erwiderte Zipi.

»Wo kam der Mann denn überhaupt ursprünglich her? Ich erinnere mich, dass er bei dem Konzert als Rabbi aus New York angekündigt worden war«, überlegte Assaf.

»Genau. Geboren wurde er allerdings 1950 in San Francisco. Und das Rabbinerseminar hat er dann in Brooklyn in den USA absolviert«, berichtete Zipi eifrig.

»Tov. Gute Arbeit ihr beiden. Yossi, wir schauen uns nachher einmal die Zweitwohnung des Mannes an, würde ich sagen. Aber erst einmal muss ich was essen. Ich sterbe vor Hunger.«

Der dunkelhaarige Mann mit den buschigen Augenbrauen warf die zu Bällchen geformten rohen Kichererbsen in das dampfende Öl. Ein lautes Zischen signalisierte, dass die Falafel dort angekommen waren, wo sie hingehörten. Nur kurz ließ der Imbissangestellte die Masse in der Friteuse sprudelnd vor sich hin braten und fischte die Leckereien dann gekonnt mit einem Kellensieb aus dem Topf. »Hummus? Tahini? Amba? Salat? Auberginen? Pommes?«, fragte er den Kommissar routiniert.

»Alles, nur keine Zwiebeln und Amba«, rief Assaf gegen den Lärm der Straße an. Er liebte Amba-Sauce, aber immerhin musste er heute noch ins Büro und wollte seine Kollegen nicht mit seinen Ausdünstungen belästigen. Neben ihm stand sein Freund Jaron, der ganz in der Nähe des besten Falafelstandes der Stadt in einer Großkanzlei arbeitete. Sie beobachteten andächtig, wie die Falafel ihren Weg in Assafs Pita fanden.

»Mann, Assaf, du bist ja komplett abgetaucht. Ich dachte schon, ich sehe dich nie wieder«, sagte Jaron, als die beiden sich auf dem Flohmarkt-Mobiliar niederließen. In seiner Stimme lag keine Spur von ernsthafter Verärgerung. Sie waren so gute Freunde, dass es nichts ausmachte, wenn einer von ihnen mal für eine kurze Zeit weniger verfügbar war. Und immerhin telefonierten sie trotzdem fast jeden Tag.

Assaf grinste spitzbübisch. »Achi, ich hatte eine so gute Zeit mit Gili. Die Frau ist einfach toll.«

Jaron, der seit seiner Scheidung vor ein paar Jahren fast nie über seine Kurzzeit-Freundinnen oder Gefühle zu Frauen im Allgemeinen sprach, sah Assaf schmunzelnd an. »Tov, aber warum hast du dann deinen Urlaub abgebrochen? Gib es doch zu, ein bisschen bist du froh, dass du jetzt mal eine Pause von der Zweisamkeit hast.«

»Wirklich nicht. Wäre ich bei dem Angriff nicht zufälligerweise mehr oder weniger dabei gewesen – keine zehn Pferde hätten mich vom Strand wegbekommen.« Assaf biss genussvoll in seine Pita und schob dann direkt etwas von dem sauer eingelegten Kohl hinterher, den sie zu den Falafelbroten bekommen hatten.

»Na, umso besser«, stellte Jaron mit hochgezogenen Augenbrauen schmatzend fest. »Du übrigens, Assaf, ich habe mir gestern eine neue Wohnung angesehen.«

»Ma ata omer! Wo denn?«

»In Jaffa. Ich sage dir, alle ziehen im Moment nach Jaffa.«

»Hm, Gili wohnt ja auch da und ist ganz begeistert.«

»Ich kenne richtig viele Leute, die da sogar kaufen. Es ist billiger als Tel Aviv, und die Häuser sind neu. Da entstehen komplett neue Viertel. Und das ist erst der Anfang. Jaffa boomt!«

Assaf nickte lachend. Das war typisch für Jaron, wenn er von etwas begeistert war, was nicht oft passierte, dann richtig. Er konnte dann geradezu euphorisch werden. »Und wie war die Wohnung, Achi?«

»Ganz schön. Drei Zimmer, renoviert, kleine Terrasse. Direkt am Flohmarkt, aber in einer kleinen Seitenstraße und daher recht ruhig.«

»Und der Preis?« Assaf nahm einen Schluck aus seiner Cola-Flasche.

»4500 Schekel. Dafür bekommt man in Tel Aviv gerade mal ein Zimmer. Oder eine Zwei-Raum-Wohnung auf der Allenby. Bussmog im Wohnzimmer inklusive«, bemerkte Assafs Freund spöttisch.

»Da hast du wohl recht. Aber ich weiß nicht, so richtig wohnen in Jaffa … Ich bin mir nicht sicher, ob das was für mich wäre. Dann hast du jedes Mal, wenn das Militär irgendwie, irgendwo was macht, die Steine schmeißenden Araber vor der Haustür. Und von geordneter Müllentsorgung halten die wahrscheinlich noch weniger als unsere Tel Aviver Nachbarn«, gab Assaf zu bedenken. Er und Jaron regten sich regelmäßig über die Leute auf, die alte Klamotten, Möbel oder sonstigen Schutt einfach verstreut neben die Müllcontainer warfen. Allerdings waren Assaf und Jaron in Tel Aviv eine Ausnahme. Die meisten Tel Avivis gingen eher lieblos mit ihrer Nachbarschaft um. Vielleicht lag es auch daran, dass alle über kurz oder lang, spätestens wenn sie Familien gründeten und Kinder kriegten, wieder aus der israelischen Metropole wegzogen, die sich die wenigsten jungen Familien leisten konnten.

»Halt mich auf jeden Fall auf dem Laufenden, Achi. Ich muss zurück zur Arbeit.« Der Kommissar räumte den Tisch auf und warf die Reste in den bunten Plastikeimer, der neben der Theke stand.

»Zurück nach Jaffa. Alter, du bist jetzt schon öfter südwärts der Eilatstraße als ich. Bei der Arbeit, in Gilis Bett ...« Jaron grinste, während sich die beiden umarmten und ihr gemeinsames Mittagessen mit einem kräftigen Schulterklopfen beendeten.

Kommissar Rosenthal und sein Kollege Yossi Hag traten durch das hohe Metalltor und gingen die drei Stufen zu dem kleinen Gebäude hoch. Die Wohnung des Rabbiners befand sich in der Altstadt Jaffas, mitten in den verwinkelten Gassen, die von der St. Peterskirche zum Hafen führten. In diesem Teil Jaffas hatte man fast das Gefühl, in Jerusalem zu sein. Vor allem, da die meisten Häuser aus dem hellen Kalkstein gebaut waren, den man so oft in der israelischen Hauptstadt sah. Auf der anderen Straßenseite befand sich eine kleine alte Synagoge, daneben eine Galerie. Ein paar Häuser weiter führte eine blaue Holztür, auf der ein weißes Kreuz prangte, zum »Griechisch-Orthodoxen Patriarchat St. Michael Kloster in Jaffa«. Zwischen den Häusern, am Ende der Gasse, konnte man einen Blick auf das Meer und die Skyline Tel Avivs erhaschen. Die Luft flirrte in der Mittagssonne. Wegen der Hitze, die um diese Zeit am Schlimmsten brannte, waren die Kopfsteinpflasterstraßen wie ausgestorben. Die meisten Touristengruppen waren bereits morgens durch die kurvigen, unebenen Wege gezogen, und der nächste Besucherstrom kam erst gegen Abend in Jaffa an.

Sie gelangten an eine kleine braune Holztür. Gerade als Yossi den Schlüssel, den Zipi besorgt hatte, in das Türschloss stecken wollte, tippte Assaf ihn warnend an. »Die Tür ist nur angelehnt«, flüsterte er seinem Kollegen zu.

Yossi wich etwas zurück und zückte dann gleichzeitig mit dem Kommissar seine Jericho. Mit gekonntem Blick sondierte Assaf Gebäude und Grundstück in Sekundenschnelle. Eine Angewohnheit, die ihm in den verwinkelten Terroristenquartieren von Gaza das eine oder andere Mal das Leben gerettet hatte. Es gab hier nur einen Ausgang, vor dem standen sie. Der Einbrecher musste also an ihnen vorbei, wenn er raus wollte. Die Waffe im Anschlag, öffnete Assaf behutsam die Tür. Er verzog das Gesicht, als die Scharniere leise quietschten. Der Kommissar hielt kurz inne und schlängelte sich dann mit einer Wellenbewegung durch den Türspalt. Dabei setzte er einen Fuß ganz vorsichtig vor den anderen. Yossi folgte ihm mit konzentriertem Gesicht. Sie betraten den dunklen, kühlen Flur, und Assaf brauchte einen Moment, um sich in der Wohnung zu orientieren. Die meisten der elektronischen Rollläden waren heruntergelassen und ließen nur wenig Licht in die kahlen, weißen Räume. Der Kommissar bemerkte, dass der Flurschrank komplett durchwühlt worden war. Auf dem Boden lagen Hüte und Schals bunt durchmischt mit Werbeprospekten und Schuhen. Mit einem Handzeichen deutete Assaf seinem Kollegen an, nach rechts zu gehen, während der Kommissar dem Flur in Richtung Wohnzimmer und Küche folgte. Am Ende des Flures lag ein wertvoller marokkanischer Teppich, über den Assaf vorsichtig herüber stieg. Er spürte geradezu, dass Yossi und er hier nicht alleine waren. Es war, als könne er die Person atmen hören. Ihren nervösen Angstschweiß riechen. Ihre wirren, ängstlichen Gedanken lesen. Und mit jedem seiner bedachten Schritte, das wusste er, kam Assaf dem Eindringling näher. Katzenartig schlich er durch die Wohnung. Meter für Meter nahm er das Terrain ein. Der Kommissar atmete ruhig und gleichmäßig ein und wieder aus, sein Gesicht war das eines entschlossenen Soldaten.

Als er um die Ecke der offenen Küche spähte, sah er blitzartig einen Schatten durch den großen Nebenraum huschen. »Stop! Polizei!«, brüllte er und folgte der Gestalt, die nun in das anliegende, kleinere Zimmer flüchtete. Bevor der Kommissar den dunkelhaarigen Jugendlichen mit den Shorts zu fassen bekam, sprang dieser mit einem gekonnten Satz aus dem Fenster. Assaf rannte zurück zur Haustür, um dem Jungen den Weg abzuschneiden. Da sich dicht neben dem Gebäude ein weiteres Haus befand, musste der Einbrecher durch das Metalltor, wenn er zurück zur Straße wollte. So dachte der Kommissar zumindest, denn als er aus der Tür stürmte, war der Jugendliche verschwunden.

»Wo ist der hin?«, rief Yossi hinter ihm verwundert.

Statt zu antworten, rannte Assaf um die Ecke zur linken Seite des Hauses. Er starrte auf das Fenster, aus dem der Einbrecher geflüchtet war. Dann blickte der Kommissar entgeistert auf die steile, hohe Wand des Nachbarhauses. »Fuck!«, rief er, »Der muss irgendwie diese Hauswand hochgeklettert sein.«

Yossi zischte halb zweifelnd, halb anerkennend. »Walla. Genauso gelenkig wie der Typ im Weihnachtsmannkostüm. Meinst du, es war derselbe?«

»Ich weiß nicht, ich hab den hier kaum gesehen. Ich

würde aber sagen, er war größer und kräftiger als der Täter. Wie ist der da hochgekommen? Das kann doch nicht wahr sein, verdammt.«

Die beiden Polizisten verharrten noch einen Moment fassungslos an Ort und Stelle, bevor sie langsam zurück in die Wohnung gingen. In dem spärlich eingerichteten Wohnzimmer entdeckten sie einen völlig zerwühlten Schreibtisch. Die Schublade war aufgezogen, und der Einbrecher hatte sie komplett entleert. Seltsamerweise hatte der Junge den Computer zurückgelassen. Der Laptop war sorgfältig in eine dunkelblaue Tasche mit hebräischem Aufdruck eingepackt und stand unter dem Tisch. Yossi deutete auf den Computer und sah Assaf fragend an. »Warum hat er den hier nicht mitgenommen?«

»Vielleicht hat er etwas anderes gesucht. Oder wir haben ihn überrascht, und bevor er nach dem Gerät greifen konnte …«

»Aber was könnte er gesucht haben? Was hat so ein Rabbiner im Haus, das von Bedeutung sein könnte?« Yossi lief scheinbar ziellos durch den Raum.

Assaf blätterte vorsichtig mit einem Stift durch die Dokumente. Aber außer einigen Artikeln der Nachrichtenseite ynet, die Zvi Ben Avraham sich wohl ausgedruckt hatte, konnte der Kommissar auf den ersten Blick nichts Verdächtiges entdecken.

»Ich ruf jetzt erst einmal Schlomo an. Vielleicht findet sein Team ja verwertbare Spuren des Einbrechers«, beschloss Assaf schließlich und suchte in seinem Telefonverzeichnis nach der Nummer des Chefs der Spurensicherung.

Den nächsten Morgen begann Assaf mit einem Besuch in der Rechtsmedizin im untersten Stockwerk des Polizeigebäudes. Zwar war er wahrlich nicht gerne hier, zwischen all den Leichen und dem blutverschmierten Operationsbesteck, aber immerhin schätzte er die Ruhe, die von den sterilen Räumen ausging. Er begrüßte die junge Assistentin von Liat Schapira, die wohl neu in der Abteilung war, zumindest hatte Assaf sie noch nie gesehen. Hübsch wie sie war, hätte sie dem Kommissar, dem keine schöne Frau entging, eigentlich auffallen müssen. Aber vielleicht hatte die Beziehung zu Gili das ja geändert. Assaf überlegte, ob diese Veränderung ein Grund zur Freude war, und betrat dann, ohne die Antwort zu finden, das Labor. Der Kommissar, der heute beigefarbene Chinos und ein grün- weiß-kariertes Hemd trug und gar nicht nach einem Ermittler der Mordkommission aussah, brachte Farbe in den weiß gefliesten Raum. Liat Schapira grüßte ihn beiläufig und deutete ihm mit einer Handbewegung an, bei der sie Daumen, Zeige- und Mittelfinger zu einem Dreieck aneinanderlegte, dass es noch einen Moment dauern würde. Assaf setzte sich ohne ein Wort der Widerrede auf den gepolsterten Bürostuhl und beobachtete seine Kollegin aufmerksam. Sie hatte ihre braunen Locken streng zusammengebunden und trug einen ausgeblichenen Kittel, der ihre jungenhafte Figur noch geradliniger wirken ließ. Ihre ganze Konzentration lag auf einem kleinen, schwarzen Mikroskop. Allerdings konnte Assaf nicht erkennen, was sie mit dem Gerät untersuchte. Zwischen ihnen stand der metallene Operationstisch, auf dem Assaf unter dem weißen Tuch den Rabbiner vermutete. Gerade als der Kommissar beginnen wollte, ungeduldig auf seinem Stuhl umherzurutschen, löste Schapira ihren Blick vom Mikroskop und kam auf ihn zu.

»Na Assafon, wie geht's?«, begann sie im Plauderton zu sprechen.

Assaf kannte Liat gut genug, um zu wissen, dass sie noch einen Moment brauchte, bis sie mit ihm über ihre Befunde reden würde. Eine Art Ruhepause vor dem Informationssturm, in der sie noch einmal alles sacken ließ. So schnell die Rechtsmedizinerin sonst mit ihren kurzen bissigen Bemerkungen um sich schoss, soviel Zeit nahm sie sich für professionelle Urteile.

»Sababa, alles gut soweit. Hab gesehen, du hast eine neue Assistentin?«

»Gefällt sie dir?«, fragte Liat grinsend.

»Du, Liat, ich bin ja jetzt in festen Händen. Und zwar glücklich.« Ja, Grund zur Freude, entschied er.

»Walla. Assaf Rosenthal gezähmt und bezwungen, das ich das noch erleben darf.« Die Rechtsmedizinerin lachte ihr heiseres Raucherlachen. »Komm doch mal mit der Unglücklichen im Restaurant vorbei, Noa und ich sind schon ganz gespannt.« Liats Lebensgefährtin Noa führte eines der besten Restaurants in Tel Aviv, ein ausgemachtes Homo-Lokal in dem Assaf trotz seiner gegensätzlichen sexuellen Orientierung Stammkunde war.

»Das machen wir gerne. Gili brennt darauf, ein paar meiner Kollegen kennenzulernen. Wie geht es dir denn? Alles gut? Was macht die Kinderplanung?«

»Eh ... bisher nicht sonderlich erfolgreich. Haben schon drei Anläufe durch, aber bisher keine Schwangerschaft. Noa wird langsam ungeduldig und ich, ehrlich gesagt, auch. Die Ärztin sagt, dass es normal ist, wenn es mit der künstlichen

Befruchtung nicht gleich beim ersten Mal klappt. Vor allem mit Mitte dreißig. Hauptsache, der Samen geht uns nicht aus. Wir haben nur sieben Gläser gekauft«, erklärte Liat offen. Die Rechtsmedizinerin vertraute Assaf und gehörte im Allgemeinen nicht zu den Menschen, die keine privaten Informationen preisgaben oder mit ihren Gefühlen hinter dem Berg hielten.

»Na, ich drücke euch die Daumen«, sagte Assaf von Herzen. Er mochte Liat und wusste, dass sie und Noa sich nichts sehnlicher als ein Baby wünschten.

»Also. Dein Rebbe«, wechselte sie schlagartig das Thema. »Sieben Stiche über den Körper verteilt. Ausgeführt von einem Linkshänder. Ich habe dazu ausführlich mit Schlomo konsultiert. Am besten gehst du im Anschluss bei ihm vorbei. Er kann dir auch mehr zur Tatwaffe sagen.« Sie machte eine kurze Pause und ging einmal um den Tisch herum. Am Kopfteil blieb sie stehen. »Todesursache Herzstillstand. Soweit hat dich der Arzt ja schon informiert. Ziemlich schwaches Herz, insgesamt war der Rabbi in keinem besonders fitten Zustand.« Schapira atmete tief ein. »Nun, wirst du sagen, ja gut, der Rav war alt. Vielleicht bewegt man sich als Rabbiner auch nicht so viel. Dazu das gute Essen, der Schabbes-Wein. Das dachte ich zuerst auch. Doch dann habe ich mir den Mann noch einmal genauer angeguckt, und mir sind feine weiße Rillen in seinen ansonsten makellosen Nägeln aufgefallen.« Die Rechtsmedizinerin hob das weiße Tuch etwas an, die Leiche des Rabbiners kam zum Vorschein. Der ältere Mann sah aus, als würde er schlafen. Was hatte es mit den Gesichtern von Leichen auf sich, dass sie immer so friedlich aussahen, egal wie brutal die Menschen ermordet worden waren? Der Körper des Mannes war mit Stichwunden bedeckt, einige waren bereits etwas weniger deutlich zu sehen als andere. Ohne seinen Hut sah der Rabbiner ganz anders aus, als Assaf ihn in Erinnerung gehabt hatte. Er hatte immer noch recht volles, silberfarbenes Haar. Etwas, das man bei Israelis in dem Alter selten sah. Liat hob den rechten Arm des Toten und hielt ihn Assaf entgegen. Der Kommissar sah auf die Hand des Rabbis, die im Vergleich zu seinem wohlbeleibten Körper recht zierlich wirkte. Seine Finger waren schmal und mit vielen kleinen hellen Härchen bedeckt. Die Nägel waren tatsächlich erstaunlich gepflegt, und Assaf erkannte sofort, von welchen weißen Rillen die Rechtsmedizinerin sprach. »Worauf weisen die Rillen hin?«

»Es kann einige harmlosere und einige schwerwiegende Gründe dafür geben. In jedem Fall können die Rillen ein Anzeichen für eine Vergiftung durch Schwermetalle sein.«

Assafs Augenbrauen schnellten hoch. Er sah seine Kollegin gespannt an.

»Also habe ich Leber, Lunge, Haare und Urin des Toten unter dem Mikroskop untersucht. Und siehe da: Arsen.« Liat Schapira war nun ganz in ihrem Element. »Dabei handelt es sich um ein Halbmetall, das meistens in Form von Sulfiden vorkommt. Es ist hochgradig giftig und wahrscheinlich der Hauptgrund für das schwache Herz des Mannes.«

»Der Mann wurde also vergiftet?«, fragte Assaf überrascht.

»Ja, ich würde sagen, jemand hat ihm sukzessive das Gift zugeführt.«

»Kannst du sagen, über welchen Zeitraum?«

»Nicht genau. Anhand der noch verbliebenen Menge, die

ich gefunden habe, und der bereits sichtbaren Folgen ...
vielleicht ein paar Monate. In jedem Fall so lange, dass bereits erste Nebenwirkungen aufgetreten sein müssen.«

»Was für Nebenwirkungen?«

»Allgemeines Unwohlsein. Schwindelgefühl. Nachtblindheit. Im Endeffekt führt eine ausreichende Dosis Arsen im Körper dazu, dass das Herz kollabiert. Also Kammerflimmern. Und in Folge dessen bleibt es dann stehen.«

»Dann ist der Mann daran gestorben? Warum haben die das im Krankenhaus nicht bemerkt?«

Liat schaute den Kommissar seufzend an. »Assaf, wenn es keinen speziellen Verdacht gibt, sucht niemand danach. Arsen wird meistens nicht nachgewiesen. Schon gar nicht bei einem älteren Mann, dessen Herz das Recht hat, etwas geschwächt zu sein. Ich bin ja auch nur wegen der Rillen darauf gekommen. Aber die zu sehen bedeutet, sehr akribisch zu sein. Und dafür muss der Patient schon einen gewaltsamen Tod sterben.«

Assaf nickte nachdenklich.

»Der Mann wäre auch ohne die Messerstiche, vorausgesetzt, man hätte ihm das Gift weiterhin zugeführt, über kurz oder lang verstorben, da bin ich sicher. Und niemand hätte vermutet, dass es sich dabei um Mord handelte.«

Assaf schüttelte ungläubig den Kopf. »Das gibt es ja nicht«, murmelte er mehr zu sich selbst.

»Ich kann auch nicht eindeutig sagen, ob der Herzstillstand eine Folge der Messerstiche oder der Langzeitwirkung des Giftes war. Es war wohl ein Zusammenspiel aus beidem.«

»Vielleicht ging es dem Mörder mit dem Gift nicht schnell genug, und er hat deswegen mit dem Messer nachgeholfen«, überlegte der Kommissar. »Wo bekommt man Arsen?«, fragte er schließlich an Liat gerichtet.

»Schwierige Frage. Ich weiß, dass es dosiert sogar in einigen Medikamenten eingesetzt wird. Hab mal gehört, in Afrika benutzten die das in der Landwirtschaft. Aber genau weiß ich das nicht. Ich sage meiner Assistentin, dass sie das noch einmal recherchieren soll.«

»Ja, bitte. Ich spreche derweil mit Schlomo. Mal gucken, was er herausgefunden hat.«

KAPITEL 4

Der Kommissar ging die steinernen Treppenstufen langsam hoch. Schon jetzt war es viel zu heiß für allzu schnelle Schritte. Als er im Büro von Schlomo Malul ankam, musste er feststellen, dass der Chef der Spurensicherung noch nicht im Haus war. Anders als er arbeitete sein Kollege lieber bis spät in die Nacht als früh am Morgen. Assaf nutzte die Gelegenheit, um Gili eine Nachricht zu schicken. Sie schrieben ein wenig hin und her. Als Schlomo plötzlich hinter ihm die Tür aufriss, zuckte der Kommissar erschrocken zusammen und handelte sich damit prompt den Spott des Kollegen ein. »Achi, du weißt aber schon, dass du Kommissar bist. Da darfst du nicht so schreckhaft sein.« Er grinste breit.

»Sehr witzig, Mann. Wer reißt denn auch die Türen so auf?«

Schlomo Malul warf seinen Koffer, den er fast immer mit sich herumtrug, wenn Assaf ihn sah, und in dem sich seine Arbeitsgeräte wie Handschuhe, Rußpulver, Zephyr-Pinsel, Gelantine-Folie und Stabtupfer befanden, schwungvoll auf den Tisch. Der muskulöse Leiter der Spurensicherung trug ein enges schwarzes T-Shirt, ein großer Aufdruck prangte auf seiner Brust. Um seinen Stiernacken baumelte eine schwere goldene Halskette mit Davidstern-Anhänger, und wenn Assaf es nicht besser gewusst hätte, hätte er den Kollegen eindeutig auf der gegnerischen Seite seiner Arbeit vermutet.

»Frank Beltrame-Springmesser«, rief Malul ihm entgegen, als er sich hingesetzt hatte. »Italienisch. 33 Zentimeter lang. Hochglanzpolierte Edelstahlklinge. Horngriff. Weiß ich deswegen so genau, weil ich vor kurzem einen ähnlichen Fall hatte und ewig nach dem Ding gesucht habe. Ein paar Händler verkaufen diese Messer auf dem Flohmarkt in Jaffa. Kosten so 200 Schekel.«

»Wir könnten die Händler eingrenzen und so vielleicht den Käufer finden.«

»Klar, versuchen könnt ihr das, aber Yossi hat mir erzählt, der Täter war wahrscheinlich noch jung. Diese Nachwuchsgangster aus Ajami verkaufen die Messer untereinander weiter. Da sucht ihr 'ne Stecknadel im Heuhaufen.« Schlomo ging zu seinem Schreibtisch und zog ein Blatt Papier aus der Schublade. Das darauf abgebildete Foto war stark vergrößert und daher ziemlich verpixelt. Assaf konnte sich trotzdem ein gutes Bild davon machen, wie die Tatwaffe aussah.

»Der Täter hat allerdings ein anderes Merkmal, was euch helfen könnte ...«

Der Kommissar sah auf und schaute Schlomo Malul gespannt an.

»Er war höchstwahrscheinlich Linkshänder. Zumindest hat er mit links zugestochen, und das macht man nicht, wenn die linke nicht die führende Hand ist.«

»Ja, das meinte Liat schon.« Der Kommissar nickte enttäuscht. »Erzähl mir etwas, was ich noch nicht weiß.«

»Steh mal auf«, forderte der Chef der Spurensicherung Assaf auf, »stell dich mal da drüben hin. Du bist jetzt der Rabbiner und ich der Weihnachtsmann.«

»Dass du das mal zu mir sagen würdest«, sagte der Kommissar schmunzelnd, während er sich mit dem Rücken zu Schlomo vor die gegenüberliegende Wand stellte.

»Der Rav stand kurz vor der Treppe. Gerade als er seinen Fuß auf der ersten Stufe absetzen wollte, kommt der erste Stich in den Rücken. Laut Liat noch etwas zögerlich ausgeführt. Vielleicht, weil der Täter sich nicht sicher war, das Richtige zu tun. Vielleicht, weil es das erste Mal war, dass er das Messer tatsächlich benutzte. Etwa so ...« Schlomo tippte mit seiner geballten Faust langsam an Assafs Rücken. »Erschrocken dreht der Rabbi sich um ...« Der Kommissar folgte der Anweisung. »... und es folgt der zweite Stich in die Seite. Ich habe mir mit Liat die Wunden angesehen. Dieser Stich war etwas kräftiger. Wahrscheinlich hat der Mörder sich über die schnelle Bewegung des alten Mannes erschreckt.«

»Jetzt sehen die beiden Männer sich an«, stellte Assaf mit Blick in Schlomos Gesicht fest.

»Genau. Von der Verteilung der Stiche, ihrer Höhe her, würden wir sagen, dass der Täter nicht allzu viel größer war als der Rabbiner. Der Alte war so ein Meter und fünfundsiebzig, der Mörder vielleicht ein, zwei Zentimeter größer. Sie schauen sich direkt in die Augen. Der Blick in das Gesicht des Mannes macht ihn wütend. Das Adrenalin rauscht durch seinen Körper. Er sticht jetzt mit Schwung zu. Erwischt die Leber.«

Assaf spürte die Schläge des kräftigen Kollegen auf seinen Bauchmuskeln, an der Schulter, auf dem Brustkorb und an den Nieren.

»Insgesamt sieben Stiche versetzt der Weihnachtsmann dem Ehrwürdigen, bevor er wegrennt.« Schlomo Malul drehte sich um und deutete Laufschritte an.

Assaf lehnte sich an die kühle Wand hinter ihm und schaute seinen Kollegen an. Die Schläge von Schlomo pulsierten an seinem Körper wie ein Echo nach. Und nur ein Gedanke dröhnte in seinem Kopf: Was konnte ein vermeintlich ehrwürdiger, geistlicher Mann getan haben, dass man ihn so niedermetzelte?

Als Assaf zurück in sein Büro kam, fand er auf seinem Schreibtisch, eingerahmt von Akten und Formularen, die er schon seit Tagen hätte unterschreiben und bearbeiten sollen, einen Notizzettel von Zipi. Mit krakeliger Schrift setzte sie ihn in Kenntnis, dass eine Frau namens Mary Palmer auf dem Revier aufgekreuzt war. Da er aber in seinen Besprechungen mit Liat und Schlomo war, hatte sie lediglich die Kontaktdaten der Frau notiert und ihr mitgeteilt, dass der Kommissar sich mit ihr in Verbindung setzten würde. Assaf sah ratlos auf den gelben Zettel. Wer war Mary Palmer? Was wollte sie auf dem Revier? All diese Informationen fehlten. Es war sonst nicht Zipis Art, kryptische Notizen zu schreiben.

Kopfschüttelnd ging Assaf zu ihrem Schreibtisch, den er allerdings verwaist vorfand. Da ihr Computer noch blinkte, konnte sie nicht weit weg sein. Assaf lief durch den Gang zur Teeküche, wo er auf Anat Cohen traf. Sie machte sich gerade einen Kaffee mit ihrer kleinen Macchinetta. Die silberne Kanne hatte sie extra mit zur Arbeit gebracht. Sie bewahrte sie in ihrer Schreibtischschublade auf, die sie jeden Abend, wenn sie ging, abschloss. Er wusste das, denn er kannte ihr Büro und ihre Gewohnheiten fast in- und auswendig.

»Willst du auch einen?«, fragte die Kommissarin Assaf zögerlich, als sie ihn im Türrahmen entdeckte.

»Ja, warum nicht?« Assaf lehnte sich an die Wand neben der Tür und beobachtete, wie Anat die kleine Kaffeekanne aufschraubte und Wasser in das Unterteil füllte. Ihre schmalen, langen Finger glitten geübt über den Edelstahl. Sie drehte sich um und nahm das Kaffeepulver aus dem Schrank. Ihre hellbraunen, von der Sommersonne etwas ausgeblichenen Haare trug sie zu einem hohen Dutt zusammengebunden. Ein paar untere Strähnen hatten sich gelöst und wehten leicht über ihren gebräunten Nacken. Assaf erwischte sich bei dem Gedanken, wie sich diese gebräunte Haut wohl anfühlen würde, zwang sich dann aber sofort, an etwas anderes zu denken. Die Kommissarin und er hatten keinen guten Start gehabt. Sie war extrem ehrgeizig und trug eine Verbissenheit mit sich herum, die Assaf nervte. Anders als er war sie kein Teamplayer und wusste außerdem immer alles besser. Ihn hatte sie vor allem als unliebsamen Konkurrenten wahrgenommen, und so waren sie ständig aneinander geraten. Und trotzdem – und das war vielleicht das ärgerlichste – fühlte sich Assaf von Anfang an zu ihr hingezogen. Ihn faszinierten ihre eisblauen Augen und die toughe Art, mit der sie ihm begegnete. Und als sie eines Abends zusammen in einer Bar landeten und sich küssten, entdeckte Assaf, dass auch sie etwas für ihn empfand. Er lernte ihre sensible Seite kennen, und für eine Weile hatte er geglaubt, ja sogar gehofft, dass mehr aus ihnen werden könnte. Aber mit ihren anhaltenden Machtspielen standen sie sich selbst im Weg. Ihre Hassliebe wollte sich einfach nicht zu mehr entwickeln. Und dann war Gili, mit der alles so klar und einfach war, in seinem Leben aufgetaucht. Gili zeigte ihm ihre Zuneigung offen, und bei ihr hatte Assaf das Gefühl, einfach er selbst sein zu können.

»… Assaf?« Anat sah ihn fragend an.

»Äh, slicha, was?«

»Ein Teelöffel Zucker? Ein bisschen Milch? Wie immer?«

»Ah. Ja, ähm, Zucker und Milch.« Assaf räusperte sich und strich mit der flachen Hand über seinen Vollbart.

Anat lächelte leicht, während sie ihm die Kaffeetasse reichte. Sie sah ihm einen Moment lang in die Augen, und Assaf hielt dabei förmlich die Luft an. Dann standen sie stumm nebeneinander und versuchten beide, irgendwo anders hinzuschauen.

»Und … woran arbeitest du momentan?«, fragte Assaf schließlich, als er die Stille und Spannung nicht mehr ertragen konnte.

Dankbar nahm sie den Faden auf und berichtete von dem Mord an einem Tel Aviver Immobilienmogul, den sie untersuchte. Als sie erzählte, dass der Mann vor allem in Jaffa Grundstücke kaufte und dann Mega-Wohnprojekte darauf erbaute, horchte der Kommissar auf. »Schon wieder Jaffa. Ich ermittle auch gerade in Jaffa. Es geht um den Mord an einem Rabbiner.«

»Ja, ich weiß …«

»Und Jaron hat mir erst gestern erzählt, wie sehr der Markt in Jaffa boomt und dass gerade alle dahin ziehen …«

»Ja, wir überlegen auch«, sagte sie nickend.

»Wir?«, platzte er heraus und ärgerte sich dann über seine unkontrollierte Reaktion. »Ich meine, wohnst du denn nicht mehr alleine?«

Sie biss sich leicht auf ihre Unterlippe und schüttelte den Kopf. Dabei sah sie haarscharf an ihm vorbei.

»Walla.« Assaf versuchte, sich seine Überraschung nicht

anmerken zu lassen, auch wenn es dafür nach seiner ersten Reaktion schon viel zu spät war. »Schön«, schob er schließlich wenig überzeugend hinterher.

Fast gleichzeitig atmeten sie beide tief ein und lächelten sich verlegen an.

»Gut, ich muss dann mal wieder«, beschloss sie schließlich und winkte unbeholfen.

»Ja, natürlich.« Assaf trat einen Schritt zur Seite, damit sie die enge Teeküche verlassen konnte. Da sie gleichzeitig auch zur Seite getreten war, standen sie nun ganz nah beieinander. So nah, dass Assaf ihr Parfüm riechen konnte. Er schaute sie an, sie war fast genauso groß wie er und sah ihm direkt in die Augen. Anat hielt kurz inne, und als ob sich plötzlich ein Schalter in ihr umgelegt hatte, verhärteten sich ihre Gesichtszüge, und sie verabschiedete sich schnell und verließ den Raum.

Der Kommissar wartete noch einen Augenblick, bevor auch er wieder in den Flur trat. Dort kam ihm Yossi entgegen. »Yossi, weißt du, wo Zipi ist?«, erinnerte Assaf sich wieder an den eigentlichen Grund, warum er zur Teeküche gegangen war.

»Sie hat einen Anruf bekommen und musste weg. Die Enkelin ist krank. Zipi musste sie dringend aus dem Ferienlager abholen. Ihre Tochter konnte nicht.«

»Hat sie dir irgendwas zu dieser Mary Palmer gesagt, die auf dem Revier war?«

Yossi schüttelte mit ahnungslosem Gesicht den Kopf.

»Gut, dann ruf ich sie jetzt einfach schnell mal an.«

Als Zipi nach dem Mittag immer noch nicht wieder auftauchte und auch telefonisch weiterhin nicht zu erreichen war, beschloss Assaf, dass er und Yossi erst einmal nach Bet Schemesch fahren würden, um der Frau des Rabbiners einen Besuch abzustatten. Bisher hatten sie zwar allerlei grobe Fakten zum Leben des Geistlichen gesammelt, wussten aber nichts über seinen Alltag. Seine Gewohnheiten. Seine Rolle als Familienvater. Wieviele Kinder das Paar überhaupt hatte. Außerdem wollte Assaf dringend abchecken, ob der Rabbiner bereits Nebenwirkungen der Vergiftung gespürt hatte. Er wusste, dass die Rebbezin, wie die Ehefrau des Rabbis genannt wurde, sicherlich damit beschäftigt war, die Beerdigung vorzubereiten. Immerhin hatte Polizeichef Wieler die Rechtsmedizin persönlich darum gebeten, dass die Leiche innerhalb kürzester Zeit freigegeben wurde. Besonders da es sich um einen Rabbiner handelte, war es wichtig, das Gebot einzuhalten, den Toten so schnell wie möglich zu bestatten.

Sie fuhren auf der Autobahn mit der Nummer eins und ließen Tel Aviv hinter sich. Yossi hatte wie immer seinen Lieblingssänger Chaim Moshe aufgelegt. Eine seltsame Wahl für einen aschkenasischen Juden wie Yossi. Chaim Moshe war Musik für Mizrachim und Sepharden, die Juden aus dem Orient. Der Sänger klagte in seinen Liedern über das Leben und die Liebe und das Universum an sich. Die arabisch anmutenden Klänge rührten an einer Erinnerung, die Assaf ganz tief in sich vergraben hatte.

Vor einigen Jahren war er im Rahmen einer seiner Spezialeinsätze mit einem palästinensischen Transporter mitgefahren, der genau diese Art von Musik spielte. Mit ihm im Wagen hatten Terroristen gesessen, vornehmlich Männer der Hamas. Warum sie dem Fahrer erlaubten, die Musik zu spielen, obwohl das doch dem religiösen Dünkel dieser Fundamentalisten entgegenstand, wusste Assaf nicht. Schon damals hatte er vermutet, dass diese Männer sowieso weniger von Religiosität als von krimineller Energie angetrieben wurden. Sie waren nur einen kurzen Moment durch die staubige Landschaft an der Grenze zu Ägypten gefahren, aber dieser Moment war dem Kommissar ins Gedächtnis eingebrannt wie kaum ein anderer seiner Jahre als Offizier. Nicht, weil sämtliche der Männer, die mit ihm in dem Bus saßen, kurz danach getötet wurden. Sondern, weil die plötzliche Trivialität des Augenblicks ihn damals eiskalt erwischt hatte. Es war ein Moment der Ruhe. Die Terroristen hatten während der Fahrt ihr anhaltendes Propagandageschrei unterbrochen. Ihre Ideologie machte eine kurze Verschnaufpause, sie saßen einfach nur in dem Wagen und fuhren durch das Land, das sie ihr Eigen nannten. Und für einen winzig kleinen Moment konnte man sehen, was aus ihnen hätte werden können. Diese Minuten, in denen der eine oder andere sogar mit dem Kopf zur Musik wippte und vielleicht an seine Frau oder die Kinder dachte, waren schnell zu Ende gewesen, und doch konnte Assaf sie nicht vergessen. Bei aller Wut.

»Was überlegst du?«, unterbrach Yossi den Spaziergang durch seinen Gedankenirrgarten voller schwieriger Erinnerungen.

»Nichts. Gar nichts. Ich schaue nur aus dem Fenster und gucke mir unser schönes Land an«, antwortete Assaf und war selbst überrascht, wie pathetisch er klang.

»Du meinst wohl eher unser karges Land. Ab Oktober wird es dann wieder schön, wenn der erste Regen gefallen ist.«

»Ach, Regen, achi, was würde ich für ein paar Tropfen tun. Die Luft wäre endlich wieder sauber. Man kann ja kaum atmen vor Hitze und Staub. Und das seit Wochen.«

Eine gute halbe Stunde später fuhren sie die Autobahnabfahrt entlang in Richtung Bet Schemesch. Der Rabbiner hatte hier in dem Stadtteil Scheinfeld gelebt. Die Einfahrt in die Stadt bot ein fast identisches Bild zu der Einfahrt nach Jerusalem. Überall an den Bushaltestellen, auf den Fußgängerwegen, an den Ampeln sah man Charedim. Männer mit schwarzen Anzügen und Hüten, Frauen mit langen weiten Röcken und Perücken. Einige wenige hatten statt des Sheitels, wie das Kunsthaar genannt wurde, nur ein Tuch über die Haare gelegt. Bei manchen sah man, dass sie unter diesem Tuch rasiert waren. Die 80 000 Einwohner starke Stadt setzte sich vor allem aus Juden verschiedener Prägungen zusammen. Chassidische, zionistische, äthiopische, sephardische und aschkenasische Juden trafen auf Kabbala-Anhänger, Ultraorthodoxe und Konservative. Der jüdische Staat bot in sich bereits so viel Abwechslung – die zusätzlichen Minderheiten hätte man wirklich nicht auch noch gebraucht, dachte Assaf amüsiert.

Sie fuhren in das Wohngebiet ein. Dem Kommissar fiel auf, dass manche der Läden jiddische Werbeschilder hatten, was für eine amerikanische beziehungsweise angelsächsische Gemeinde sprach. Familie Ben Avraham wohnte am Rand der Siedlung in einer neu gebauten Häuserreihe. Mitten in dem Block war eine protzige Synagoge errichtet worden, an die eine Yeshiva und ein Kollel angegliedert waren. Assaf wusste, dass die eine Schule für unverheiratete und die andere für verheiratete Religionsstudenten war. Aber damit erschöpfte sich sein Wissen auch schon. Wie die meisten säkularen Juden Israels hatte er nicht die geringste Ahnung, was in diesen Schulen genau gelehrt wurde. Und was die Studenten dort den ganzen Tag von morgens um sechs, sieben bis abends um zehn, elf machten. Assaf war das soweit auch relativ egal, wenn die betenden Brüder irgendwo bei all der Studiererei einen Militärdienst einschieben würden, wäre er schon zufrieden gewesen.

Sie betraten die gepflegte Anlage und kamen auf einen eleganten, begrünten Innenhof. Yossi pfiff durch die Zähne. »Na, das sieht ja hier ein bisschen anders aus als bei den Fundis in Mea Shearim.«

Überall standen Stucksäulen zwischen großen Blumentöpfen. In der Mitte des Hofes plätscherte ein Springbrunnen, und das Ambiente vermittelte erfolgreich das Gefühl von Luxus und Wohlstand. Die Wege des Innenhofes waren breit und sorgfältig angelegt. Um ihn herum ordnete sich kreisförmig der Wohnblock an, dem das Wort Wohnblock nicht annähernd gerecht wurde. Die Häuser waren einheitlich aus einem dem Jerusalem-Stein ähnlichen hellen Kalkstein gebaut. Die Fenster waren groß, die Terrassen stattlich. Nachdem sie unten geklingelt hatten und über die Videosprechanlage hereingelassen worden waren, fuhren die beiden Polizisten in den fünften Stock des Wohnflügels »Gimmel«. Der Kommissar war sich sicher, dass der Fahrstuhl koscher und demnach am Schabbat außer Betrieb war. Oben angekommen, stellten sie fest, dass auf der höchsten Etage nur die Familie des Rabbiners wohnte. Assaf überschlug im Kopf, was der Mann für diesen Wohnluxus bezahlt haben musste, und ihm kam eine der ersten Faustregeln in den Sinn, die er auf der Polizeiakademie gelernt hatte. Eines der häufigsten Motive für Verbrechen war Geld.

Sara Ben Avraham stand in der Tür und empfing sie. Sie trug einen schwarzen Rock, hautfarbene Strumpfhosen und eine langärmlige dunkelrote Seidenbluse. Über die Bluse hatte sie eine dunkelblaue Strickjacke angezogen. Auch wenn Bet Schemesch bei weitem nicht unter der Hitze und Luftfeuchtigkeit Tel Avivs litt, es waren immer noch gut 35 Grad draußen, und im Angesicht dieser Hitze schien ihr Aufzug grotesk. Die Frau sah, abgesehen von ihrer zu warmen Kleidung, die man jedoch durchaus als modisch bezeichnen konnte, durch und durch gewöhnlich aus. Lediglich ihr braunes Haar schimmerte besonders auffällig im Licht, und das auch nur, weil es künstlich und von jeglichem menschlichen Makel befreit war.

»Rebbezin Ben Avraham?«, fragte Assaf förmlich.

Sie nickte stumm und ging voraus in die Wohnung. Dabei fiel Assaf auf, dass Sara Ben Avraham ihr rechtes Bein etwas hinterherzog. Sie betraten ein pompöses Wohnzimmer, dekoriert mit dunkelbraunen Jugendstilmöbeln. Der Raum ging in Esszimmer und Küche über, was ihn nur noch größer erscheinen ließ. Am Fenster stand ein prächtiger Esstisch aus Holz auf leicht geschwungenen Füßen. Die Wände waren mit großen Bildern dekoriert. Eines der Ölbilder zeigte das in der jüdisch-religiösen Kunst beliebte Motiv des lernenden Schülers mit seinem weisen Lehrer. Der Junge saß an einem antiken Schreibtisch, vor sich die Tora. Hinter ihm stand der Rebbe mit einem langen grauen Bart, den Tallit auf den Kopf gelegt, und betrachtete seinen Schüler wohlwollend. Ein anderes Gemälde zeigte Jerusalem zur Zeit des zweiten Tempels. Über dem hellen Sofa hing ein weiteres Ölbild, an dessen unterem rechten Rand mit weißer Farbe »Chagall Marc« signiert war. Die Rebbe-

zin stand unschlüssig in der Mitte ihrer wertvollen Besitz-
tümer. In ihrem sorgfältig geschminkten Gesicht zeichneten sich tiefe Falten ab, die die Frau so alt aussehen ließen,
dass Assaf kaum ihr wahres Alter hätte schätzen können.
Sie starrte auf einen Punkt hinter ihm an der Wand, den er
nicht sehen konnte.

»Rebbezin Ben Avraham, mein Name ist Assaf Rosenthal. Ich bin Kommissar und ermittle im Mordfall deines
Mannes. Ich möchte dir mein herzliches Beileid ausspre-
chen.« Er zeigte auf Yossi, der etwas versteckt hinter ihm
stand. »Das ist mein Kollege Yossi Hag. Wir werden alles
erdenklich Mögliche tun, um den Mörder deines Mannes
zu finden.«

Sie schaute nur kurz von ihrem Fixpunkt weg und nickte.

»Sara, es tut mir leid, dass wir dich in diesen schwieri-
gen Stunden stören, aber wir müssen dir ein paar Fragen
stellen.«

»Beseder«, stimmte sie zu, und mit ihrem ersten Wort
zeigte sich, dass ihr Hebräisch einen amerikanisch-jiddi-
schen Einschlag hatte. »Ich mache euch Tee.«

Sie ging in die endlos lang scheinende Küchenzeile, die
im Vergleich zum Rest der Wohnung sehr modern eingerichtet war. Sie verfügte über zwei nebeneinander liegende
Waschbecken, zwei übereinander platzierte Öfen, Assaf
zählte außerdem zwei Geschirrspüler.

Die beiden Polizisten setzten sich auf das Sofa, während
Sara Ben Avraham auf einem weinrot-weiß gestreiften Sessel Platz nahm und darin fast verschwand.

»Wann hast du deinen Mann das letzte Mal gesehen?«,
fragte Assaf langsam. »Ich meine, bevor er angegriffen wurde.«

»Am Mittwoch letzte Woche. Er wollte den Shabbos in Jaffa bei seiner Gemeinde verbringen. Es war ihm sehr wichtig, vor Ort zu sein. Zumindest so lange, bis sein Chasan Josh Teichman ebenfalls Gottesdienste übernehmen konnte. Zvi war es schwergefallen, die Arbeit abzugeben. Er hat es mir zuliebe getan. Er war in den letzten Jahren so wenig zu Hause.«

»Wieviele Kinder habt ihr eigentlich?«, fragte Assaf und erwartete als Antwort eine vergleichsweise hohe Zahl. Zu seiner absoluten Überraschung murmelte Sara Ben Avraham: »Wir haben leider keine Kinder.«

Der Kommissar und Yossi sahen die Frau des Rabbiners erstaunt an. Dass ein jüdisch-orthodoxes Ehepaar keine Kinder hatte, war undenkbar. Dafür musste es einen triftigen Grund geben.

»Warum seid ihr nicht zusammen nach Jaffa gezogen, wenn seine Gemeinde doch dort war?«, setzte Assaf die Befragung fort. Er würde später auf die Kindersache zurückkommen.

»Zvi wollte das nicht. Meine Schwester wohnt auch in Bet Schemesch. Sie hat zehn Kinder, und ich helfe ihr viel. Ihre Kinder sind wie meine Kinder. Wenn ich nach Jaffa gezogen wäre, hätte ich mich nicht mehr so gut um sie kümmern können. Und meine Schwester braucht meine Hilfe. Außerdem gibt es an Shabbos hier in Bet Schemesch keine melacha. In Jaffa hält sich ja doch niemand an den Ruhetag. Die Umgebung dort ist nicht sehr religiös.«

»Ihr habt vorher in Hebron gelebt. Warum seid ihr von New York dort hingezogen?«

»Warum nicht?«, antwortete sie lächelnd mit einer Gegenfrage.

»Nu,« mischte sich Yossi jetzt ein, »es ist ja nicht gerade der sicherste Ort.«

»Hebron ist die zweitheiligste Stadt für uns Juden, Hashem selbst hat sie uns gegeben. Sie ist die Stadt, die Segen und Schutz für ganz Israel gewährleistet.« Sie sagte es ruhig, ohne jede Spur von ideologischer Aufregung.

»Aber dein Mann hat doch die Existenz Israels abgelehnt«, warf Yossi ein.

»Hashem hat uns Eretz Yisroel versprochen. Es liegt an ihm, es uns zu geben. Nicht an den Zionisten.«

Kommissar Rosenthal schürzte die Lippen. Mit der flachen Hand strich er sich über seinen Vollbart. »Hast du eine Vorstellung, wer deinem Mann das angetan haben könnte?«, wechselte Assaf, der Zionist, schnell das Thema.

Sie schüttelte den Kopf und sah aus dem Fenster. Sowieso sah sie den Männern nicht in die Augen. Wahrscheinlich hatte das mit ihrer Frömmigkeit zu tun, dachte Assaf. Er verstand diese Menschen nicht, sie waren ihm so fremd wie eine völlig andere Kultur. Er hätte genauso gut irgendwo im Pazifik auf einer abgelegenen Insel mit kriegsbemalten, halbnackten Ureinwohnern in einer Befragung sitzen können. Das Gefühl wäre für ihn das gleiche gewesen. Lediglich die Sprache verband ihn mit diesen Leuten, und selbst da hatten sie ihre Feinheiten und er seine Unflätigkeiten.

»Hat er einmal irgendetwas erwähnt, was auf Probleme hingewiesen haben könnte? Irgendetwas? Jede Kleinigkeit kann von Bedeutung sein.« Assaf hörte sich selbst verwundert sprechen. Seine Stimme hatte einen flüsternden, eindringlichen Ton angenommen. Diese Klangfarbe kannte er selbst noch gar nicht. Wahrscheinlich war es die seltsame Umgebung, die neue Seiten aus ihm herauskitzelte.

»Wie die Prophezeiung besagt: ›Mayharseiech u machri-vayech‹ – Deine Zerstörung wird von innen kommen.«

»Was meinst du damit?«, fragte der Kommissar, der nun langsam ungeduldig wurde.

»Spielst du auf die Gemeinde in Jaffa an?«, warf Yossi ein. »Oder die arabische Jugendgruppe?«

Sie starrte wieder aus dem Fenster. Es war, als hätten sie ihre Aufmerksamkeit mit einem Schlag verloren.

»Rebbezin, gab es irgendjemand, der einen Grund ge-habt haben könnte, deinen Mann zu töten? Hatte er Ärger mit jemandem? Streit? Auseinandersetzungen? Meinungs-verschiedenheiten?« Das letzte Wort schrie Assaf fast.

»Kommissar Rosenthal«, sie sah ihn zum ersten Mal richtig an, »mein Mann war ein respektierter Rabbiner. Er hat viel Gutes für die Gemeinde getan, für die Juden und die Araber. Und für mich.«

»Wieso für dich?«, meldete sich Yossi zu Wort.

»Zvi hat mich zu seiner Frau genommen und mir immer ein gutes Leben ermöglicht«, antwortete sie ausweichend.

»Aber er war doch immerhin schon 39 Jahre alt, als ihr geheiratet habt. Ein Mann, der erst im späten Alter zur Fröm-migkeit gekommen war. Kein guter Schidduch für eine Frau wie dich, die in einer Familie mit wichtigen Gelehrten auf-gewachsen ist«, meinte Yossi.

Der Kommissar schaute ihn kurz anerkennend an. Sein Kollege war hervorragend vorbereitet.

»Ich war auch schon vierundzwanzig, als wir geheiratet haben. Na und?«, erwiderte sie trotzig.

»Warum hast du erst so spät geheiratet?«

»Ich hatte mit siebzehn einen schweren Verkehrsunfall. Zwei Männer haben mich in Crown Heights angefahren, um mich dann brutal auszurauben. Ich hatte die Einnahmen einer Spendenveranstaltung zur Bank bringen wollen. Brooklyn war schon damals keine so sichere Gegend für uns. Besonders die Jugendgangs haben uns das Leben zur Hölle gemacht.«

Assaf erinnerte sich dunkel, mal etwas von Ausschreitungen in Crown Heights Anfang der neunziger Jahre gehört zu haben. Damals war ein Autounfall, bei dem ein Fahrer im Konvoi des Chabad-Oberhauptes Rabbiner Menachem Mendel Schneerson ein afroamerikanisches Kind überfahren hatte, Auslöser für tagelange Randale gewesen. Innerhalb der Ausschreitungen wurden ein jüdischer Mann und ein Passant, der versehentlich für einen Juden gehalten wurde, ermordet.

»Nach dem Unfall lag ich lange im Krankenhaus. Ich war jahrelang traumatisiert«, erzählte Sara Ben Avraham.

»Hat die Tatsache, dass ihr keine Kinder habt, mit dem Unfall zu tun?«, fragte Assaf vorsichtig.

Die Rebbezin starrte einen Moment haarscharf an dem Kommissar vorbei. Dann blickte sie unsicher auf ihre Hände. »Bei dem Unfall wurde ich so schwer verletzt, dass ich keine eigenen Kinder bekommen konnte.«

Assaf sah die Frau nachdenklich an. Sich reichlich zu vermehren war eine der wichtigsten Lebensaufgaben für orthodoxe Juden. Besonders orthodoxe Frauen definierten ihre Rolle in der Gesellschaft vor allem als Mütter. Das musste ein schwerer Schlag für Sara und ihre Familie gewesen sein.

»Zvi hat mich trotz allem zu seiner Frau genommen«, sprach die Frau leise weiter.

»Warum habt ihr nicht jemand adoptiert?«

»Wir wollten, aber das Prozedere ist sehr kompliziert. Wir wurden so oft enttäuscht. Und schließlich hat Zvi gesagt, dass er dieses ständige Auf und Ab nicht mehr aushält.«

»Verstehe«, kommentierte der Kommissar nachdenklich. »Sara, was mich noch interessieren würde: Hat der Rabbiner in letzter Zeit irgendwie über Unwohlsein geklagt?«

Sie stutzte kurz. »Ja. Es ging ihm seit einigen Wochen nicht so gut. Er fühlte sich matt. Hatte oft Herzrasen. Ich habe ihm mehrmals gesagt, dass er kürzer treten muss. Wieso fragst du das?«

»Hat er auch plötzliche Nachtblindheit festgestellt?«, fragte Assaf weiter, ohne zu antworten.

Die Rebbezin schaute ihn überrascht an. »Ja«, rief sie aus, »ich weiß sogar noch, wann er das erste Mal etwas dazu gesagt hat. Wir kamen nachts aus Jerusalem vom Geburtstag meiner Schwester. Da konnte er plötzlich im Auto nicht mehr richtig sehen. Das war vor drei Wochen. Wieso?«

»Wir vermuten, dass jemand versucht hat, deinen Mann zu vergiften.«

Die Augenbrauen der Rebbezin schnellten hoch. Sie sah aus, als würde sie plötzlich über irgendetwas intensiv nachdenken.

»Hast du eine Ahnung, wer das gemacht haben könnte?«, wagte der Kommissar einen weiteren Vorstoß. Er hatte natürlich bemerkt, dass sie ihm auf seine Frage, wer den Rabbiner getötet haben könnte, elegant ausgewichen war. »Mit wem hatte dein Mann regelmäßig zu tun? Wer könnte ihm das Gift verabreicht haben?«

»Ich weiß nicht. Er hatte mit vielen Menschen zu tun, vor allem in Jaffa. Hier in Bet Schemesch …«, sie stockte kurz, »die Gemeinde. Alle eben.«

Assaf seufzte unzufrieden. Vielleicht wusste Sara Ben Avraham wirklich nichts, oder sie wollte nichts wissen? »Ihr lebt hier in sehr guten Verhältnissen«, sagte er schließlich. »Dein Mann hatte eine weitere Wohnung in Jaffa. Viele Charedim in Jerusalem leben in Armut. Wie könnt ihr euch das leisten?«

»Mein Vater, zichrono livracha, hat mir etwas hinterlassen. Und Zvi selbst kam aus einem wohlhabenden Haus.«

»Hat er die Gemeinde mit seinem eigenen Geld aufgebaut?«

Sie nickte. »Außerdem wurde er großzügig von unserer Gemeinschaft in Brooklyn unterstützt.«

Der Kommissar sah die Frau nachdenklich an. Er erwartete nicht, noch mehr aus ihr herauszubekommen. Die Charedim regelten bekanntlich alles unter sich. Sie redeten erst mit der Polizei, wenn es wirklich gar nicht mehr anders ging. »Tov. Vielen Dank für deine Zeit«, sagte er schließlich, »Wir melden uns, falls wir noch weitere Fragen haben.«

Assaf stand auf und ging Richtung Tür. Er brauchte gar nicht zu versuchen, der Frau die Hand zu geben. Sie hätte sie sowieso nicht ergriffen. Als Yossi bereits auf den marmorierten Flur getreten war, drehte sich der Kommissar noch einmal unvermittelt um. »Eine Frage noch: Kennst du eine gewisse Mary Palmer?«

Sara Ben Avraham sah ihn ernst an. Bildete er sich das ein, oder hatte sich ihr Gesicht für einen kurzen Moment verdunkelt?

»Nein«, sagte sie schließlich laut und entschlossen. Das Wort kam lauter und entschlossener heraus, als alles, was die Rebbezin zuvor gesagt hatte. Und deswegen wusste der Kommissar sofort, dass es eine Lüge war.

KAPITEL 5

Am nächsten Morgen hatte Assaf, der wie meistens bei Gili im Bett aufwachte, plötzlich unbändige Lust, schwimmen zu gehen. Bereits morgens um sechs war es so warm, dass man es in der Sonne auf der Terrasse kaum aushalten konnte. Und irgendwie – vielleicht lag es an den seltsamen Träumen der vergangenen Nacht, an deren Inhalt er sich jedoch nicht mehr genau erinnern konnte – fühlte er sich so … unlebendig. Nicht tot. Aber auch nicht lebendig. Irgendetwas dazwischen, was er sich nicht erklären konnte. Er löste sich vorsichtig aus der Umarmung seiner schlafenden Freundin und ging mit einem Handtuch zum Meer hinunter. Um diese Zeit war der Strandabschnitt in Jaffa, der aufgrund seines kieseligen, grauen Sandes sowieso bei den meisten Anwohnern unbeliebt war, wie leergefegt. Auch an der weitläufigen, akribisch angelegten Strandpromenade war kein Mensch zu sehen. So früh am Morgen waren lediglich ein paar arabische Fischer auf den Beinen. Aber sie waren am Hafen, und den konnte man von hier nicht einsehen. Assaf zog seine Unterhose aus und lief nackt in das warme Mittelmeer. Das Wasser umschloss ihn, und er ließ sich langsam hineingleiten, bis er komplett untergetaucht war. Mit jedem Schwimmstoß fühlte er sich wohler in seiner Haut. Hier in Jaffa war das Meer bedeutend sauberer als im Zentrum Tel Avivs, wo er wohnte und wo sich im August französische Touristen stapelten.

Er legte sich auf den Rücken und ließ sich ein wenig von den seichten Wellen treiben. Die Sonne strahlte ihm ins Gesicht, und ein paar Wassertropfen glitzerten verführerisch wie fein geschliffene Diamanten an seinem Bart. Nachdem der verkleidete Weihnachtsmann ihm so leichtfüßig davongelaufen war, hatte der Kommissar beschlossen, wieder intensiver zu trainieren. Er schaute kurz an seinem nackten Körper herunter und befand, dass er bereits deutlich straffer aussah. Sicher, er war kein Bodybuilder wie Schlomo, seine Statur war insgesamt eher zierlich, aber er war auch kein halbes Hemd wie Yossi. Seine Arme waren muskulös, und für seine drahtigen Beine und die kräftigen Waden hätte manch anderer Mann viel trainieren müssen. Eigentlich erstaunlich, wenn man sich seinen eher korpulenten Vater ansah. Aber Assaf kam, da war er sich hundertprozentig sicher, sowieso eher nach seiner Mutter. Ima! In diesem Moment fiel ihm ein, dass er gestern Abend ganz vergessen hatte, seine Mutter zurückzurufen. Sie hatte herausbekommen, dass Assaf eine neue Frau kennengelernt hatte, und wie bei jeder seiner neuen Freundinnen hörte sie sofort die Hochzeitsglocken klingeln. Und natürlich konnte sie es sich nicht verkneifen, zu fragen, ob er Gili nicht endlich einmal mit zum Essen am Freitag bringen wolle. Weil er darauf keine Antwort wusste, hatte er seine Mutter auf ein späteres Gespräch vertröstet. Und dann hatte er es vergessen. Oder verdrängt.

Assaf stieß einen lauten Seufzer aus. Dann tauchte er ab und wurde eins mit dem Meer.

»Zipi, wer ist denn nun diese Mary Palmer?«, fragte der Kommissar ungeduldig, als er kurze Zeit später im Büro der Sekretärin ankam.

»Ja, so genau weiß ich das ehrlich gesagt auch nicht, Motek. Sie tauchte hier plötzlich auf und wollte den toten Rabbiner noch einmal sehen. Ich habe sie gefragt, ob sie mit ihm verwandt ist. Das verneinte sie. Also habe ich ihr gesagt, dass ich ihr leider keinen Zugang gewähren kann. Dann habe ich noch ihre Daten aufgenommen, und sie ist wieder gegangen.«

Der Kommissar sah die Sekretärin schweigend an. Einen Moment lang hatte er das Gefühl, nur Brüste zu sehen. Ein Paar riesige Brüste, das fröhlich wippend am Schreibtisch saß. Wer verkaufte der Endfünfzigerin nur diese knappen, hautengen Outfits?

»Oi lo. Hätte ich sie fragen sollen, woher sie den Rabbi kennt?«, fragten die Brüste.

»Nein, ist schon gut. Ich fahre mal bei der Frau vorbei. Ich habe das Gefühl, sie könnte uns vielleicht weiterhelfen. Auf jeden Fall hat ihr Name bei Sara Ben Avraham ein Unbehagen ausgelöst, dem ich gerne auf den Grund gehen würde.«

»Assaf, soll ich in der Zwischenzeit diesem Josh Teichman, dem Chasan von Zvi Ben Avraham mal einen Besuch abstatten?«, rief Yossi aus dem Nebenzimmer, während er schon sein Notizheft in die Hand nahm. Assaf hatte ihn angesteckt mit seinem Notizen-Geschreibe. Und nicht nur ihn. Mittlerweile verfügten alle Mitarbeiter der Abteilung über ein kleines ledernes Notizbuch, in das sie mehr oder weniger intensiv protokollierten.

»Ja, mach das. Und dann treffen wir uns nachher zum

Mittag im Hafen«, beschloss Assaf. An manchen Tagen brachte ihn einzig die Aussicht auf Mittag durch den Vormittag. Und das, obwohl er morgens bereits zwei gefüllte Pita-Brote und einen kleinen Gemüsesalat gegessen hatte.

Assaf machte sich mit dem Roller auf den Weg zu Mary Palmer. Er hätte auch zu Fuß gehen können, war aber schlichtweg zu faul dafür.

Mary Palmer wohnte ein paar Querstraßen hinter dem hippen Wohnviertel, das sich um den Flohmarkt gebildet hatte. Auf seinem Weg zu ihr kam er an dem neuen Scientology-Hauptquartier vorbei, das die vierspurige Yerushalayim- Straße säumte. Die Sekte hatte sich in einem ehemaligen Lichtspielhaus niedergelassen und war – zur Überraschung des Kommissars – ziemlich unvoreingenommen für die Renovierung des Gebäudes von der Zeitung Haaretz gelobt worden. Er hingegen fand es äußerst fragwürdig, dass sich die umstrittene Religionsgemeinschaft mit ihrer wirren Thetanen-Theorie in Israel vergrößerte und dann auch noch einen kostenlosen PR-Artikel von der Qualitätszeitung erhielt.

Assaf bog in die Michelangelo Straße ein und fuhr von dort nach links in die Victor Hugo. Obwohl er sich nur rund zehn Gehminuten vom Flohmarkt befand, war das hier eine andere Welt. Um den Shuk herum lebten mittlerweile fast ausschließlich junge, jüdische Israelis. Sie prägten die Nachbarschaft. Das konnte man besonders gut am Unabhängigkeitstag erkennen. In Jaffa mit seinen vielen arabischen und mehr und mehr jüdischen Einwohnern konnte man anhand der Fahnen, die an diesem Tag an den Häusern wehten, ausmachen, wer die Unabhängigkeit des Landes feierte und wer wegen der so genannten »Nakba«, der arabische Begriff für Katastrophe, trauerte. Hier in der Victor-Hugo-Straße sah es noch mehr nach rotem Dreieck auf schwarz-weiß-grün als nach Davidstern auf blau-weiß aus. Besonders zum Ende hin standen vermehrt die typischen flachen Einfamilienhäuser mit ihren großen Satellitenschüsseln und den vergitterten Fenstern, in denen die meisten Araber in Jaffa lebten. Bei dem Haus mit der Nummer 26, in dem Mary Palmer wohnte, handelte es sich dagegen um einen der Neubauten im orientalischen Stil. Das zweieinhalbstöckige cremefarbene Haus mit den Holzjalousien war vielleicht drei Jahre alt. Es hatte die typischen hohen rechteckigen Fenster, über manchen befand sich ein weiteres kleines, gotisch anmutendes Fensterchen. Dazwischen lagen einige kleine Bullaugen. In der ersten Etage ragte hochherrschaftlich ein Balkon mit Metallgerüst hervor. Mit seinem Mix an Baustilen war das Gebäude ein typischer Vertreter der eklektischen Bauweise mit starkem orientalischem Einfluss, die bei den neuen Wohnprojekten in Jaffa vorherrschend war. Wie bei vielen dieser Gebäude, vor allem denen, die etwas abseits der bereits etablierten Viertel lagen, waren sämtliche Holzjalousien fest verschlossen und verrammelt. Assaf war sich nicht sicher, ob die Bewohner Angst vor ihren Nachbarn hatten oder die Wohnungen wegen der Nachbarn bisher einfach noch leer standen. Denn, obwohl es in dieser Gegend noch wirklich preiswert war im Vergleich zu Tel Aviv, zögerten viele jüdische Israelis, hierher zu ziehen. Vielleicht warteten sie darauf, dass die Araber von der Gentrifizierung gänzlich vertrieben wurden.

Der Blick des Kommissars fiel auf eine Moschee, die schräg gegenüber von dem Gebäude mit der Nummer 26 stand. Ihr Minarett überragte, wie um seinen Anspruch anzumelden, die wenigen hohen Neubauten in der Straße deutlich. Gerade als er seinen Roller auf dem Gehweg parkte und routiniert sein Abschließritual, das er aus Angst vor Dieben entwickelt hatte, durchlief, kam eine ältere Frau, ungefähr um die sechzig, aus dem Haus heraus. Intuitiv fragte der Kommissar sie, ob sie eine gewisse Mary Palmer kannte, und zu seinem Glück stellte sich heraus, dass es Mary Palmer selbst war, die er da beinahe verpasst hatte. Er erklärte ihr, weswegen er gekommen war.

»Ich war gerade auf dem Weg nach Jerusalem. Aber warte, lass mich kurz telefonieren, und wir gehen rein«, sagte sie entgegenkommend. Ihr Hebräisch klang brüchig, sie hatte einen englischen Akzent, wenn ihn nicht alles täuschte. Mary Palmer trug ein einfaches helles Leinenkleid, ihre Füße steckten in Gesundheitssandalen. Aus dem Telefonat, das sie auf Englisch führte – und jetzt hörte er ihr British English deutlich heraus –, entnahm der Kommissar, dass die Frau für Machsom Watch arbeitete. Die Organisation hatte es sich zur Aufgabe gemacht, an Checkpoints den Umgang der israelischen Soldaten mit Palästinensern zu überwachen. Eine durch und durch linke Organisation, von der Assaf naturgemäß nicht besonders viel hielt. Die Leute waren ihm bei seiner eigenen Arbeit in der Vergangenheit mehrmals in die Quere gekommen. Für ihn handelte es sich um lebensferne Spinner, deren einziges Ziel es war, Israel als Apartheidstaat zu verleumden.

Palmer legte auf. »Okay. Jetzt habe ich Zeit. Komm doch mit rein, bitte.«

Sie gingen eine Stufe in dem kühlen Aufgang hoch, und Mary Palmer schloss die schwere Stahltür auf, die zur Wohnung führte.

Von Arabern nur das Beste denken, aber dann doch lieber ein bisschen sicherer vor ihnen in Jaffa wohnen, dachte Assaf verächtlich. Doch die Frau lächelte ihn so offen und freundlich an, dass er sich fast ein wenig schlecht für seine garstigen Gedanken fühlte.

Sie betraten das kleine Wohnzimmer, vom dem der Balkon abging, den der Kommissar bereits von draußen gesehen hatte. Die Wohnung war überraschend dunkel, und Assaf war sich sicher, dass Mary Palmer hier nicht mehr als 3000 Schekel zahlte. Immer noch sehr preisgünstig, wenn man es mit Wohnungen im Herzen Tel Avivs verglich, für die man im gleichen Zustand gut und gerne 6000 Schekel hinlegte.

»Setzt dich doch. Kann ich dir etwas anbieten?«, fragte Palmer höflich. Hinter ihr schlurfte plötzlich, ohne ein Wort zu sagen, ein Mann um die Vierzig durch das Wohnzimmer zum Balkon. Assaf hatte das Gefühl, diesen Mann schon einmal irgendwo gesehen zu haben.

»Das ist mein Sohn«, kommentierte sie seufzend den seltsam stummen Auftritt des erwachsenen Mannes.

Assaf beobachtete, wie Mary Palmers Sohn die Balkontür hinter sich schloss und sich draußen eine Zigarette anzündete. Es schien ihm egal zu sein, wer der Fremde in seinem Wohnzimmer war. In seinem Gesicht lag ein Ausdruck völligen Desinteresses. Mary Palmer ging in die Küche und kam mit einer Wasserkaraffe und einer Schale zurück.

»Mary, in welcher Beziehung standen der Rabbiner und du zueinander?«, fragte Assaf ernst.

Palmer lächelte sanft. Dann fuhr sie sich mit der Hand durch ihre kurzen grauen Haare und sah den Kommissar mit hochgezogenen Augenbrauen an. »In welcher Beziehung standen wir zueinander? Nun erst einmal kennen wir uns seit mehr als fünfundvierzig Jahren«, sie stockte, »kannten wir uns.« Sie goss Assaf und sich selbst etwas Wasser in kleine Gläser ein. »Wir kennen uns sozusagen aus einem anderen Leben. Bevor David Rabbiner wurde.«

»David?«

»David Heller. Er wurde als David Heller geboren, und mit dem Namen habe ich ihn Ende der sechziger Jahre kennengelernt. Für mich war es schwierig, mich an den Namen Zvi zu gewöhnen. Deswegen bin ich bei David geblieben …«

»Wo habt ihr euch kennengelernt?«

»In San Francisco. Wir waren beide gerade einmal 18. Ich hatte als Studentin in Stanford begonnen.« Sie überlegte kurz und sprach dann selig lächelnd weiter. »Du kannst dir das vielleicht nicht vorstellen, aber San Francisco war magisch zu dieser Zeit. Wir haben geglaubt, dass eine neue Ära anbricht. Und rückblickend ist das ja auch irgendwie so gewesen.«

»Und Zvi, ich meine David, was hat er in San Francisco gemacht? Ich weiß, dass er dort geboren wurde. Aber hat er auch studiert? Oder gearbeitet?«

Sie schüttelte den Kopf. »Nein. David war ein Lebemann. Ein Herumtreiber. Er hat sich mit Gelegenheitsjobs über Wasser gehalten. Aber meistens saß er im Park und kiffte und wartete darauf, dass ich mit der Uni fertig wurde. Er hatte wenig eigene Ambitionen. Nicht einmal bei den politischen Diskussionen, die jeden Abend in unserer Kommune geführt wurden, mischte er sich ein.«

»Woher kam dieses Desinteresse?«

Sie zuckte mit den Schultern. »Sein Vater war ein sehr

erfolgreicher Geschäftsmann gewesen, und irgendwie war es, als hätte der Erfolg seines Vaters ihn geradezu gelähmt. David hat Zeit seines Lebens darunter gelitten, keine echte Anerkennung von ihm bekommen zu haben.«

»Ihr beide wart ein Paar?«

»Ja. Nun ja, insofern man ein Paar im herkömmlichen Sinne sein konnte zu dieser Zeit. Wir waren eine Gruppe von zehn, fünfzehn Leuten in unserer Kommune. Da war fast jeder einmal mit jedem zusammen. Aber David und mich verband etwas Besonderes. Ich habe ihn sehr geliebt. Doch seine traditionelle Mutter war gegen unsere Verbindung, weil ich keine Jüdin bin.«

»Wie ist er zum orthodoxen Judentum gekommen?«, fragte der Kommissar und schob sich einen der Kekse in den Mund, die Mary Palmer auf den Tisch gestellt hatte. Sie waren trocken und zerbröselten ihm schwerfällig auf der Zunge.

»Anfang 1971 verschwand David plötzlich. Er wollte nach Goa. Ich habe dann herausgefunden, dass er eine Zeitlang in Marokko lebte, bevor er schließlich Mitte der siebziger Jahre nach Indien weiterzog.«

»Warum bist du nicht mit ihm gegangen?«

Sie zögerte einen Moment, bevor sie antwortete. Dann nickte sie in Richtung Balkon. »Im Oktober 1970 wurde Jimi geboren.«

»Jimi?«

»Ich habe ihn nach Jimi Hendrix benannt, der kurz zuvor leider von uns gegangen war.«

Assaf folgte ihrem Blick und beobachtete den Mann, der draußen immer noch rauchte. Plötzlich begriff er, an wen ihn dieser Jimi erinnerte. Er sah wie eine fast exakte Kopie des Rabbiners aus. Die gleiche schwammige Figur, das gleiche volle Haar. Aber besonders auffällig waren die Gesichtszüge, dieselbe knubbelige Nase, dieselbe Augenform.

»Aber bevor du fragst, David war nicht Jimis Vater.« Mary Palmer sah nach unten, und der Kommissar hatte nicht nur wegen der Ähnlichkeit zwischen Jimi und dem Rabbiner das Gefühl, dass sie nicht die Wahrheit sagte. Ihr schien die Situation auf einmal äußerst unangenehm zu sein. Er hatte das Gefühl, dass sie sich ärgerte, zuviel preisgegeben zu haben. »Wie dem auch sei«, fuhr sie schnell fort, »David lebte also viele Jahre in Goa, bevor er Ende der achtziger Jahre nach New York ging. Kurz danach verstarb sein Vater, und dann ist er plötzlich fromm geworden. Wir hatten eine Zeit lang keinen Kontakt mehr.«

»Warum nicht?«

»Sein altes Ich passte nicht zu diesem neuen Lebensstil. Und ich war Teil seines alten Ichs.«

Assaf nickte verständnisvoll. »Aber dass du jetzt hier lebst, das hat doch bestimmt mit ihm zu tun, oder?«

Sie sah ihn an, als ob sie sich ertappt fühlte, und verschränkte schützend die Arme vor der Brust.

»Bist du damals mit Jimi in San Francisco geblieben?«, ging der Kommissar in der Chronologie zurück. Vielleicht war es besser, zuerst über ihr Leben ohne den Rabbiner zu sprechen, bevor sie darauf zurückkamen, was sie nach Israel geführt hatte.

Ihre Körperhaltung öffnete sich wieder etwas. »Ich habe mein Studium abgebrochen und bin zurück nach England gegangen. Meine Eltern wollten es so, und sie drohten, mich nicht mehr finanziell zu unterstützen, wenn ich in San Francisco geblieben wäre. Das konnte ich einfach nicht riskieren. Ich hatte ja Verantwortung für mein Kind.«

Assaf überlegte. Wenn Jimi wirklich das Kind von dem Rabbiner war, dann hatte dieser Mary Palmer ziemlich schäbig im Stich gelassen. Sie musste ihr Studium abbrechen und zu den Eltern zurückkehren, während er es sich in Marokko und Indien gut gehen ließ.

In diesem Moment kam Jimi Palmer ins Wohnzimmer zurück. In der Hand hielt er einen Aschenbecher, der vor Kippen fast überlief. »Mom, soll ich den Ascher unten im Müll entleeren?«, fragte er auf Englisch. Es schien ihm gar nicht aufzufallen, dass er damit das Gespräch unterbrach.

»Ist schon okay. Ich nehme ihn gleich mit herunter«, erwiderte sie und sagte dann in Richtung des Kommissars. »Mein Mann Erez und ich rauchen nicht. Allein der Geruch macht Erez wahnsinnig.«

Assaf nahm an, dass sie damit erklären wollte, warum die Kippen nicht einfach in den Mülleimer, der in der Küche stand, geworfen werden konnten. Ohne ihn eines Blickes zu würdigen, verschwand Jimi in einem der Zimmer.

»Du bist mit einem Israeli verheiratet?«, nahm der Kommissar den Faden wieder auf.

»Erez und ich haben uns bei einer Demonstration gegen die Mauer in der West Bank kennengelernt. Solange eine Zivilehe in diesem Land nicht möglich ist, werden wir nicht heiraten. Er ist mein Lebensgefährte.«

»Bist du seinetwegen nach Israel gekommen?«

»Nein, ich habe ihn erst vor fünf Jahren kennengelernt. Ich war bereits 2005 das erste Mal in Israel.«

»Um Zvi, ich meine David, zu besuchen?«, fragte Assaf

vorsichtig. Er wollte nicht, dass sie sich wieder verschloss wie eine Auster.

»Irgendwie schon«, antwortete sie bereitwillig. Es war, als hätte sie den stockenden Moment von eben vergessen. »David begann für die Menschenrechte der Palästinenser zu kämpfen, und ich hatte in der Zwischenzeit in London bei Amnesty International angefangen. Er sagte mir, dass es in Israel so viel zu tun gäbe, also habe ich mich versetzen lassen.«

Assaf verkniff sich die Bemerkung, dass es wohl in den Nachbarländern oder auch nur unter den Palästinensern selbst sicherlich sehr viel mehr für Menschenrechte zu kämpfen gegeben hätte. Aber das war ja gefährlich, während Aktivisten in Israel tagsüber im Westjordanland fast gänzlich unbehelligt von Polizei und Militär die Welt verbessern und abends in Tel Aviv feiern konnten. Nicht umsonst sah man am Wochenende plötzlich überall in den Ausgehvierteln Tel Avivs weiße Jeeps mit dem schwarzen Aufdruck »UN« stehen, dachte Assaf abfällig. »Kannst du mir erklären, warum der Rabbi erst als Siedler nach Hebron zog und dann praktisch«, er zögerte, weil er sich fragte, wie er sich in Gegenwart der sicher politisch korrekten Engländerin ausdrücken sollte, »die Seiten wechselte?«

»David hat vor allem an das geglaubt, was in der Tora steht. Hebron ist ja ein wichtiger Bestandteil der jüdischen Historie. Er ist in dem Sinne nicht als Siedler, schon gar nicht als Zionist, sondern als frommer Jude dorthin gegangen.« Das Wort »Zionist« sprach sie aus, als handele es sich dabei um eine besonders tückische Krankheit.

Assafs Augen verengten sich. Das Gespräch begann ihn zu nerven. Die unterschwelligen, ablehnenden, Israel-feindlichen Kommentare ärgerten ihn maßlos. Was wollte die Frau dann hier, wenn sie hier alles so beschissen fand? Soll sie doch nach Ramallah ziehen. »Du hattest dann also wieder Kontakt mit Rabbiner Avraham?«, fragte er, und sein Ton klang rau.

»Ja. Vor allem seitdem er seine Wohnung in Jaffa hatte, war er oft bei uns zum Abendessen. Mindestens einmal die Woche … Ich …« Sie stockte und ihr liefen ein paar Tränen die Wangen herunter. »Ich kann nicht glauben, dass ich ihn nie wiedersehen werde.«

»Hast du eine Ahnung, wer Grund gehabt haben könnte, den Rabbiner zu ermorden?«, überging Assaf ihre emotionale Reaktion kühl.

»Nein«, schniefte sie. »Wer sollte ihm so etwas antun? Er hat doch nur Gutes für alle Menschen getan …« Sie sagte es inbrünstig im Ton der Überzeugung.

»Mit wem hatte der Rabbiner denn sonst noch Kontakt in Jaffa?«

»Wie meinst du das? Na, mit allen eben. Durch die arabische Jugendgruppe, die er betreute, und das ›Simchat-Tora‹-Zentrum kannte er viele Leute.«

»Ich meine, hatte er Freunde, zu denen er zum Essen ging wie bei euch?«

»Sicher. Wir hatten einen gemeinsamen Freundeskreis, der überwiegend aus Expats, also nicht-jüdischen Einwanderern, bestand. Die meisten arbeiten bei NGOs und in Botschaften in Israel. Wir laden einander oft zum Dinner ein.«

Abendessen, zu denen Assaf nicht einmal für viel Geld gehen würde. »Kannst du mir die Namen der anderen Expats bitte aufschreiben?«

Mary sah den Kommissar etwas verwirrt an. Dann antwortete sie schnell »Natürlich, kein Problem.« Sie erhob sich und ging in die Küche, wo sie einen Stift und einen Block zur Hand nahm. Assaf betrachtete die hoch gewachsene, kräftige Frau von hinten und stand ebenfalls auf. Als er an den Esstisch herantrat, auf dem Jimi den Aschenbecher abgestellt hatte, griff er plötzlich, wie aus einer spontanen Eingebung heraus, nach einem der längeren Zigarettenstummel und packte ihn sich vorsichtig in die Tasche. Anhand der DNA, die sich auf der Kippe befand, konnte Liat ihm sagen, ob der Rabbi Jimis Vater gewesen war.

Mary Palmer, die von all dem nichts mitbekommen hatte, drehte sich ahnungslos um und überreichte dem Kommissar die Liste, die sie in etwas nach links fliehenden großen lateinischen Buchstaben auf die Schnelle angefertigt hatte. »Das müssten alle sein.«

Assaf Rosenthal bedankte sich höflich und verließ dann schnell die Wohnung. Als er auf die Straße trat, taten ihm die Augen fast weh von dem Licht, das ihm mit aller Kraft der Mittagssonne ins Gesicht schien.

KAPITEL 6

Der Kommissar fuhr auf direktem Wege zum Hafen, wo er sich zum Mittag mit Yossi verabredet hatte. Erst als sich das Weißfisch-Ceviche und die Petersilien-Kebabs zu einem wohligen Brei in seinem Magen verbunden hatten, begannen der Kommissar und sein Kollege sich über ihre Besuche bei Mary Palmer und Josh Teichman auszutauschen.

»Du glaubst also, dass dieser Jimi der Sohn vom Rabbi ist?«, fragte Yossi und steckte seine Nase in die kleine Espressotasse.

»Ich weiß es nicht. Aber es gibt einige Anzeichen. Der Rabbi verließ San Fransisco mehr oder weniger fluchtartig nach seiner Geburt. Und vor allem sehen sich die beiden verdammt ähnlich.«

»Meinst du, der weiß, dass Zvi Ben Avraham sein Vater war?«

Assaf zog die Augenbrauen hoch. »Mary Palmer hat steif und fest behauptet, Jimi sei nicht der Sohn vom Rav. Ich habe das Gefühl, sie hat es ihm nicht gesagt, weil sie es niemandem gesagt hat.«

»Komische Geschichte. Dieser Typ führt erst ein denkbar unfrommes Leben, Drug, Sex und Rock'n'Roll in San Francisco. Und dann macht er eine 180-Grad-Drehung ...«

»... als sein Vater starb«, ergänzte Assaf.

»... und wird fromm.«

»Und schließlich bringt er den wichtigsten Teil seines Rock'n'Roll-Lebens hier her. Denn er war es, der Mary Palmer aufgefordert hat, nach Israel zu kommen. Um hier für die Menschenrechte zu kämpfen.« Der Kommissar lachte verächtlich.

»Oh, na, da kann ich mir ja vorstellen, was für einen Spaß du bei der Befragung hattest. Gutmenschen«, sagte Yossi grinsend und machte ein scheinbar angeekeltes Gesicht.

»Und trotz allem«, fügte Assaf hinzu und griff nach einem Zahnstocher, »was der Rabbi Mary Palmer angetan hat, dass er sie mit einem Kleinkind hat sitzen lassen und sich dann nie um den Sohn gekümmert hat ... diese Frau hat ihn geliebt und ist ihm nach Israel gefolgt. Das ist doch irgendwie völlig bekloppt.«

»Und traurig. Aber glaub mir, Männer tun Frauen noch viel schlimmere Sachen an, und trotzdem bleiben sie ihnen treu.« Yossi musste es wissen: Bevor er in die Mordkommission wechselte, hatte er bei der Sitte gearbeitet. »Du kannst dir nicht vorstellen, wie viele Zuhälter ich gesehen habe, die ihre Frauen furchtbar behandelt haben, und die Mädels haben dennoch von Liebe geschwärmt. Es ist völlig verrückt. Passiert aber umgekehrt genauso. Auch wenn dann vielleicht nicht so oft körperliche Gewalt im Spiel ist.«

Assaf nickte stumm und schob seinen Zahnstocher mit der Zunge von einer Seite zur anderen. »Wie war es denn eigentlich bei Josh Teichman?«, fragte er und nahm den Zahnstocher nun in die Hand.

»Der übernimmt jetzt die ›Simchat Tora‹-Gemeinde, ich war überrascht, wie jung er noch ist.« Yossi sah kurz in sein Notizbuch. »Geboren 1985 ... also gerade einmal 27 Jahre alt.«

»Walla. Wollte er den Chef aus dem Weg räumen?«

»Auf keinen Fall. Im Gegenteil. Ich hatte den Eindruck, Josh Teichman hat ein sehr enges Verhältnis zum Rabbiner gehabt. Der war immer noch völlig durch den Wind. Er hat ihn sehr bewundert, für seine Arbeit und das, was er aufgebaut hat. Geradezu blind wäre er dem Rav gefolgt. Außerdem hat er ein Alibi, er stand während der Demonstration mit im Publikum und trug dabei ganz bestimmt kein Weihnachtsmannkostüm. Ich werde das trotzdem noch genau überprüfen. Teichman hielt sich jedoch sehr bedeckt über das Privatleben des Rav. Ich habe ihn darauf angesprochen, dass der Rabbiner keine Kinder hatte, aber dazu hat er gar nichts gesagt. Und natürlich will er auch keine Ahnung gehabt haben, wer den Rabbi ermordet haben könnte.«

»Sag mal, Yossi, wie finanzieren die eigentlich ihre Gemeindearbeit? Ich erinnere mich, die Rebbezin hatte etwas von Spenden aus Brooklyn erwähnt.«

»Da war Teichman gesprächiger. Das läuft wohl so: Der Rebbe veranstaltet Events wie Teepartys im Haus eines Spenders, und die Leute zahlen horrende Eintrittssummen, um einmal mit dem Rebben zu sprechen. Bis zu 10 000 Dollar.«

Assaf pfiff durch die Zähne. »Das ist ja ne Menge Holz.«

»Genau, und so wie ich Josh Teichman verstanden habe, hatte Rabbiner Avraham sehr gute Beziehungen zu seinen Spendern in New York. Seine antizionistischen Theorien liegen im Trend, außerdem ist er mit einer Frau verheiratet, die aus einer ehrwürdigen Rabbinerfamilie kommt. Ich nehme an, sie wird ihm viele der zahlungskräftigen Kontakte vermittelt haben. Teichman zumindest hat in den höchsten Tönen von ihr geschwärmt. Die Rebbezin war es auch, die ihm seine Frau vermittelt hat.«

»Wie lange ist Teichman verheiratet?«

»Seit sieben Jahren. Vier Kinder. Er spricht übrigens kaum Hebräisch. Ich habe mit ihm auf Englisch und mit ein paar Brocken Jiddisch, an die ich mich noch von meinem Großvater erinnern konnte, gesprochen.«

»Walla«, entfuhr es dem Kommissar. »Und in welcher Sprache hält er die Gottesdienste? Wie spricht er mit seiner Gemeinde?«

»Sie sprechen Jiddisch und Hebräisch nur wenn sie beten.«

»Warum das?«

»Weil Hebräisch für sie eine heilige Sprache ist, die nicht als Alltagssprache genutzt werden soll.«

Der Kommissar rollte mit den Augen. »Und was ist mit der Jugendgruppe?«, fragte er. »Wird Teichman die weiterführen?«

»Das habe ich ihn auch gefragt, aber er ist mir ausgewichen. So, wie ich das verstanden habe, war die Jugendgruppe so ein Sonderprojekt vom Rabbiner. Josh Teichman will sich eher auf die Juden in Tel Aviv-Jaffa konzentrieren.« Yossi überlegte und blätterte in seinen Notizen. »Ah, ich habe Teichman auch ein wenig über die Traditionen und Bräuche in der Gemeinde befragt. Die sind ziemlich krass drauf. Sehr streng, mit einigen Besonderheiten, die sie von den anderen ultraorthodoxen Gemeinden unterscheiden. Deswegen brauchen die auch ihre eigenen Synagogen und würden nicht mit anderen Anti-Zionisten wie den Satmar oder Naturei Karta in eine ›Schul‹ gehen.«

»Schul?«

»So nennen die Amis die Synagoge.«

Assaf lachte. »Ja, natürlich, das kann ich mir vorstellen.«

Der Kommissar warf seinen Zahnstocher auf den leeren Teller, und eine Kellnerin räumte den Tisch ab. »Kennst du den? Ein Jude wird gefragt: Wenn du auf einer einsamen Insel stranden würdest, was bräuchtest du dort? Der Jude antwortet: Zwei Synagogen, eine, in die ich am Shabbes gehen kann, und eine, in die ich aufs Verderben keinen Fuß setzen würde.«

Als Assaf abends nach Hause kam, ließ er sich erschöpft auf das Sofa fallen. Er hatte die zweite Hälfte des Tages damit verbracht, unzählige Berichte zu verfassen und gegenzuzeichnen. Dann hatte er beim Surfen im Internet die Zeit vergessen. Um halb neun war ihm plötzlich aufgefallen, dass er als Einziger noch im Büro war. Sein Team hatte sich ordnungsgemäß verabschiedet, aber er war so in Blogs und Artikel über die Ultraorthodoxen vertieft, dass er nur geistesabwesend gewinkt und »Ja, ja, alles klar. Bye!« gemurmelt hatte.

Und nun lag er in seinem Wohnzimmer, und Informationsfetzen wirbelten wie ein sich aufbäumender Tornado in seinem Kopf herum. Von Bettlaken mit Löchern in der Mitte, mithilfe derer die Paare Sex haben, hatte er in einem der Blogs gelesen. Und dass Ehepaare sich auf gar keinen Fall in der Öffentlichkeit berühren durften. Nicht einmal einen Autoschlüssel sollten sie einander direkt übergeben. Stattdessen musste der Schlüssel irgendwo abgelegt werden, so dass der andere danach greifen konnte. Der Kommissar hatte gelesen, dass die Menstruation als »Zustand« bezeichnet wurde und sich in dieser Zeit Mann und Frau nicht einmal in ihrem Haus berühren durften. Geschlechtsverkehr könne nur zwei Wochen im Monat überhaupt durchgeführt werden und sei dann bei weitem nicht spontan, sondern akkurat durchgeplant. Dass bei Hochzeiten Männer und Frauen komplett voneinander getrennt feierten, wusste er sowieso schon.

Besonders drastische Verurteilungen der ultraorthodoxen Gesellschaft kamen von Aussteigerfrauen wie Sarah Einfeld. Eine wunderschöne Israelin aus Ashdod, die mit Mitte zwanzig aus einer besonders strengen chassidischen Gemeinde geflohen war und nun in Tel Aviv lebte. Sie sprach von unterdrückten Gefühlen auf beiden Seiten und davon, dass weder Männer noch Frauen sich irgendjemandem wirklich anvertrauen konnten. Frauen waren dazu verdammt, am Herd zu stehen, im Haushalt zu arbeiten, Geld zu verdienen und sich gleichzeitig nonstop nur mit den Kindern und dem Mann zu beschäftigen. Sie sollten in erster Linie dienen, zuerst den Eltern, dann der Familie. Aber vor allem und über allem Gott. Von den Männern wurde erwartet, dass sie von morgens bis abends studierten, und auch sie lebten, um Gott zu dienen. Gott. Gott. Gott.

Assaf streckte sich laut seufzend über das ganze Sofa aus. Aber immerhin konnte man aus diesem Kreis aussteigen, ohne einem Ehrenmord zum Opfer zu fallen, versuchte er, die Religiösen in Gedanken zu verteidigen. Und trotz allem, viele der Chassidim, der Charedim, der Belzer, der Lubawitscher, der Satmar, der Gur, der Vischnitzer, der Zanz, der Dushinsky, der Breslover und wie sie alle hießen, lobten ihr Leben in der Gemeinde. Und selbst einige Aussteiger betonten, dass es keine gerechtere, hilfsbereitere Gemeinschaft gebe als ihre.

Der Kommissar schlug die Hände über dem Kopf zusammen. Die wirren Gedanken hielten ihn noch etwas wach, bevor er sich in sein Bett schleppte und über den Versuch, die Worte des Schma Israel zusammenzubekommen, einschlief. Warum ihm das Gebet plötzlich so wichtig war, wusste er selbst nicht.

Am nächsten Morgen saß Assaf entspannt am Schreibtisch und bereitete sich auf einen Termin mit Zipi und Yossi vor, als ihm plötzlich einfiel, dass er etwas vergessen hatte. Der Kommissar sprang von seinem Stuhl auf und wühlte in seiner braunen Ledertasche. Er wühlte und wühlte und siehe da, er hatte tatsächlich vergessen, Liat den Zigarettenstummel von Jimi Palmer zu geben. Assaf schlug sich mit der flachen Hand gegen die Stirn und verwünschte alle Joints seines Lebens, die er je geraucht hatte. Dann stürmte er aus seinem Büro und hastete ins Kellergeschoss. Er ignorierte, dass Liat Schapira gerade eine Leiche aufschnitt und drückte ihr das kleine Tütchen mit der Kippe in die behandschuhte Hand.

»Das dauert aber 'ne Weile«, antwortete ihm die Rechtsmedizinerin. »Du siehst ja, was hier los ist.« Sie meinte wohl den aufgeschnittenen Menschen vor ihr.

»Kein Problem, das ist auch eher eine Vermutung. Aber trotzdem schön, wenn du dich kümmern könntest, sobald du mal ein paar Minuten hast.«

Beruhigter ging Assaf die Treppen wieder hoch und kehrte in sein Büro zurück.

Kurze Zeit später betraten Zipi und Yossi das Zimmer, und sie alle nahmen an dem neuen Besprechungstisch Platz, den er zu Beginn des Quartals zugeteilt bekommen hatte. Aus Kostengründen waren die wenigen Konferenzräume, die sie gehabt hatten, in Büros umgewandelt worden, und nun mussten Besprechungen in den Büros der Kommissare durchgeführt werden. Wenn niemand außer ihm im Büro war, stand der Tisch wie ein großer, verlorener Elefant im Raum. Wenn man jedoch an dem Tisch saß, konnte man bis auf die Strandpromenade mit ihren hohen Palmen sehen. Dieser Luxus war nicht allen Kommissaren vergönnt. Assaf wusste es zu schätzen, dass er sich innerhalb der Dienststelle schnell und gut etabliert hatte. Dass das Neider hervorrief, war ihm klar. Aber vielen Kollegen war er wegen seiner schnellen, erfolgreichen Offizierskarriere sowieso suspekt.

»Assaf, gute Nachrichten!«, begann Zipi bereits, während sie sich hinsetzte. »Ich weiß jetzt, wer den Rabbiner wegen Missionierens angezeigt hat.«

»Walla, und?«

»Ein gewisser Said Abu Najib. Ich habe den Namen auch schon einmal durch den Computer gejagt, aber es gibt keine weiteren Einträge.«

Assaf nahm einen Schluck von der kalten Cola, die ihm Zipi mitgebracht hatte. Seine Stirn legte sich in Falten, und er verzog seltsam das Gesicht.

Yossi und Zipi beobachteten stumm und etwas verwundert den Kommissar, der in andere Sphären zu gleiten schien. Dann sahen sie betreten aus dem Fenster und warteten darauf, dass ihr Chef gedanklich wieder in dieses Büro zurückkehrte.

Als der Kommissar plötzlich laut, die Hände geöffnet und von sich gestreckt, »Ha!« ausrief, fiel Zipi vor Schreck fast vom Stuhl.

»Abu Najib. Die Krankenschwester!« Assaf schaute zufrieden in die Runde, erntete aber nur verständnislose Blicke.

»Passt auf, als ich im Krankenhaus war, hatte ich das Gefühl, dass mich eine der Schwestern argwöhnisch beobachtete. Ihr Name war Ifat Abu Najib, sie hat zum Zeitpunkt des Todes des Rabbis auf der Nebenstation gearbeitet.« Der Kommissar nickte stolz, er konnte weiter kiffen, sein Erinnerungsmotor lief wie geschmiert.

»Ifat? Also eine Jüdin, die mit einem Araber verheiratet ist?«, fragte Zipi ungläubig. »Na, das ist ja mal was.«

»Das ist in der Tat selten«, pflichtete Yossi ihr bei und verschonte die Runde zu Assafs Erleichterung mit einem Vortrag darüber, warum es schlimm war, dass sie so ungläubig auf diese Tatsache reagierten.

»Weißt du Details dazu? Warum dieser Typ ...«

»Said«, half Zipi ihm.

»... den Rabbiner angezeigt hat?«

»Nicht wirklich, aber ich habe mal ein bisschen gegoogelt und ...« Sie setzte ihre Lesebrille auf und las von dem Blatt ab, das vor ihr lag: »Said Abu Najib, geboren 1944 in Jisr az-Zarqa, ist ein islamisch-geprägter, sich selbst als Palästinenser bezeichnender Künstler, der gleichermaßen in Paris und Jaffa lebt. Er war einer der ersten arabischen Israelis, der in den 60er Jahren die Kunsthochschule ›Avni Art Institute‹ in Tel Aviv besuchte. Dann zog er Ende der 60er Jahre erst nach London, und von dort nach Paris. Vom Heimweh gequält, begann er, seine Heimat zu porträtieren. Vor allem die Bilder der Fischer von Jisr az-Zarqa sind für ihre schmerzhafte Melancholie bekannt. Abu Najib hatte Ausstellungen im Palais de Tokyo in Paris sowie im Museum für Kunst Tel Aviv. Daneben wurden einige seiner Werke in die Sammlung der Saatchi Gallery aufgenommen.« Sie atmete hörbar aus.

Der Kommissar nickte nachdenklich. »Danke, Zipi. Am Besten frage ich auch Gili mal dazu. Sie wird ihn sicherlich kennen. Aber mit welcher Begründung hat er den Rabbi angezeigt?«

»Ich kann nur vermuten, dass es um die Arbeit mit der arabischen Jugendgruppe ging. Aber genau weiß ich es auch nicht, die Daten gaben nicht mehr her.«

»In jedem Fall sollten wir dem mal einen Besuch abstatten, oder was meinst du?«, fragte Yossi an Assaf gerichtet.

»Betach. Auf jeden Fall.«

Kurze Zeit später waren Assaf und sein Kollege auf dem Weg nach Ajami, wo die Familie Abu Najib laut Melderegister wohnen sollte. Die kleine Straße namens Yam Suf führte vom Meer in die verwinkelten Gassen des ehemaligen Problembezirks hinein. Ehemalig, weil inzwischen, vor allem nach dem israelischen Film »Ajami«, in dem das wahre Ausmaß der Kriminalität des Stadtviertels deutlich geworden war, Initiativen wie die Gründung eines Jugendzentrums sowie mehr Polizeipatrouillen umgesetzt und eingeführt worden waren. Und dann hatte auch die Gentrifizierung ihren Teil zur Verbesserung der Sicherheitslage beigetragen. Neue Häuser, in die vornehmlich jüdische Israelis der Mittelschicht zogen, schossen wie Pilze aus dem Boden.

Der Kommissar und Yossi Hag parkten den Polizeiwagen ein paar Straßen weiter weg. Sie wollten kein allzu großes Aufsehen mit ihrem Besuch machen. Klar, Ajami war sicherer geworden, aber sie waren hier immer noch in der Unterzahl. Als Polizisten und als Juden. Sie betraten das Grundstück, das zwar nicht besonders gepflegt, aber trotzdem so groß war, dass es vom Erfolg des Künstlers zeugte. Das Haus selbst verfügte über kleine spielerische Bögen und Türmchen und sah auf den ersten Blick riesig aus.

Eine Frau, Ende fünfzig, die einen hellbraunen Hidschab trug, der ihre Haare und Körperform verhüllte, ihr Gesicht jedoch sichtbar ließ, empfing sie an der Eingangstür. »Kann ich euch helfen?«, fragte sie freundlich auf Hebräisch mit einem leichten arabischen Akzent.

»Wir sind von der Polizei und suchen Said Abu Najib«, antwortete Yossi ebenso freundlich auf Arabisch. Assaf sah ihn von der Seite an. Das war Yossis neues Hobby, Arabisch zu lernen und anzuwenden. Denn was für eine Ungerechtigkeit, dass die Araber ständig Hebräisch mit ihnen sprachen, sie aber nicht deren Sprache benutzten. Das war Yossis Argumentation, nicht Assafs.

Die Frau sah die beiden Männer verwirrt an. Sicher passierte es nicht oft, dass jüdische Israelis sie auf Arabisch ansprachen. »Said ist mein Schwager. Was ist denn passiert? Kommt rein, ich rufe ihn.« Sie führte den Kommissar und seinen Kollegen in das Wohnzimmer, in dem neben dem Sofa auch eine Art Liege stand. Ein großer Plasmafernseher dominierte den Raum, es lief ein arabisches Programm. An den Wänden hingen Zeitungsausschnitte, die vom Erfolg Said Abu Najibs berichteten. Seine Bilder selbst konnte Assaf nirgendwo entdecken.

»Was wollt ihr von meinem Großcousin?«, fragte plötzlich ein kräftiger Mann aggressiv, der aus dem Nichts im Türrahmen aufgetaucht war.

»Das würden wir lieber selbst mit ihm besprechen«, antwortete Assaf kurz angebunden und sah sich nach der Frau um, die sie in Empfang genommen hatte. Großcousin,

Schwager ... hier schien sich die ganze Familie versammelt zu haben.

»Ist schon gut, Ahmad, ich kümmere mich um die Herren«, beschwichtigte eine sanfte Stimme den stämmigen Mann, der Assaf noch einen bitterbösen Blick zuwarf, bevor er in das Nebenzimmer verschwand.

»Ihr seid sicher wegen dem Tod des Rabbiners hier«, eröffnete Said Abu Najib das Gespräch und schloss die Wohnzimmertür hinter sich.

»Ken, woher weißt du das?«, fragte Yossi, der sich nun doch für Hebräisch entschied. Vor allem, da sogar Said selbst mit seinem Großcousin in dieser Sprache gesprochen hatte.

»Ich habe vermutet, dass es nur eine Frage der Zeit ist, bis ihr auf die Anzeige stoßt, die ich vor Jahren gegen Zvi Ben Avraham erstattet habe.«

»Das ist richtig. Warum hast du den Rav angezeigt?«, fragte Assaf gespannt.

»Weil er mit den Jungen jüdische Texte gelesen hat. Und ihnen mit seinen religiösen Diskussionen den Kopf verdrehte. Das letzte, was wir in Jaffa brauchen, ist ein jüdischer Möchtegern-Messias, der unsere ohnehin schon verwirrten jungen Männer weiter verunsichert.« Der Künstler sprach ruhig, aber bestimmt. Als er fertig war, griff er nach der Fernbedienung und schaltete den Apparat aus.

Assaf dachte kurz über die Worte von Said Abu Najib nach. Warum sollte der Rabbiner ausgerechnet mit den arabischen Kindern und Jugendlichen jüdische Texte gelesen haben? Das ergab für ihn gar keinen Sinn. Warum hatte Zvi Ben Avraham kein Zentrum für jüdische Kinder gegründet und diese an die Religion herangeführt? So wurde es schließlich normalerweise von allen anderen Rabbinern im Land praktiziert. Vielleicht stimmte das mit den Texten gar nicht, und der arabische Künstler hatte nur nach einem Vorwand gesucht, den Rabbiner loszuwerden.

»Wir haben gehört, der Rabbiner hat sich sehr aufopferungsvoll um die arabische Gemeinde in Jaffa gekümmert. Was hat dich daran so gestört?« Assaf lehnte sich etwas zu dem Mann vor. Damit versuchte er, ein wenig von der Distanziertheit zu überbrücken, die Said ausstrahlte.

Said Abu Najib lächelte leicht, und ein Hauch von Ironie umspielte seine Lippen, über denen ein feingestutzter, ergrauter Oberlippenbart wie eine Brücke lag. Der graue Backenbart, der ebenfalls sorgfältig gestutzt erst am unteren Ende des Gesichts begann, war lang gewachsen und verdeckte den Hals des Mannes vollständig. Auffällig war, dass seine buschigen Augenbrauen im Kontrast zum grauen Bart immer noch schwarz glänzten. Auf dem Kopf trug der Künstler eine beige arabische Mütze, die der Kippa nicht unähnlich war. Trotz der Hitze hatte er einen langen Schal um sein langärmliges Gewand gelegt.

»Sicher, er hat sich gekümmert, aber das war doch nicht uneigennützig. Seine ›Simchat Tora‹-Gemeinde hat aktiv missioniert, auch wenn dieser Staat das nicht zugeben möchte.«

Ein junger Mann öffnete die Wohnzimmertür und schaute die beiden fremden Männer, die auf dem Sofa saßen, verdutzt an. »Das ist mein Neffe Malek. Er hat die Jugendgruppe des Rabbiners früher regelmäßig besucht und kann euch erzählen, was dort gemacht wurde.«

Anstatt mit den Polizisten zu sprechen, verschwand der etwa sechzehnjährige Junge jedoch schnell wieder.

»Er ist etwas schüchtern«, kommentierte Said Abu Najib milde.

Assaf löste den Blick von der Tür und konzentrierte sich nun wieder auf den muslimischen Künstler. »Bist du auch mit Ifat Abu Najib verwandt?«, fragte er.

Abu Najib sah ihn überrascht an. »Ja, wieso? Sie ist die Frau meines Großcousins Ahmad. Ihr habt ihn ja schon kennengelernt«, sagte er, und seine dunklen Augenbrauen zogen sich kurz zusammen.

Der Kommissar nahm sich vor, später im Büro einmal einen Familienstammbaum der Abu Najibs zu zeichnen. »Wer wohnt denn hier eigentlich alles im Haus?«

»Vor allem die Frau meines kürzlich verstorbenen Bruders Walid, Fatima. Und ihre jüngsten Kinder, Malek und Yasmin. Die anderen sechs, Mohammed, Walid, Shadi, Hussein, Djamila und Noub, haben vor ihren Hochzeiten auch hier gewohnt. Seit drei Jahren leben mein Großcousin Ahmad und seine Frau Ifat bei uns. Meine Schwester Ulima sowie ihr Mann Hassan wohnen ebenfalls hier. Und ich natürlich, auch wenn ich einen Großteil meiner Zeit in Paris verbringe.« Es machte dem Mann sichtlich Spaß, die Polizisten mit den vielen Namen und Verwandtschaftsverhältnissen zu verwirren.

»Wo warst du an dem Donnerstag, als der Rabbiner erstochen wurde?«, fragte Assaf unberührt von dem Wirrwarr, das im Haus der Familie Abu Najib herrschte, während Yossi neben ihm schweigend das Gespräch notierte.

»Da war ich noch in Paris. Als ich gehört habe, was passiert ist, bin ich mit dem nächsten Flieger gekommen.«

»Warum?«

»Was meinst du?«

»Warum bist du sofort gekommen? Ich nehme an, es war nicht, um dem Rabbiner auf seiner Beerdigung die letzte Ehre zu erweisen.«

Said Abu Najib schüttelte nachdenklich den Kopf. »Das nicht. Aber Jaffa ist klein, eine Tat wie diese zieht weite Kreise nach sich. Ich wollte einfach hier sein und meiner Familie beistehen.«

Die Antwort überzeugte Assaf nicht. Es wurde anscheinend zur Regel, dass jeder der Befragten ihm mindestens eine Lüge pro Gespräch auftischte.

»Wenn ihr mich jetzt entschuldigen würdet, ich möchte in die Moschee. Es ist Zeit für das Salat al-Asr.«

»So spät ist es schon?«, sagte Assaf mit Blick auf die Uhr. Er wusste genau, wann das Nachmittagsgebet der Muslime im Sommer begann. Es war fast halb drei, und er hatte noch nichts gegessen. Das war eine Katastrophe. Der Kommissar erhob sich schnell und dankte Said Abu Najib für seine Zeit. Er kündigte ihm an, dass sie sein Alibi überprüfen und eventuell noch einmal auf ihn zurückkommen würden, falls sie weitere Fragen hatten.

Als sie das Wohnzimmer verließen, hatte sich in der Küche ein Teil der Familie versammelt. In der Mitte saß die Frau, die ihnen die Tür geöffnet hatte. Wahrscheinlich Fatima, die Schwester des Künstlers, vermutete der Kommissar, der ein gutes Gedächtnis für Namen und Gesichter hatte. Ahmad, der wütende Großcousin, stand in seiner ganzen Breite neben dem Kühlschrank. Außerdem konnte der Kommissar den jungen Malek zuordnen, der am Rand des Tisches saß und auf den Boden schaute. Neben ihm saß eine wunderschöne junge Frau, mit langen braunen Haaren. Assaf nahm an, dass es sich dabei um Yasmin, die

Schwester von Malek und damit Nichte von Said, handelte.

Als Ahmad den Kommissar und Yossi entdeckte, kam er aus der Küche gelaufen und rief wütend: »Anstatt meinen ehrwürdigen Großcousin zu belästigen, solltet ihr euch lieber mal um die Siedler kümmern. Diese ganzen Drecks-Immobilienhaie, die unser Viertel übernehmen und judaisieren wollen!«

»Chalas, Ahmad! Das reicht«, zischte Said plötzlich scharf auf Arabisch.

Sieh an, er konnte also auch anders, dieser sanfte Schöngeist, dachte Assaf und hob beschwichtigend die Hand. »Wir sind schon weg.«

»Hat der gerade wirklich ›judaisieren‹ gesagt?«, fragte der Kommissar ungläubig, als Yossi und er sich in den Wagen setzten.

»Assaf, ich habe auch schon einmal gehört, dass die Immobilienentwickler den Arabern ihr Land abkaufen und dann hier neue Wohnanlagen bauen, die sie nur an Juden vermieten. So weit ist er nicht von der Realität weg.«

»Entschuldige mal, das ist doch unser Land hier. Wir können doch hinziehen, wo wir wollen. Abgesehen davon haben in Jaffa schon immer Juden gelebt.« Assaf hatte langsam genug von all diesen Staatsfeinden, mit denen er sich seit Beginn des Falls herumschlagen musste. Außerdem hatte er Hunger, was ihn noch aggressiver machte.

»Na ja, aber gezielt nur an Juden zu vermieten ist schon ein starkes Stück. Auch wenn das in den meisten jüdischen Städten und Dörfern in Israel so gehandhabt wird. Selbst in Haifa, wo wirklich viele Juden und Araber zusammen leben – versuch da mal als Araber bei einem Juden zu mieten. Das ist unmöglich. Wie dem auch sei, ich werde das einmal genau prüfen, wer hier in Jaffa die Immobiliengeschäfte macht. Vielleicht war dieser Hinweis gar nicht so aus der Luft gegriffen.«

»Das ist doch Quatsch. Versuch mal als Jude in Jisr az-Zarqa zu mieten, oder in Umm al-Fahm, Tayibe, Fureidis oder Baqa. Das geht doch genauso wenig.«

»Was nur zeigt, wie vertrackt unsere Situation ist …«

Assaf unterbrach Yossi. »Achi, ich hab jetzt keinen Nerv auf diese Diskussion. Lass uns was essen gehen. Und dann machen wir weiter. Wir brauchen dringend eine heiße Spur. Im Moment haben wir nämlich noch absolut gar keine Ahnung, wer den Rabbi erstochen haben könnte. Und das geht mir extrem auf die Nerven.«

KAPITEL 7

Nachdem die beiden Männer kurz und schmerzlos eine Pita mit Schawarma verschlungen hatten, beschloss Assaf, anstatt zurück ins Büro zu gehen, seine Freundin in ihrer Galerie zu besuchen. Er hatte Gili seit zwei Tagen nicht gesehen und vermisste sie. Als der Kommissar in der kleinen Galerie im Hafengelände von Jaffa ankam, war seine Freundin gerade damit beschäftigt, einem jungen kräftigen Mann Befehle zu erteilen. Sie hängten neue Werke von einem Künstler auf, den Gili erst seit kurzem betreute. Assaf erinnerte sich, dass sie ihm von dessen Palmen-Malereien erzählt hatte, und das da an der Wand waren eindeutig Palmen. Das erkannte selbst Assaf, der Kunstmuffel.

Gili fiel ihm um den Hals, als sie ihn entdeckte. »Assaf, was machst du denn hier? Was für eine schöne Überraschung!« Sie strahlte ihn an, und sofort fühlte er sich besser.

»Ich hab dich vermisst«, murmelte er und vergrub sein Gesicht in ihren roten Locken. »Sorry, dass ich im Moment so wenig Zeit habe.«

Sie schaute ihn belustigt an. »Du musst dich nicht dafür entschuldigen, dass du arbeiten musst. Bei mir ist sowieso gerade die Hölle los. Und stell dir vor, ich wurde eingeladen, eine Ausstellung in Zürich zu organisieren.«

»Walla, wow! Wie toll! In dieser Galerie, in die du schon so lange willst?«

»Genau. Sie haben mich heute Morgen angerufen. Ich bin immer noch ganz aus dem Häuschen.«

»Warum hast du mir das nicht gleich gesagt? Das müssen wir feiern. Heute Abend?« Er schaute sie gespannt an.

Gili sah sich kurz nachdenklich in ihrer Galerie um. »Eigentlich wollte ich noch ... ach, weißt du was? Das kann warten. Ja, heute Abend – Date!«

»Du buba, ich wollte dich eh etwas fragen.« Er zog sie in das Hinterzimmer der Galerie, um in Ruhe mit ihr zu sprechen. »Kennst du Said Abu Najib? Er wohnt hier in Jaffa und zum Teil auch in Paris.«

»Ja, klar. Ein toller Maler. Wieso? Was ist denn mit ihm?«

»Das weiß ich auch noch nicht so genau. Er hat den Rabbiner vor einer Weile wegen Missionierungsaktivitäten angezeigt. Er sagt, weil der Rav mit den Jugendlichen jüdische Texte gelesen hat. Aber irgendwie habe ich das Gefühl, da steckt mehr dahinter. Und sein Großcousin Ahmad, der auch bei ihm wohnt, ist zufälligerweise mit einer Krankenschwester verheiratet, die neben der Station gearbeitet hat, auf der der Rabbiner verstorben ist. Und der jüngste Neffe war bei dem Rabbiner in der Jugendgruppe. Vielleicht bilde ich mir das alles nur ein, aber ich werde das Gefühl nicht los, dass diese Familie zu viele Berührungspunkte mit dem Rabbiner gehabt hatte.«

»Du meinst, sie haben etwas mit dem Tod des Mannes zu tun?«

»Das habe ich nicht gesagt. Aber sie wissen mehr, als sie zugeben, da bin ich sicher.«

»Verstehe. Klar, ich höre mich mal um.«

»Aber buba«, der Kommissar nahm Gilis Hand, »sei vorsichtig.«

»Ach, Assaf«, sie lachte seine eindringlichen Worte weg, »du nun wieder mit deiner Polizistenparanoia. Das sind ganz normale Menschen, keine Kriminellen.«

Plötzlich bereute der Kommissar, dass er seiner Freundin von dem Fall erzählt hatte. Ein ganz seltsames Gefühl beschlich ihn. »Gili, hör dich lieber nicht um. Das weckt vielleicht nur schlafende Hunde.«

»Du denkst wohl, ich kann das nicht, mich unauffällig mal umhören?«

»Nein, darum geht's mir nicht. Ich will nur nicht, dass du da irgendwie mit reingezogen wirst.« Ach, warum konnte er auch seinen Mund nicht halten?

»Okay, ich werde ganz vorsichtig sein. Versprochen.« Sie hob zwei Finger zum Schwur. »Und jetzt komm mal her, ich habe dich noch gar nicht richtig begrüßt.«

Yossi war bereits in die Arbeit vertieft, als Assaf zurück ins Büro kam.

»Assaf, ich glaube, ich habe schon eine erste Spur. Ein gewisser Ari Yerimiyahu scheint ein ziemlich dicker Fisch in Jaffa zu sein.«

»Was heißt das? Dicker Fisch? Worin?«

»Nu, er hat mehrere Projekte entwickelt, unter anderem diese grässliche Andromeda-Hill-Anlage, die mitten auf der Yefet Straße die Reichen und Schönen beherbergt. Eine Art Festung hinter hohen Mauern«

»Was hat das mit dem Rabbi zu tun?«

»Ich habe den Immobilientypen vorhin gleich einmal angerufen.« Yossi ignorierte die Frage des Kommissars. »Er kannte den Rabbi, hat aber sonst nicht viel dazu zu sagen gehabt. Auf jeden Fall hat er ein Alibi.«

»Du hast den nach seinem Alibi für den Mord am Rav gefragt?« Assaf sah seinen Kollegen erstaunt an.

»Na klar, sollte ich nicht?«

»Hm. Ich weiß nicht, im Moment haben wir doch gar keine Ahnung, ob es überhaupt einen Zusammenhang zwischen diesen Immobiliengeschäften und dem Tod des Rabbiners gibt.« Der Kommissar lehnte sich an Yossis Schreibtisch und starrte einen Moment lang Löcher in die Luft.

»Auf jeden Fall hat dieser Yerimiyahu angeboten, dass ich gegen sieben auf einer seiner Baustellen vorbei kommen könnte, und dann kann er mir mehr zu dem Rabbiner erzählen. Er war wohl gerade auf dem Weg dorthin.«

»Walla ...«

»Ja, aber, Assaf, ich habe eigentlich Dikla versprochen, dass ich die Kinder vom Hort abhole. Und dafür hätte ich schon vor zehn Minuten losfahren müssen.« Yossi sah den Kommissar bittend an.

»Und jetzt soll ich da hinfahren, oder was? Ich sehe überhaupt keinen Zusammenhang zwischen dem Mord und irgendwelchen Immobiliengeschäften.«

»Du hast aber selbst gesagt, dass wir im Moment keine heiße Spur haben. Diese Geschäfte sind immerhin etwas.«

Assaf überlegte kurz. Schließlich sagte er schnaufend: »Fein, was soll's. Ich fahr mal bei diesem Yerimiyahu vorbei. Und jetzt hau schon ab.«

Kurz vor sieben verließ auch Assaf das Büro. Er würde jetzt nur noch auf dieser Baustelle vorbei fahren und sich dann auf den direkten Weg zu Gili machen. Er hatte ihr versprochen, sie abzuholen und dann auszuführen. Ausnahmsweise planten sie, mal bei ihm zu übernachten, da er morgen früh nach Tirat Karmel zu seinen Eltern wollte. Assaf hatte entschieden, Gili noch nicht zum Essen bei seinen Eltern einzuladen. Seine Mutter würde sonst gleich anfangen, die Hochzeit zu planen, und diesen Stress konnte er nun wirklich nicht gebrauchen. Und wenn ihm eine Frau seine Entspanntheit nicht übel nahm, dann war das Gili. Er wollte es erst einmal so einfach und unkompliziert wie möglich halten. Und das bedeutete auch, dass er seine Mutter aus der Beziehung komplett heraushielt.

Assaf stellte seinen Roller vor der Adresse ab, die Yossi ihm aufgeschrieben hatte. Die große Baustelle lag verwaist vor ihm. Der Kommissar schaute sich um. Es sah nicht aus, als ob hier noch irgendjemand arbeitete. Jedenfalls nicht um diese Zeit. Um ihn herum standen große Säcke mit Baumaterialien wie hellem Sand dazu Steinplatten und Schotter. Er ging ein paar Schritte zurück und blickte auf den Rohbau, um den ein nicht sehr stabil wirkendes Gerüst gebaut worden war. Das Gebäude hatte bisher insgesamt vier Stockwerke. Es sah aus, als sollte noch ein weiteres gebaut werden. Das Haus hatte noch keine Fenster, sondern nur große schwarze Löcher, hinter denen Räume lagen, aus denen irgendwann Zimmer werden sollten. Blöderweise hatte Assaf vergessen, sich von Yossi die Handynummer des Mannes geben zu lassen. Er würde einfach mal schauen müssen, ob dieser Yerimiyahu hier irgendwo war. Im zweiten Stock sah Assaf plötzlich ein Licht aufflackern. Wahrscheinlich arbeitete Ari Yerimiyahu dort. Es war zwar noch nicht dunkel draußen, aber es dämmerte langsam. Und die Sonne hatte sich sowieso schon den ganzen Tag hinter dichten Wolken aus Staub und Wüstensand versteckt. Assaf strich sich mit der Hand über die Stirn. Die schwüle Hitze war einfach unerträglich.

Der Kommissar lief ein paar Schritte auf den Eingangsbereich des Hauses zu, innen waren bereits Treppen und Wände eingebaut. Er lief langsam die unverputzte graue Betontreppe hoch, als er unerwartet ein lautes Klirren hörte. Es klang, als wären zwei Metallstangen aufeinander geschlagen. Der Kommissar beschleunigte seine Schritte etwas und kam in den ersten Stock.

Von außen drang wenig Licht in den Rohbau. Assaf brauchte einen Moment, um sich zu orientieren. Er stand in einem großen Raum, von dem in beide Richtungen weitere Bereiche abgingen. Hier schien niemand zu sein. Assaf stieg die Treppe weiter hoch in die zweite Etage. Die Lampe, die er von draußen gesehen hatte, müsste zu seiner Linken sein. Er ging in die Richtung.

»Ari Yerimiyahu?«, rief er in den leeren Gang hinein. Die kahlen grauen Wände verschluckten seine Worte geradezu. Der Kommissar ging weiter und stieß kurze Zeit später auf die Lichtquelle: Eine kleine Schreibtischlampe stand verloren in dem großen, hohen Raum. Hier war niemand. Assaf bückte sich und knipste die Funzel aus. Gerade, als er sich umdrehen und wieder herunter gehen wollte, hörte er, wie unten die Alarmanlage seines Rollers losheulte. Das passierte normalerweise nur, wenn jemand gegen den Motorroller stieß. Der Kommissar lief schnell zu der Stelle, an der irgendwann einmal hohe Fenster sein sollten. Er konnte jedoch von hier aus nicht auf seinen Roller schauen und musste daher einen Schritt weiter auf das Gerüst hinaustreten.

Als er sich vorbeugte, um zu sehen, ob und wer dort unten war, versetzte ihm plötzlich jemand einen kräftigen Stoß. Bevor Assaf wusste, wie ihm geschah, baumelte er wie ein Artist an dem äußeren Ende des Baugerüsts. Der Angriff kam so überraschend, dass er es nur gerade so schaffte, sich mit einer Hand festzuhalten. Der Kommissar zog die zweite Hand nach oben und tastete mit den Füßen nach der Stange, die diesen Teil des Gerüstes mit dem Holzsteg des ersten Stockwerks verbinden sollte. Doch da war nichts. Ungläubig versuchte Assaf herunterzuspähen und den Teil des Gerüsts zu finden, auf den er sich fallen lassen konnte. Nichts, nichts, nichts.

»Ebn El Sharmoota«, fluchte er auf Arabisch. Wer hatte dieses beschissene Gerüst genehmigt, hier fehlten ja die wichtigsten Teile. Der Kommissar begann zu schwitzen. Wie kam er aus dieser Misere nur wieder heraus? Springen war keine Option, dafür war es zu hoch. Assaf versuchte sich hochzuziehen, doch er hing schon zu lange in dieser Position, seine Arme waren fast taub. Er hatte wertvolle Zeit damit vergeudet, nach dem unteren Stockwerk dieser verdammten Attrappe eines Baugerüstes zu suchen. »Bensona, Kelev ben Kelev«, fluchte Assaf in seiner Muttersprache weiter. Er musste versuchen, sich hochzuziehen, das war seine einzige Chance. Gerade, als er einen Versuch starten wollte, hörte er von drinnen wieder ein Klirren. »Hallo?«, schrie er, »Ist da jemand? Verdammt, du Hurensohn, komm her und hilf mir.«

Seine Worte schienen Wirkung zu zeigen, denn plötzlich tauchte eine Gestalt auf dem Gerüst über ihm auf. Hauptsache, der war jetzt nicht gekommen, um ihm auf die Finger zu treten. Der Kommissar machte einen erneuten Versuch, sich hochzuziehen, und plötzlich ging es ganz einfach. Der

Unbekannte hielt seine rechte Hand fest und zog ihn auf das zweite Stockwerk zurück. Assaf sank auf das Holzbrett. Zeit zum Verschnaufen blieb ihm nicht, denn die Gestalt, die ihm eben noch geholfen hatte, wollte nun fliehen. Flink wie eine Meerkatze im Regenwald hangelte sie sich an den Gerüststäben herunter.

Assaf rannte zur Mitte des Gerüsts, betrat die wackelige Konstruktion und rutschte auf der Leiter in das untere Stockwerk. Von dort sprang er herunter, wild entschlossen, den Flüchtigen zu fassen. Glücklicherweise wurde sein Fall von einem der Erdsäcke etwas abgefedert. Mit einem schnellen Satz warf er sich auf den Mann.

»Verdammter Mist, man wird ja wohl noch danke sagen dürfen.«, schrie er seinen Retter an. Dann drehte er die Gestalt unter ihm um und schaute erstaunt in das ängstliche Gesicht von Malek Abu Najib.

»Du bist doch der Neffe von Said Abu Najib!«, rief der Kommissar aus.

»Bitte, Kommissar, lass mich gehen. Ich wollte dir nur helfen. Sag meinem Onkel nichts.«

»Was machst du hier? Hast du mich vorhin gestoßen?«

Der Jugendliche biss sich auf die Lippen und schüttelte energisch mit dem Kopf.

Assaf bemerkte, dass er immer noch auf ihm hockte. »Ich steh jetzt auf. Bleib ganz ruhig da, wo du bist.«

Der Junge gehorchte.

»Wer hat mich von dem Gerüst gestoßen?«, fragte Assaf, der immer noch völlig außer Atem war.

»Ich weiß es nicht, wirklich nicht!« Malek Abu Najib sah ihn mit großen Augen an.

»Woher kannst du so gut klettern?«

»Parkour«, antwortete Malek knapp.

»Parkour? Dieser alternative Klettersport?« Das könnte erklären, warum der Mörder des Rabbiners so extrem wendig gewesen war, dachte Assaf.

»Wir trainieren jeden Tag beim Jugendzentrum und auf den Baustellen.«

»Wer ist wir?«

»Die Jaffa-Parkour-Gruppe.«

»Die Jaffa-Parkour-Gruppe?«, wiederholte der Kommissar ungläubig.

»Wir sind dreißig Mann, wenn alle kommen.«

»Und was macht ihr da genau?« Assaf hatte sich nun auf den Boden gesetzt, direkt neben den Jungen.

»Ich zeig's dir.« Malek sprang auf.

Assaf überlegte einen Moment lang, den Jungen wieder auf den Boden zu ziehen, aber es fehlte ihm an Energie. Außerdem gab es jetzt keinen Grund mehr für Malek wegzurennen. Der Kommissar beobachtete, wie der Jugendliche an das Gerüst heran sprang. Geschickt landete er auf der schmalen Stange, die das Baugerüst in der Horizontalen zusammenhielt. Von dort hüpfte er scheinbar mühelos weiter und schwang sich in die Fensteraushöhlung. Der Kommissar schnellte hoch. Hatte der jetzt doch vor zu fliehen?

Nur wenige Sekunden später kam Malek Abu Najib wieder auf das Gerüst geschossen. Mit einem zweifachen Salto katapultierte er sich von dem Baugerüst herunter und beendete seine kleine Vorstellung. Dann schaute er den Kommissar mit leuchtenden Augen wie ein stolzes Kind an.

Assaf klatschte beeindruckt. »Wow. Nicht schlecht!«

Der Junge winkte bescheiden ab. »Nee, gar nicht. Die

anderen sind viel besser als ich. Vor allem Sami. Der kann sogar steile Wände hochklettern.«

»Was du nicht sagst …« Der Kommissar dachte an den Einbrecher in der Wohnung des Rabbis, der wie von Zauberhand plötzlich verschwunden war. Wahrscheinlich gehörte er genauso wie der Mörder des Rabbis zu dieser Parkour-Gruppe. »Dann muss ich euch wohl mal besuchen kommen und mir eure Kunststücke selbst ansehen.«

Malek nickte zögerlich.

»Und was habt ihr hier auf der Baustelle gemacht? Oder bist du alleine gekommen?«

»Ich wollte ein bisschen trainieren. Die Baustellen sind super zum Trainieren. Aber, Kommissar, ich habe wirklich nicht gesehen, wer dich da heruntergestoßen hat. Ich war auf der anderen Seite des Gebäudes, da steht nämlich eine halbe Mauer, auf der ich mein Speed trainieren kann.«

»Was ist das nun schon wieder?«

»Beim Speed springt man über ein Hindernis. Man rennt direkt darauf zu, ganz schnell und springt dann aus dem Laufen heraus auf die Mauer. Mit einer Hand stützt man sich ab und schwingt die Beine drüber. Dann landet man so, dass man direkt weiterlaufen kann.«

Ihm fiel lediglich auf, dass der Junge einen sehr schwachen arabischen Akzent hatte, wenn er Hebräisch redete. Er war sehr geübt in der Sprache, wahrscheinlich sprach er viel Hebräisch. »Und du bist wirklich ganz alleine zum Trainieren gekommen?«, fragte Assaf noch einmal nach.

»Ja«, murmelte Malek, »Und dann habe ich dich fluchen hören …«, er lachte kurz, »das war ja nicht zu überhören.«

»Danke auf jeden Fall, dass du mir geholfen hast. Ohne dich wäre ich wahrscheinlich gefallen und hätte mir beide

Beine gebrochen. Ich bin nämlich nicht so ein talentierter Kletterer wie du.«

Malek grinste ihn verlegen an.

»Und jetzt sieh zu, dass du nach Hause kommst. Deine Mutter wartet bestimmt schon mit dem Abendbrot.«

»Und du erzählst meinem Onkel nicht, dass ich hier war und auch nichts von der Parkour-Guppe?«

»Versprochen!«

Malek rannte los, und Assaf sah dem Jugendlichen nachdenklich nach. Der Junge war bestimmt schon sechzehn, das verriet seine Statur. Und trotzdem hatte er etwas so Kindliches an sich, dass er sehr viel jünger wirkte. Er schien aber kein schlechter Kerl zu sein, immerhin hatte er ihm geholfen, obwohl er sich selbst damit in die Bredouille gebracht hatte. Und diese Parkour-Gruppe, dachte Assaf, als er auf seinen Roller stieg, mussten sie sich unbedingt mal genauer anschauen.

Als Assaf eine halbe Stunde später als vereinbart bei Gili eintraf, wartete sie bereits vor der Haustür.

»Wo warst du denn? Ich habe versucht, dich anzurufen.« Sie sah ihn besorgt an.

»Tut mir leid, buba, mir ist was dazwischen gekommen.«

Sie streckte ihm ihr Mobiltelefon entgegen. »Assaf Rosenthal – das Handy. Handy, darf ich vorstellen: Assaf Rosenthal.«

»Hast du immer noch das alte Ding«, erwiderte er amüsiert, ohne auf ihren Vorwurf einzugehen.

»Was heißt hier altes Ding? Nur weil ich kein Smartphone habe …«

»Dein Handy geht ständig an und aus …«

»Aber doch erst, seitdem es mir neulich ins Wasser gefallen ist. Weißt du, was ich mit diesem Telefon schon alles erlebt habe? Außerdem ist es viel kleiner und praktischer als diese riesigen Hightech-Dinger. Ich muss nicht dauernd online sein. Und ich muss es nur einmal ...« Sie bemerkte, dass Assaf sie erfolgreich vom Thema abgelenkt hatte, und ihre grünen Augen funkelten wütend. »Lenk nicht ab, Assaf Rosenthal.«

Er schaute seine Freundin amüsiert an. Ihre roten Haare standen in wilden Locken zur Untermalung ihrer Wut in alle Himmelsrichtungen. Ihr Gesicht hatte einen trotzigen Ausdruck. Sie hatte die Arme abwehrend vor der Brust verschränkt und schaute haarscharf an ihm vorbei. Die Enden ihres leichten Blümchenkleides wehten leicht im Sommerwind. Ihre schmalen Füße steckten in klobigen schwarzen Boots, die dem Sommerkleid die süße Lieblichkeit nahmen. Sie sah einfach wundervoll aus.

Assaf zog sie ein wenig zu sich heran, und als ihre Gesichter ganz nah beieinander waren, flüsterte er: »Ich mag dich sehr, Gili Deutsch. Wirklich sehr. Regelrecht verknallt bin ich in dich. Verschossen bis über beide Ohren. Heißblütig vernarrt in deine Locken und in deinen klugen Kopf.«

Sie kniff die Augen zusammen und grinste. Statt einer Antwort küsste sie ihn, und Assaf hatte das Gefühl, sie tat es extra lange, damit er am Ende dieses Kusses vergessen würde, dass sie ihm nicht auf sein Liebesgeständnis geantwortet hatte.

KAPITEL 8

Am Freitagmorgen machte sich Assaf, natürlich wie immer später als geplant, gegen halb zwölf Uhr auf den Weg Richtung Norden. Seine Familie wohnte ganz in der Nähe von Haifa in Tirat Karmel, einer Stadt am Fuße des Karmelberges. Die Kleinstadt war wahrlich keine Schönheit, und als er die Straße, die in die Stadt führte, entlang fuhr, konnte er wieder einmal nicht fassen, unter welchen Umständen manche Bewohner dort lebten. Vor allem die ärmliche Wohngegend, die sich um die Hauptstraße herum gebildet hatte, bestand ausschließlich aus schäbigen Häusern. Hinter verrosteten Gittern schauten Menschen aus den Fenstern, deren Träume hier zu Ende waren. Mittlerweile hatten sich um Tirat Karmel herum riesengroße Baustellen gebildet, die moderne Hochhaussiedlungen für junge Familien errichten sollten. Wohnungen, die sich die Bewohner von der Hauptstraße in zwei Leben nicht würden leisten können. Einmal umzingelt von Hochhäusern würde die Stadt dann gar keine Luft mehr bekommen, und das, obwohl sie nur wenige hundert Meter vom Meer entfernt lag. Assaf wusste, dass der korrupte Bürgermeister diese Wahnsinns-Projekte genehmigte, völlig ohne Sinn und Verstand, nur mit dem eisernen Blick auf sein Portemonnaie.

Assaf fuhr langsam den Hügel hinauf, der zu der Siedlung führte, in der seine Eltern ihr dreistöckiges Apartment bewohnten. Hinter ihnen begann der Karmelberg, und links von dem Gebäudekomplex wurde ebenfalls gebaut, als würde man hier die neue Metropole Israels errichten wollen. Assaf stieg aus dem Dienstwagen und begrüßte ein paar Nachbarn, darunter seinen jungen Cousin, der bald Bar Mizwa haben würde. Schon von unten hörte er seine Mutter aus dem Küchenfenster – wahrscheinlich redete sie mit dem Rest der Familie, der bereits im Esszimmer Platz genommen hatte. Er lief die Treppen schnell hoch, und als er die Wohnungstür öffnete, schlug ihm ein Mix aus Lärm und dem Duft von frisch gebratenem Fisch entgegen.

»Ahhhh ine Assaf …«, rief seine Mutter freudestrahlend, als sie ihn entdeckte. Sie riss ihn an sich, als sei er gerade aus dem Krieg zurückgekehrt.

Sein Vater erhob sich etwas weniger stürmisch vom Sofa, von dem aus er Nachrichten geguckt hatte, um seinen mittleren Sohn zu begrüßen. Aus dem Esszimmer tönte ein schier unfassbarer Krach, den Assafs älterer Bruder und seine große Schwester sowie deren Partner und Kinder verursachten.

»Ma kore?« Assaf begrüßte sie alle nacheinander mit einer Umarmung, den Kindern drückte er ein paar Wangenküsse auf. Er schnappte sich den jüngsten Nachwuchs, den einjährigen Sohn seines älteren Bruders und trug ihn auf dem Arm durch die Wohnung. Dabei warf er ihn immer wieder in die Luft, was ein herzerfüllendes Kinderjauchzen zur Folge hatte.

»Aba, warum sitzt du denn hier vom Fernseher?«, fragte er seinen Vater, während er den kleinen Jungen weiterhin mit lustigen Grimassen und seltsamen Geräuschen unterhielt.

»Seit Wochen hagelt es Raketen im Süden, diese Huren-
söhne der Hamas haben den Waffenstillstand gebrochen.
Und jetzt haben wir Ahmed Dschabari erledigt. Ich schaue
nur, was das bedeutet, immerhin habe ich drei Söhne im
Reservedienst.«

»Ach so, hab ich vorhin schon im Radio gehört«, erwiderte Assaf, dem der Name des Militärchefs der Hamas natürlich ein Begriff war, und zwar nicht nur, weil dieser die
Entführung des israelischen Soldaten Gilad Schalit maßgeb-
lich vorbereitet und organisiert hatte, »Ist doch super. Ein
Hurensohn weniger. Die sollten Haniyya gleich hinterher
in die Hölle schicken.«

»Dieser Terrorist nennt sich Ministerpräsident. Dass ich
nicht lache. Ministerpräsident wovon denn? Vom Terror-
staat Gaza?«, mischte sich seine Mutter aus der Küche ein.
Dann schimpfte sie noch etwas auf Arabisch hinterher, von
dem Assaf lieber nicht genau verstehen wollte, was es war.
Während sie das tat, trug sie wie selbstverständlich weitere
Berge Essen zum Tisch. Seine Schwester und die Schwägerin halfen ihr dabei, und auch Assaf schnappte sich ein paar
Schüsseln. Als er wieder zurück in die Küche kam, sah er,
dass inzwischen auch sein kleiner Bruder die elterliche
Wohnung erreicht hatte. Wobei klein nicht die richtige Bezeichnung war, immerhin war Eli im Januar dreißig geworden. Assaf umarmte ihn und klopfte ihm dabei herzlich auf
die Schulter. Er hatte zu all seinen Geschwistern ein sehr
gutes Verhältnis, aber mit seinem kleinen Bruder verband
ihn zusätzlich eine tiefe Freundschaft. Wenn sie zusammen
bei den Eltern zu Besuch waren, übernachteten sie in ihren
alten Kinderzimmern und hingen sich nachts aus dem
Dachfenster, um mit Blick aufs Meer einen Joint zu rauchen.

Dazu hörten sie die Red Hot Chili Peppers oder Depeche Mode und redeten, bis die Sonne wieder aufging.

Assaf sah sich einen Moment um, ob es noch weitere Schüsseln gab, die ins Esszimmer getragen werden mussten. Er nahm sich die letzten zwei Schalen, die mit eingelegter Roter Bete und Tahini gefüllt waren, und ging dann zu den anderen.

Der Tisch, an dem nun insgesamt elf Erwachsene saßen – die Kinder waren an einen kleineren Nebentisch ausgelagert worden –, brach fast unter der Last der vielen Schüsseln und Schalen zusammen, die seine Mutter aufgefahren hatte. Assaf verschaffte sich einen Überblick über das Angebot: Schnitzel, gebratener Fisch mit Koriander, Fleischbällchen in Erbsensauce, gefüllte Weinblätter, irakische rote Kubbeh, ein gebackenes Huhn mit Trockenfrüchten und Salate, Salate, Salate. Sie hätten hier eine ganze Kompanie verpflegen können, und Assaf freute sich schon jetzt über das ganze Essen, das er mit nach Hause nehmen würde. Was das Kulinarische anging, war seine Woche gesichert. Anders als bei anderen Familien fand ihr Schabbat-Essen vor dem Beginn des eigentlichen Schabbats statt. Abends gab es dann bei Familie Rosenthal nur eine Suppe und vielleicht ein paar Burekas. Sie hielten sich aber auch nicht wirklich an das Ruhegebot, das am Schabbat herrschte. Auch nach Sonnenuntergang sahen sie munter fern oder fuhren mit ihren Autos zu anderen Verwandten, von denen die meisten ebenfalls in Tirat Karmel wohnten.

Am Tisch gab es nur ein Thema: Alle unterhielten sich lautstark über den Hamas-Führer, den das Militär zur Strecke gebracht hatte. Immer wieder wurde Assaf, der in der Familie Rosenthal die höchste Militärkompetenz besaß, befragt, was er dazu dachte. Doch der Kommissar murmelte nur kurze, abgehackte Sätze. Er war viel zu hungrig für eine ausführliche Diskussion. Seine Familie überschrie sich also alleine mit ihren Meinungen. Im Grunde hatten sie sowieso alle den gleichen Standpunkt, die Raketenbeschüsse im Süden mussten aufhören. Koste es, was es wolle. Doch diese Ansicht brüllten sie hinaus, als wären sie in einem Heim für Schwerhörige zu Besuch.

Assaf griff nach dem Reis, der mit Trockenfrüchten und Mandeln versetzt war, während er seinem wild gestikulierenden Bruder die Schnitzel abnahm. Dann füllte er Hackfleischbällchen, frittierte Auberginen und etwas Baba Ghanoush auf seinen Teller. Das Ganze garnierte er mit sauer eingelegten Karotten, Kohl und Tomaten. Nachdem er alles zusammen hatte, was er mochte, fing er an zu essen und stellte erfreut fest, dass man ihn bei all dem Lärm nicht schmatzen hörte.

Nach dem Essen legte Assaf sich schnell auf eines der beiden Sofas. Die Plätze waren begehrt, und es empfahl sich, noch vor dem Nachtisch eine Liegefläche zu besetzen. Er starrte auf den Fernseher, in dem attraktive Frauen und glatzköpfige Männer in schlechten Anzügen einen möglichen Angriff der Hamas auf Tel Aviv, die rote Linie, wie sie es nannten, diskutierten. Assaf döste weg, und als sein Handy plötzlich klingelte, fuhr er, bereits halb im Tiefschlaf, erschrocken zusammen. Mit Erstaunen stellte er fest, dass auf seinem Display der Name »Anat Cohen« blinkte. Was könnte seine Kollegin an einem Freitag von ihm wollen? Und überhaupt konnte Assaf sich nicht erinnern, wann er das letzte Mal mit Anat telefoniert hatte. Jedenfalls nicht nach dieser Sache – ihrer Sache.

»Anat, was ist los?«, ging er dementsprechend besorgt an das Handy.

»Hallo, Assaf. Ich sitze im Büro, und Yossi hat mir gestern erzählt, dass ihr ein paar Immobilienhaie in Jaffa sucht. Ich habe eventuell etwas gefunden, was euch weiterhelfen kann.«

Der Kommissar setzte sich auf. Yossi schien völlig versessen auf diese Immobilientheorie zu sein. Andererseits wusste er, dass Anat ihn nicht anrufen würde, wenn ihre Infos nicht wirklich gut waren.

»Dieser Rabbiner, Zvi Ben Avraham, hat vor einer Weile Immobilien von der Franziskanerkirche abgekauft. Es handelt sich dabei um zwei Mietshäuser und drei größere Grundstücke. Auf einem steht wohl eine Moschee.«

»Und er hat die von den Franziskanern erworben?«

»Ja. Denen gehört Jaffa ja praktisch, zumindest zur Hälfte.«

»Und ist das ungewöhnlich, dass der Rabbi von denen so viel abkauft?«, fragte Assaf misstrauisch.

»Nu, das kommt darauf an, was er damit machen wollte.«

»Wie meinst du das?«

»Es ist durchaus denkbar, dass der Rabbiner die Immobilien weiterverkauft hat. Und dann wäre es interessant zu wissen, an wen und warum. Wenn du mich fragst, sieht das nach einem Strohmann-Deal aus. Die Kirche verkauft nämlich nicht an jeden. Die haben ihre eigene Agenda.« Anat seufzte leicht ins Telefon.

»Inwiefern?«

»Die Kirche hat kein Interesse daran, dass Jaffa arabischer wird, als es ist. Und schon gar nicht islamischer. Und der Krieg, der Immobilienkrieg, man muss das dieser Tage ja genauer definieren, welchen Krieg man meint«, sie lachte kurz auf, »der in Jaffa tobt, findet vor allem zwischen Muslimen und national motivierten religiösen Juden statt. Beide wollen Jaffa mehr zu dem ihren machen ...«

»So wie Ari Yermiyahu?«, unterbrach Assaf ihren Gedankengang mit Erinnerung an den Mann, den er eigentlich auf der Baustelle aufsuchen sollte, bevor ihn jemand das Gerüst heruntergestoßen hatte.

»Zum Beispiel. Der ist ja eher so eine Art Siedler, wenn ich das richtig sehe. Die Franziskaner würden sich da aber am liebsten heraushalten. Zumindest offiziell. Deswegen verkaufen sie an keinen der beiden.«

»Wohingegen der Rebbe ein guter Käufer ist, da er weder zu den Islamisten noch zu den Zionisten gehört«, schloss Assaf den Gedankengang.

»Ich denke schon«, stimmte die Kommissarin ihm zu.

»Beseder. Danke für die Informationen.«

»Gern geschehen, Assaf!«, sagte sie, und Assaf glaubte zu hören, dass ihre Stimme weicher wurde.

Er lächelte. »Schabbat Schalom, Anat.«

Der Kommissar schaute angestrengt auf die Tafel, die vor der Franziskanerkirche St. Peter in Jaffa hing und Zeit und Tag der Gottesdienste, die hier stattfanden, auflistete. »Samstagabend, 20 Uhr, Gottesdienst auf Englisch«, las er laut. Beim Blick auf seine Rolex, ein wertvolles Stück aus den achtziger Jahren, das er bei Ebay erstanden hatte, stellte er fest, dass es bereits fast Viertel nach acht war.

Leise schlich er sich in die imposante Kirche. Der Franziskanerpriester Johannes Stassen, der dem Rabbiner nach Anats Informationen die Immobilien verkauft hatte, sollte jetzt eigentlich eine Predigt halten. Der Gottesdienst gab dem Kommissar die Möglichkeit, den Mann etwas zu beobachten, bevor er mit ihm sprach.

In dem Kirchengebäude verbreiteten ein paar Wandlampen und zwei kleine Kronleuchter schummriges Licht. Marmorierte Säulenbögen begrenzten den langen Gang, in dem rund zwanzig Holzbänke aufgestellt waren und über dessen Mitte rechts eine große Holzkanzel schwebte. Am Ende des Ganges lag ein fast kitschig dekorierter Altar, an dessen äußeren Enden zwei goldene Engelsfiguren mit großen Flügeln standen. Die halbrunde Ecke hinter dem Altar war überladen mit Stuck und verzierten Säulen. Zur gewölbten Decke hin schwebte an einem durchsichtigen Band eine Art Sternen-Sonnenuhr, deren Symbolik und genauen Zweck der Kommissar nicht weiter entschlüsseln konnte. Darunter hing eine Jesusfigur an einem Holzkreuz. Vor dem Altar standen zwei Geistliche. Einer der beiden trug einen reich bestickten hellen Umhang, während der andere in eine braune Kutte mit Kapuze gekleidet war. Um seinen Bauch hatte er ein helles Seil gebunden.

Eine ältere asiatische Frau drückte Assaf ein paar Blätter in die Hand. Der Kommissar sah auf die Kopien, die wohl die Liedtexte beinhalteten, aber er verstand kein Wort von dem, was dort geschrieben war. Es handelte sich um eine Sprache, die er nicht kannte. Vielleicht Filipino. Zumindest sahen die Menschen um ihn herum alle asiatisch aus. Hier und da hatten sich ein paar afrikanische Flüchtlinge in die Gemeinschaft von rund zwanzig Menschen verirrt. Insgesamt schien es sich um eine Gemeinde zu handeln, die aus den Gastarbeitern und illegalen Einwanderern Israels bestand.

Der Priester in seinem edlen Umhang vorne sprach auf

Englisch zu seinen Jüngern, und Assaf meinte, einen deut-
schen Akzent herauszuhören. Der Kommissar beobachtete
die Sitzreihen gespannt, als plötzlich alle Menschen um
ihn herum aufsprangen und einander die Hände reichten.
Assaf, der in der hintersten Reihe Platz genommen hatte,
hoffte, dass sie ihn nicht entdecken würden. Er war Jude, er
konnte da nicht mitmachen. Doch es war bereits zu spät,
die Frau, die ihm das Liedheft gereicht hatte, hielt ihm nun
ihre kleine, knochige Hand hin, und er brachte es nicht
übers Herz, sie auszuschlagen.

Der Franziskanermönch hatte neben dem Altar einen
Overheadprojektor aufgestellt, den Assaf erst jetzt entdeckte und auf den der Mann in der braunen Kutte eine Folie
mit den Liedtexten in der unbekannten Sprache gelegt hatte. Assaf versuchte dem Text zu folgen. Um ihn herum san-
gen die Menschen leidenschaftlich mit:

»Sa pagpapahayág ng iyóng banál na ngalan
sa pamamagitan ni Hesukristo
kasama ng Espiritu Santo
magpasawaláng hanggán.«

Für die beiden Mönche, die Afrikaner und Assaf, kurzum
die wenigen Menschen in der St. Peterskirche, die kein Filipino sprachen, war in dem Liedheft die englische Überset-
zung notiert:

»Through our Lord Jesus Christ, your Son,
who lives and reigns with you
in the unity of the Holy Spirit,
one God, for ever and ever.
AMEN.«

Der Kommissar biss sich auf die Lippen, das konnte er nun wirklich nicht mitsingen. Die Theorie der Dreifaltigkeit war einer der wesentlichen Unterschiede zwischen Judentum und Christenheit. An ihr schieden sich die Geister, nicht nur die heiligen. Die kleine ältere Dame strahlte ihn begeisternd singend an und warf hin und wieder ihre Hand und damit auch seine in die Luft, denn sie hielt ihn ganz fest. Assaf lächelte etwas gequält zurück und brummte die Melodie ohne Text mit. Doch auf einmal hielt er inne und versuchte, über das musikalische Getöse in der Kirche hinaus zu hören. Heulte da nicht im Hintergrund eine Sirene? War das ein Raketenalarm?

Assaf riss sich von der alten Frau los und lief zur schweren Kirchentür, durch die er das Gebäude betreten hatte. Er öffnete sie langsam, und ja, jetzt hörte er es ganz deutlich: Über Jaffa dröhnte ein Raketenalarm. Der schrille Ton heulte auf, flachte etwas ab und wurde dann wieder lauter. Er schien den ganzen Himmel einzunehmen. Den ganzen Vorplatz der Kirche. Ja, die ganze Stadt. Dies war kein Test, da war er sich sicher. Übungen wurden angekündigt. Außerdem hatte der Kommissar seit einigen Tagen das Gefühl gehabt, dass bald ein neuer Krieg beginnen würde. Und dieses besondere Gefühl, eine Intuition, jahrelang sorgfältig durch schmerzhafte Erfahrungen entwickelt, täuschte ihn nie.

Assaf rannte zurück in das Gebäude. »Asaka, asaka«, schrie er in den Raum, »Raketenalarm!«

KAPITEL 9

Die Gemeinde verstummte plötzlich, und die Menschen sahen ihn an wie einen Außerirdischen. Der Priester, an dem es nun war, zu sagen, wo sie sich am sichersten hinbegeben konnten, schien wie gelähmt. Er war kein Israeli, und wahrscheinlich hatte er noch nie zuvor einen solchen Alarm erlebt. Die Sirene heulte draußen weiter, nun war sie auch deutlich im Kirchengebäude zu hören. Denn in der Basilika war komplette Stille eingekehrt, die Besucher des Gottesdienstes sahen einander fassungslos an. Sie begriffen nicht, was um sie herum passierte. Assaf wusste, dass sie theoretisch ungefähr neunzig Sekunden Zeit hatten, bevor die Rakete einschlug. Jetzt waren davon vielleicht noch zwanzig übrig. Der Kommissar riss eine Seitentür des Kirchensaals auf. Die Raketen mussten von der Hamas kommen, also aus dem Süden. Dieser Raum lag in Nordrichtung und hatte keine Fenster. Er war der sicherste Ort, den sie hier finden konnten, da die Kirche ganz bestimmt nicht über einen Bunker oder Luftschutzkeller verfügte.

Schnell trieb Assaf die versammelte Gemeinde in das Zimmer. Die Leute folgten ängstlich seinen Anweisungen. Niemand schien so recht zu wissen, wie ihm geschah. Einen Raketenalarm hatte es in Tel Aviv seit den neunziger Jahren nicht mehr gegeben. Assaf schloss die schwere Tür. Gemeinsam kauerten sie auf dem Fußboden und suchten in den Gesichtern der anderen nach Beruhigung. Ein kleines asiatisches Mädchen begann bitterlich zu weinen. Die Mutter versuchte es leise in der unbekannten Sprache zu beruhigen.

»Was passiert hier?«, fragte ihn der Priester auf Englisch.

Bevor der Kommissar antworten konnte, hörten sie einen dumpfen Knall, der nicht weit von ihnen entfernt gewesen sein konnte. Nun begannen auch einige der Erwachsenen zu schluchzen. Mit der Detonation hörte aber zumindest das furchterregende Sirenenheulen auf. Assaf versuchte, die Menschen zu beruhigen, dass die Rakete wahrscheinlich ins Meer gefallen war und sie sich hier in Sicherheit befanden. Sie müssten jetzt nur noch weitere zehn Minuten warten, bevor sie die Kirche verlassen könnten.

Überall surrten und klingelten Handys. Auch Assafs iPhone bimmelte unentwegt. Er nahm ab und sprach erst mit seinem Vater und dann mit Gili, die völlig außer sich war. Sie schrie immer wieder »Assaf was ist hier los, was ist hier verdammt noch einmal los? Ich habe es ganz in der Nähe explodieren gehört.«

»Buba, bleib in deinem Schutzraum. Ich bin in fünfzehn Minuten da. Alles ist okay. Es ist vorbei.« Zumindest für den Moment, dachte Assaf finster, denn er hatte das starke Gefühl, dass es gerade erst anfing.

Am nächsten Vormittag besuchte der Kommissar, dieses Mal mit Yossi im Schlepptau, abermals die Franziskanerkirche. Er hatte sich gestern nach dem ereignisreichen Abend schnell von dem Priester verabschiedet und war zu Gili gefahren. Nicht ohne mit dem Mann einen Termin für den nächsten Vormittag auszumachen. Es war zwar Sonntag und somit der Tag, an dem die Christen nicht arbeiteten, aber nachdem Assaf der Gemeinde so sehr geholfen hatte, mit dem unerwarteten Raketenangriff umzugehen, war Stassen mehr als bereit gewesen, den Kommissar bei seinen Ermittlungen zu unterstützen.

Bevor sie sich auf den Weg zur Kirche in der Altstadt Jaffas gemacht hatten, hatte Assaf morgens seine Kollegen zusammengerufen und sie noch einmal daran erinnert, wie sie im Falle eines erneuten Raketenalarms reagieren mussten. Sie waren gemeinsam probehalber in den Schutzraum gelaufen, der sich im Keller des Polizeigebäudes befand. Dort waren sie auf Liat Schapira getroffen, die witzelte, dass es sich nun endlich einmal auszahlte, dass sie die ganze Zeit im Untergeschoss arbeiten musste. Dann hatte der Kommissar seinen Kollegen eingetrichtert, dass sie trotz allem einen Mordfall aufzuklären hatten und diese Arbeit nicht ruhen könne. Niemand hatte ihm widersprochen, denn irgendwie waren alle über dieses Stück Normalität glücklich.

Assaf und Yossi betraten das Kirchengebäude, in dem Johannes Stassen sie bereits erwartete. Sie gingen in einen der Nebenräume, der direkt neben dem lag, in den Assaf die Gemeinde während des Alarms geführt hatte. Dort setzte sich der Priester an den Schreibtisch und schaute die beiden Polizisten gespannt an. »Wie kann ich dir weiterhelfen, Kommissar Rosenthal?«, fragte er an Assaf gerichtet.

»Wie ich dir bereits gestern erklärt habe, ermitteln wir in dem Mordfall an Rabbiner Zvi Ben Avraham. Du hast mit ihm Geschäfte gemacht?«

»Nun, so würde ich das nicht bezeichnen. Dem Franziskanerorden gehören einige Grundstücke, die über ganz Jaffa verteilt sind. Immobilien, die bereits seit hunderten Jahren im Besitz der Kirche sind. Ein paar von ihnen wollten wir veräußern, um damit den Bau einer neuen Einrichtung in Jerusalem zu finanzieren. Ich habe dem Rabbiner davon erzählt.« Der Priester überlegte kurz und fügte dann hinzu: »Wir kennen uns, da ich ihn manchmal bei der Arbeit mit der Jugendgruppe unterstützt habe.«

»Und dann?«

»Zvi zeigte sich interessiert, und nachdem unsere Anwälte eine Weile verhandelt hatten, konnten wir die Verträge zu beidseitiger Zufriedenheit unterschreiben. Es ging um drei Grundstücke und zwei Mietshäuser.« Der Priester sagte nichts von der Moschee, die Anat erwähnt hatte.

»Was befindet sich auf den Grundstücken?«, gab sich der Kommissar ahnungslos.

»Zwei sind mehr oder weniger reine Baugrundstücke. Und auf dem dritten befindet sich eine Moschee.«

»Moment, das verstehe ich nicht. Das Grundstück gehört der Kirche, aber auf dem Land steht eine Moschee?«, schaltete sich Yossi in die Befragung ein.

»Genau. Die Landverhältnisse sind, gelinde gesagt, etwas durcheinander. Die Moschee wurde ohne Genehmigung gebaut. Wie so vieles in Jaffa.«

»Weißt du, was der Rabbiner mit den Immobilien vorhatte?«, fragte Assaf und sah den Priester gespannt an.

»Ein Gebäude war für die Verwaltung seiner Simchat-Thora-Gemeinde gedacht. Die anderen Immobilien kaufte die Gemeinde als Wertanlage.«

»Wir haben Hinweise, dass der Rabbiner die Grundstücke als Strohmann gekauft hat.« Assaf versuchte zu bluffen. Die Hinweise waren bisher nur ein Gefühl seiner Kollegin Anat. Aber er vertraute auf ihre gute Intuition.

Der Priester sah die beiden Männer erstaunt an. Er schien einen Moment abzuwägen, wie er auf diese Aussage reagieren sollte. Dann entschied er sich für den Weg der Ahnungslosen. »Davon weiß ich nichts.«

»Du hältst es also für unmöglich, dass der Rabbiner die Immobilien weiter veräußert hat?«, hakte Yossi noch einmal nach.

»Das habe ich nicht gesagt«, antwortete der Priester zögerlich. »Ich sage nur, dass ich davon nichts weiß. Gibt es denn entsprechende Verträge?«

»Bitte verstehe, dass wir über nähere Details der laufenden Ermittlungen nicht sprechen können«, erwiderte Assaf geistesgegenwärtig. Gleichzeitig notierte er sich in sein Notizbuch, dass der Einbrecher in der Wohnung des Rabbis genau nach diesen Verträgen gesucht haben könnte. Und sie höchstwahrscheinlich, wenn es sie gab, auch gefunden hatte, denn der Spurensicherung war nichts Entsprechendes in die Hände gefallen.

Assaf bat den Priester um eine Kopie der Verträge, die er mit dem Rabbiner abgeschlossen hatte, und bedankte sich dann bei dem Mann für dessen Kooperationsbereitschaft. Als er gemeinsam mit Yossi aus dem dunklen, kühlen Kirchengebäude in die Hitze des Tages trat, konnte er beim Blick auf den strahlend blauen Himmel kaum glauben, dass er an dieser Stelle gestern seinen ersten Raketenalarm in Tel Aviv seit über zwanzig Jahren erlebt hatte.

»Assaf, was machen wir jetzt?«, fragte ihn Yossi von der Seite.

»Wir müssen bei der Stadtverwaltung, beim Ordnungsamt oder Grundbuchamt eine Anfrage stellen, wem die betreffenden Grundstücke und Mietshäuser jetzt gehören. Vielleicht bekommen wir auf diesem Wege heraus, ob der Rabbiner die Sachen weiterverkauft hat, und wenn ja, an wen.«

»Kein Problem. Da kümmere ich mich drum. Und Assaf …« Weiter kam Yossi nicht, denn das Handy des Kommissars klingelte.

»Warte, es ist Gili, da muss ich rangehen.« Assaf ging ein paar Schritte. »Buba, alles okay?«

»Ja, Assaf, alles in Ordnung. Ich wollte dir nur sagen, dass ich gestern in der ganzen Aufregung vergessen habe, dir zu erzählen, was ich über die Abu Najibs herausgefunden habe. Allerdings hat es nichts mit Said zu tun …«

»Was?«, fragte er gespannt.

»Ahmad Abu Najib ist mit einer Jüdin verheiratet. Ifat. Die Ehe läuft nicht sehr gut, sie taucht regelmäßig mit mehr oder weniger schweren Verletzungen auf. Das hat mir Ofer vom Kiosk erzählt. Er hat sie auch schon mehrmals darauf angesprochen, aber sie hat immer irgendwelche Ausreden parat, von wegen Treppe heruntergefallen, im Bad gestürzt und so weiter. Die Polizei ist wohl regelmäßig bei denen zu Hause, da solltest du was in den Unterlagen finden.«

Der Kommissar fuhr sich mit der Hand über den Vollbart. »Okay. Danke, Gili. Das könnte uns wirklich weiterhelfen.«

»Ich werde weiter dranbleiben«, erklärte sie eifrig.

Assaf hatte bereits eingesehen, dass er seine Freundin jetzt nicht mehr von ihren Recherchen abbringen konnte.

Und so nickte er nur und forderte sie lediglich auf, weiterhin vorsichtig zu sein.

»Ich glaube, mein Lieber, seit gestern ist vorsichtig sein relativ geworden«, tat sie seine Sorge amüsiert ab, und bevor der Kommissar noch etwas sagen konnte, hatte sie bereits aufgelegt.

»Und – alles in Ordnung bei Gili?«, fragte Yossi ihn, als Assaf zurückkam.

»In Jaffa gibt es Gerüchte, dass Ahmad Abu Najib seine Frau schlägt. Er ist mit Ifat verheiratet, der Krankenschwester. Du erinnerst dich?«

Yossi nickte schnell. »Inwiefern hat das mit unserem Fall zu tun?«

»Vielleicht gar nichts. Es ist auf jeden Fall eine Info, die wir im Hinterkopf behalten sollten.«

»Okay. Was ist mit diesem Neffen von Abu Najib? Der dich so elegant kletternd vom Gerüst gerettet hat. Du meintest, der ist in einer Parkour-Gruppe? Das sind doch alles Jungen, die genau so klettern können wie unser Verdächtiger. Inklusive dem Neffen, der übrigens der Einzige ist, von dem wir bisher sicher wissen, dass er eine Verbindung zum Rabbi hatte.« Yossi sah den Kommissar ernst an.

»Lass uns nach dem Mittag dort vorbeischauen. Vormittags treffen wir da sowieso niemanden an«, beschloss Assaf.

Die Mittagspause nutzte der Kommissar, um mit seinem alten Freund Boaz Fadida zu sprechen. Boaz und er kannten sich seit Kindertagen und waren nicht nur aus derselben Stadt, sondern aus dem gleichen Holz. Man konnte sagen, dass Boaz ebenfalls in der »Sicherheitsbranche« arbeitete. Nachdem er millionenschwere Mafiosi in Brasilien, Monaco und Russland geschützt hatte, war er monatelang in Angola gewesen, um die Polizeieinheit dort mit aufzubauen. Aber Boaz hatte auch eine andere Seite, er war tief religiös, spirituell, und seit einigen Jahren arbeitete er ehrenamtlich in einer Frauenhilfsorganisation. Der Verein »Gib mir die Hand« war darauf spezialisiert, Frauen, die in ihren Ehen häusliche Gewalt erlebten, aus ihrer misslichen Lage zu befreien. Und sie zu befähigen, ein eigenes Leben aufzubauen. Boaz hatte ihm bereits vor einiger Zeit erzählt, dass viele der Frauen, um die er sich kümmerte – dabei handelte es sich um Frauen, die mit Gewalt und Druck geradezu befreit werden mussten –, in Beziehungen mit arabischen Männern steckten. Meistens waren es Russinnen und seltener jüdische Israelinnen. Wobei Assaf wusste, dass die erste Formulierung eigentlich nicht richtig war, immerhin waren die meisten Russinnen, wie jeder sie nannte, seit den neunziger Jahren ebenfalls Bürger ihres Landes. Vielleicht lag es daran, dass unter ihnen auch viele Christen waren. Das machte die gefühlte Integration in den jüdischen Staat für beide Seiten schwerer. Daneben erklärte Boaz ihm, dass sie sich natürlich auch um viele Israelinnen kümmerten, die mit jüdischen Männern verheiratet waren. Einzig arabische Frauen kontaktierten die Organisation selten. Das bedeutete jedoch nicht, dass in diesen Ehen nichts passierte.

Der Kommissar schilderte Boaz kurz die Situation mit Ifat Abu Najib. Er hatte Zipi gebeten, ihm die Akte zu besorgen, und tatsächlich war die Polizei bereits mehrmals wegen häuslicher Gewalt zu den Abu Najibs gerufen worden. Meistens waren es die Nachbarn, die seine Kollegen verständigt hatten. Soweit Assaf es einsehen konnte, war aber nie Anzeige erstattet worden. Boaz empfahl ihm, der Frau erst einmal von der Organisation zu erzählen und ihr so klarzumachen, dass es einen Weg heraus gab. Er erklärte dem Kommissar auch, dass so eine Flucht nicht über Nacht passierte. Manchmal war es den Frauen lieber, in einer zwar schlimmen, aber dafür berechenbaren Situation zu verharren, als in ein neues Leben zu fliehen, von dem völlig unklar war, wie es sein würde. Für sie stand viel auf dem Spiel, nicht zuletzt ihre eigene Sicherheit.

Nach dem Gespräch blieb Assaf noch einen Moment an seinem Schreibtisch sitzen. Er sah auf die Uhr, fast zwei. Der Raketenalarm war jetzt achtzehn Stunden her. Der Kommissar wusste, dass die Ruhe trügerisch war. Auf den Süden Israels flogen die Raketen im Minutentakt, und die Armee bombardierte intensiv Ziele in Gaza. Sie waren im Krieg, auch wenn das noch keiner so nennen wollte. Sie waren immer im Krieg, so sah Assaf es, mal war es ein kalter Krieg, mal war er heiß. Aber immer Krieg. Raketen auf Tel Aviv stellten jedoch eine neue Dimension für diesen Krieg dar und zeigten vor allem, dass ihnen der Iran, soweit er geografisch auch weg sein mochte, immer mehr auf die Pelle rückte. Denn die Langstreckenraketen waren iranischer Bauart.

»Assaf, wollen wir dann?«, unterbrach Yossi seine Gedanken. Irgendwie hatte sein Kollege ein gutes Gespür dafür, ihn immer dann anzusprechen, wenn sich die Gedanken des Kommissars im Kreis zu drehen begannen.

Assaf griff nach seiner Tasche, warf noch schnell das Notizbuch hinein und folgte Yossi dann zum Parkplatz.

»Ich habe mich übrigens im Amt nach den Grundstücken, die der Rabbiner von der Kirche gekauft hat, erkundigt«, berichtete Yossi, als sie in den Wagen einstiegen. »Die Sachbearbeiterin ist momentan nicht im Büro.«

»Wieso das?«, fragte Assaf, während er den Wagen durch die schmalen Straßen Jaffas manövrierte.

»Sie kommt aus der Eschkol-Region.«

Assaf seufzte. Genau in diese Region, die nur wenige Kilometer vom Gazastreifen entfernt lag, schoss die Hamas die meisten Raketen. »Kann denn sonst niemand die Akten einsehen?«, hakte Assaf nach, während er auf den staubigen Parkplatz in der Nähe des Jugendzentrums fuhr.

»Ja, das habe ich auch gefragt, aber die meinten, sie stellen gerade auf eine neue Verwaltungssoftware um, und die Frau wäre die Einzige, die aktuell den Überblick hätte. Sie haben mich auf nächste Woche vertröstet.«

»Ich bezweifle, dass das Problem in ein paar Tagen gelöst ist. Immerhin haben wir diese Scheiße seit fast zwölf Jahren am Arsch. Seitdem wir diesen Terroristen Gaza überlassen haben.« Assaf stieg aus dem Auto und schlug wütend die Tür zu. Er war selbst dabei gewesen, als das Militär den Gazastreifen geräumt hatte. Es war ein Kraftakt gewesen, aber sie alle hatten geglaubt, dass es richtig war. Es sollte der erste Schritt zum Rückzug aus den Gebieten sein, die die Palästinenser für sich beanspruchten. Es wurde der letzte.

Assaf und sein Kollege liefen einmal um das Gebäude herum, an dem ein Schild in arabischer Sprache hing. »Jugendzentrum Jaffa«, las Assaf laut. Nicht einmal die Mühe für ein hebräisches Schild hatten sie sich gemacht, dachte er schlecht gelaunt. »Sieh du dich mal drinnen um, ich schaue hinter dem Haus nach der Parkour Gruppe«, wies der Kommissar Yossi an.

Auf dem Hof standen einige Trainingsgeräte, die die Jungs wohl nutzen, um sich fit zu machen. Assaf entdeckte Malek und ungefähr zehn weitere Jugendliche. Mädchen gab es hier nicht. Er sah sie sich von weitem an, von der Statur her hätten fast alle in das Täterprofil gepasst. Und wenn er Malek richtig verstanden hatte, gab es in Jaffa noch viel mehr Jungen, die Parkour trainierten. Hier suchten sie eine Stecknadel im Heuhaufen.

Kurz bevor der Kommissar auf die Halbwüchsigen zugehen wollte, erspähte er Ifat Abu Najib, die gerade aus dem Jugendzentrum heraustrat. Malek rannte auf die junge zierliche Frau zu, und sie umarmten sich herzlich. Einen Moment lang blieben die beiden so stehen, und es sah fast so aus, als würden sie sich aneinander festhalten. Dann sprang Malek ein paar Geräte und Mauern hoch, und Ifat klatschte begeistert. Als sie jedoch den Kommissar entdeckte, erstarrte sie. Assaf ging langsam auf die Gruppe zu. Er nickte den Jugendlichen zu, die ihn verwundert ansahen. Malek hob kurz die Hand zum Gruß, woraufhin er von den anderen belagert wurde, wer der Fremde war und woher er ihn kannte.

»Ifat, richtig?«, sprach Assaf die Frau mit den langen schwarzen Haaren an. Sie hatte sich etwas weggedreht, auch wenn sie wusste, dass sie sich hier nicht verstecken konnte. Statt einer Antwort nickte sie stumm. »Wir haben uns schon im Krankenhaus gesehen. Ich bin Assaf Rosenthal.«

»Der Kommissar, ich weiß. Was willst du von mir?«, fragte sie abweisend. Ihre helle, weiche Stimme stand in einem starken Kontrast zu ihrer verschlossenen Art.

»Malek ist super im Parkour ...«, sagte Assaf mit Blick auf den Jugendlichen.

»Hm.«

»Du verstehst dich gut mit ihm?«

»Ist das verboten?«

»Er ist der Großcousin von Ahmad, richtig?«

»Für mich ist er wie ein kleiner Bruder.«

»Das ist schön. Hast du selbst auch Geschwister?«

»Ich habe keinen Kontakt zu meiner Familie«, sagte Ifat leise und kreuzte die Arme vor ihrer Brust. Sie vermied es, den Kommissar anzusehen, stattdessen beobachtete sie Malek mit wachen Augen.

»Weil du einen Araber geheiratet hast?«, fragte Assaf ganz direkt.

Sie antwortete nicht.

»Der Mörder von Rabbiner Zvi Ben Avraham ist erstaunlich gelenkig weggelaufen.«

Sie schwieg weiter. Aber Assaf entging nicht, dass ihre Hände zitterten.

»Wir vermuten, dass es sich bei dem Mörder um einen jungen Mann handelt, der Parkour macht«, konkretisierte Assaf.

Ifat zuckte abwehrend mit den Schultern.

»Kannst du dir vorstellen, wer von den Jungen einen Grund gehabt haben könnte, den Rabbiner umzubringen? Vielleicht war es auch nicht seine Idee.«

Ifat drehte den Kopf plötzlich um und sah den Kommissar nun direkt an. Ihre Augen blinzelten nervös, und ihn beschlich das Gefühl, das sie Angst hatte. Ihre Reaktion ähnelte der, als er sie im Krankenhaus entdeckt hatte. »Es gibt sicher noch andere Jungen in Jaffa, die Parkour trainieren. Das ist ja gerade ein Trend«, erwiderte sie mit brüchiger Stimme.

»Du hast auf der Station gearbeitet, auf der der Rabbiner lag ...«

»Nein, ich arbeite auf der Station daneben«, unterbrach sie ihn schnell.

»Kannst du dir vorstellen, warum jemand den Mann ermordet haben könnte? Soweit ich weiß, hat er doch nur Gutes für die Nachbarschaft getan.« Daran glaubte Assaf zwar schon lange nicht mehr, aber das musste sie ja nicht wissen.

»Die Welt wird nicht nur von denjenigen, die böse sind, bedroht, sondern von denen, die Böses zulassen. Hat Albert Einstein mal gesagt.«

»Und der Rabbi hat zugelassen, dass du regelmäßig von deinem Mann verprügelt wurdest?«

Ifat Abu Najib schaute ihn erschrocken an.

»Ich weiß«, fuhr der Kommissar langsam fort, »dass du Probleme in deiner Ehe hast. Ich habe im Krankenhaus nachgefragt. Du kommst dort regelmäßig mit Schürfwunden und blauen Flecken an. Ifat, es gibt Menschen, die dir da heraushelfen können. Mein Freund arbeitet bei einer Organisation ... Hier nimm meine Karte, du kannst mich jederzeit anrufen, wenn du ...« Assaf konnte den Satz nicht zu Ende bringen. Das schrille Heulen der Sirene machte seine Bemühungen zunichte. Der Raketenalarm gestern war also kein Einzelfall gewesen.

Sie rannten gemeinsam mit den Jugendlichen in das Gebäude. Yossi saß bereits mit ein paar anderen auf der Treppenstufe im ersten Stock. Die Gruppe verteilte sich gleichmäßig im Hausflur. Assaf rief ihnen zu, dass sie sich so weit entfernt wie möglich von den kleinen Fenstern setzen sollten. Das Haus war nicht sehr hoch, das verbesserte ihre Chancen. Der Raketenalarm dröhnte durch das Gebäude, als hätte jemand die Sirene auf dem Dach befestigt. Es war einfach unfassbar, wie laut das Heulen hier zu hören war.

Der Alarm schien eine unendliche Ewigkeit anzuhalten. Nach ein paar Sekunden hatte Assaf das Gefühl, es hätte nie eine andere Geräuschkulisse in seinem Leben gegeben. Es fühle sich an, als wäre da immer dieses Heulen gewesen. Die Sirene, die langsam anstieg und dann abfiel. Anstieg und abfiel.

Assaf sah, dass Ifat sich halb über Malek gelegt hatte. Dieser hielt ihre Hand. Als er bemerkte, dass der Kommissar sie beobachtete, schaute Malek ihn ängstlich an. »Alles wird gut«, flüsterte Assaf ihm auf Arabisch zu.

Dann hörten sie die Detonation. Ein lautes Bum. Es war viel lauter als die Explosion gestern. Einige Jungen sprangen auf, aber Assaf ermahnte sie, noch sitzen zu bleiben. »Zehn Minuten, auch wenn der Alarm schon verstummt ist.« Sie setzten sich artig wieder auf die Treppenstufen. Diese Teenager waren bestimmt sonst nicht so folgsam. Ihnen musste das Herz heftig in die Hose gerutscht sein, auch wenn sie versuchten, ihre Angst mit witzig gemeinten Bemerkungen zu überspielen. Sie waren vielleicht achtzehn, neunzehn Jahre alt, und die meisten von ihnen hatten noch nie einen Raketenalarm miterlebt.

Assaf tippte schnell eine Nachricht an Gili in sein Telefon. »Alles okay. Bin in Sicherheit«, antwortete sie in Sekundenschnelle. Er sah auf die Uhr. »So jetzt könnt ihr«, rief er den Jungen zu.

Zehn Minuten waren seit dem zweiten Raketenalarm in Tel Aviv seit zwanzig Jahren vergangen. Schon jetzt, so kurz danach, kam ihm die Situation von eben unwirklich vor. Als wäre das alles nur ein böser Traum gewesen. Gleichzeitig wusste er, dass es jede Sekunde wieder losgehen könnte. Und dass er sich an dieses neue Gefühl anhaltender, latenter Angst bereits gewöhnt hatte.

Als der Kommissar aus dem Gebäude trat, waren sowohl Ifat als auch Malek verschwunden. Assaf fluchte. Diese verdammten Terroristen verfolgten ihn nun schon bis nach Tel Aviv und bedrohten nicht nur sein Leben, sondern störten auch noch seine Ermittlungen. Es war nicht zum Aushalten. Er teilte seine Wut mit Yossi, der etwas bleich im Gesicht aussah und gar nicht erst versuchte, ihm zu widersprechen oder ihn daran zu erinnern, dass gleichzeitig auch Menschen in Gaza bombardiert wurden. Anhand der jüngsten Entwicklungen fiel selbst Yossi nicht mehr viel ein, was man zur Verteidigung der linkspolitischen Werte hätte sagen können. Er hatte Angst um seine Frau und die Kinder, und diese Angst überstrahlte alles.

Assafs Handy klingelte. »Liat, wie geht's dir? Alles in Ordnung bei dir?«

»Äh, gut. Alles okay. Wieso?«, erwiderte die Rechtsmedizinerin verwirrt.

»Weil wir gerade einen Raketenalarm hatten?«

»Ach so, das meinst du«, dämmerte es ihr. »Ich bin ja hier eh schon im fensterlosen Keller. Da hab ich einfach weitergearbeitet.«

Der Kommissar seufzte lächelnd.

»Pass auf, Assaf, ich hatte etwas Zeit und habe mir deine

Zigarettenkippe angeguckt und die DNA mit der des Rabbis verglichen ...«

»Und?«, fragte Assaf gespannt. Daran hatte er gar nicht mehr gedacht.

»Volltreffer. Derjenige, der diese Kippe geraucht hat, ist der Sohn von Rabbiner Zvi Ben Avraham.« Sie imitierte einen Tusch.

»Walla. Danke dir!«

»Kein Problem. Aber du schuldest mir ein Mittagsessen. Immer verschiebst du unsere Verabredungen.«

»Du hast recht. Morgen, okay? Und dieses Mal wirklich«, sagte er, bevor er auflegte. Dann drehte er sich schnell zu seinem Kollegen herum. »Yossi, wir fahren zu Mary Palmer.«

»Warum, was ist passiert?«

»Jimi Palmer war der Sohn von Zvi Ben Avraham. Ich habe es doch geahnt.«

KAPITEL 10

Der Kommissar sprang ins Auto und startete den Motor. Sofort ertönte Musik aus den Lautsprechern. Anders als Yossi hörte Assaf keine arabisch angehauchte Volksmusik. Bei ihm liefen meistens die Red Hot Chili Peppers, und wenn er weite Strecken fuhr, manchmal auch Trance. Yossi stieg ein, und Assaf drehte die Musik etwas leiser. Er sah in den Rückspiegel und parkte aus.

»Was bedeutet das nun für unsere Ermittlungen?«, überlegte Yossi laut, während Assaf den Wagen vom Parkplatz lenkte und losfuhr.

»Das weiß ich auch nicht genau. Aber es ist doch seltsam, dass diese Palmer bestritten hat, dass der Rabbi der Vater ihres Kindes ist. Da stimmt doch etwas nicht mit ihr ...«

»Du hast die Kippe heimlich mitgenommen ...«, gab Yossi zu bedenken.

»Ich weiß. Wir konfrontieren sie einfach und hoffen, dass sie es sofort zugibt.« Der Kommissar setzte auf den berühmten Überraschungseffekt, in denen sich das Gehirn der meisten Menschen für ein paar Sekunden förmlich ausschaltete.

Nur wenige Minuten später erreichten sie die Wohnung in der Victor Hugo Straße. Nachdem Assaf mehrere Male geklingelt und geklopft hatte, öffnete die Hausherrin endlich die Tür. »Kommissar Rosenthal, was ist los?«, fragte sie, verwundert über den plötzlichen Besuch.

Assaf atmete scharf ein. »Was los ist? Dein Jimi ist der Sohn vom Rabbi. Du hast gelogen.«

Mary Palmer sah den Kommissar schockiert an. »Ich, ich«, stammelte sie und unternahm nicht einmal den Versuch zu leugnen.

»Wo ist Jimi? Wir möchten mit ihm sprechen«, verlangte Assaf.

In diesem Moment tauchte ihr Sohn wie auf Befehl hinter Mary Palmer auf. »Mom, was ist los?«, fragte er sie auf Englisch.

»Bitte«, flehte die Frau an den Kommissar gerichtet, »lass mich zuerst mit ihm sprechen. Dann könnt ihr mit ihm reden. Er muss es von mir erfahren!« Sie schaute Assaf eindringlich an.

Der Kommissar machte eine zustimmende Handbewegung. »Du hast fünf Minuten. Wir warten im Wohnzimmer«, bestimmte er.

Exakt fünf Minuten und zehn Sekunden später kamen die beiden ins Wohnzimmer zurück. Mary Palmer sah verheult aus. Jimi trug dieselbe Gleichgültigkeit im Gesicht, die Assaf schon bei der ersten Begegnung aufgefallen war. Er sah weder schockiert noch überrascht aus. Nicht traurig oder wütend. Die Nachricht schien ihm völlig egal zu sein.

»Wir würden gerne mit deinem Sohn alleine sprechen«, sagte Yossi an die Frau gewandt.

Zögerlich verließ Mary das Wohnzimmer. Yossi setzte sich neben Assaf auf die Couch.

»Setzt dich doch«, forderte der Kommissar Jimi auf.

»Ich spreche kein Hebräisch«, erwiderte dieser und blieb regungslos am Esstisch stehen.

»Ich hab gesagt, du kannst dich hinsetzen«, wiederholte Assaf auf Englisch.

Jimi antwortete nicht und blieb weiterhin stehen. Er benimmt sich wie ein Teenager, dachte Assaf verärgert, dabei ist er bereits Anfang vierzig.

»Wie du willst. Dann bleib stehen. Rabbiner Zvi Ben Avraham war dein Vater ...«

Jimi lachte verächtlich. »Schöner Vater. Biologischer Erzeuger vielleicht.«

»Wie fühlst du dich, nachdem du das erfahren hast?«, fragte Yossi einfühlsam.

»Wie ich mich fühle?« Jimi sah die beiden Polizisten mit leerem Gesichtsausdruck an, »Dieser Kerl hat sich mein ganzes Leben lang nicht um mich gekümmert. Ab und zu ist er aufgetaucht und hat meine Mutter gevögelt. Und hier in Israel macht er einen auf Gutmenschen.«

Assaf wollte etwas sagen, doch Jimi ließ ihn nicht zu Wort kommen. »Rennt hier rum, tut so fromm und moralisch. Seine Kinder, seine Kinder. Was denn für Kinder, du Arschloch!« Sein Ton war scharf, aber sein Gesichtsausdruck blieb gleichgültig.

Assaf war sich nicht sicher, wem die Bezeichnung »Arschloch« galt. »Sprichst du von der Jugendgruppe, die der Rabbiner betreut hat?«, fragte er.

»Ja, natürlich. Da hat er doch hier bei uns am Tisch gesessen und herumgeschwafelt von seinen Kindern. So ein widerlicher Heuchler!«

»Das klingt fast, als wärst du froh, dass er tot ist.«

Jimi blickte den Kommissar ausdruckslos an. »Was heißt

froh«, sagte er schließlich in abfälligem Tonfall, »immerhin ist meine Mutter jetzt von ihren Dämonen befreit.«

»Was meinst du damit?«, schaltete Yossi sich ein.

Der Sohn des Rabbiners zuckte mit den Achseln. »Versteht ihr eh nicht.«

»Erklär es uns!«, forderte ihn Yossi freundlich auf.

»Da gibt es nichts zu erklären. Er war einfach ein Arschloch. Und jetzt ist er tot.«

»Wir vermuten, dass er vergiftet wurde«, stellte Assaf scheinbar beiläufig fest.

»Ich denke, er wurde erstochen?«, fragte Jimi überrascht, und für einen kurzen Moment veränderte sich sein Gesichtsausdruck. In seinen zuckenden Mundwinkeln spiegelte sich Nervosität wider.

»Er wurde erstochen«, stimmte der Kommissar ruhig zu, »aber vorher hat jemand versucht, ihn zu vergiften.«

In Jimi Palmer schien es zu arbeiten. »Da wollte wohl jemand auf Nummer sicher gehen«, sagte er schließlich süffisant. Die Gleichgültigkeit war in sein Gesicht zurückgekehrt.

»Wo warst du, als die Friedensdemo stattfand?«

»Zu Hause. Den Scheiß habe ich mir nicht angetan. Ich hab gezockt. Am Computer. Battlefield 3. So ziemlich das Gegenteil von einer Friedensdemo. Solltet ihr auch mal probieren, super Spiel.«

»Gibt es dafür Zeugen?«, fragte Assaf.

»Nee, natürlich nicht. Ich hab ja alleine zu Hause gespielt.« Es schien ihn nicht zu kümmern, dass er kein Alibi vorweisen konnte.

»Seit wann lebst du eigentlich in Israel?«, wollte Yossi wissen.

»Seit fünf Monaten.«

»Und was machst du hier? Ich meine neben zocken.«

»Ich helfe in einem Antiquariat aus. Auf dem Flohmarkt. Mache alles, was so anfällt.«

»Okay. Danke. Das war's für den Augenblick. Wir melden uns, wenn wir noch Fragen haben. Bis dahin müssen wir dich bitten, dich zu unserer Verfügung zu halten und auf keinen Fall das Land zu verlassen.« Assaf stand vom Sofa auf.

»O Gott, soll ich jetzt Angst haben?« Jimi Palmer grinste frech.

Der Kommissar trat einen Schritt an den Mann heran. »Man hat nur Angst, wenn man mit sich selber nicht einig ist. Herman Hesse. Wir sehen uns.«

»Achi, seit wann zitierst du Hesse?«, fragte Yossi erstaunt, als die beiden aus der Haustür traten und auf das Auto zugingen.

Assaf lachte heiser. »Ifat Abu Najib hat vorhin etwas von Einstein zitiert. Da dachte ich, das probiere ich auch mal.«

»Aber Hesse?«

»Hat mir Gili gerade gestern Abend am Telefon vorgelesen. Nach dem ersten Raketenalarm. Die liest gerade was von dem. Dämon oder so.«

Yossi überlegte angestrengt. »›Demian‹ vielleicht?«

»Natürlich kennst du das wieder, du Super-Intellektueller«, erklärte der Kommissar lächelnd. »Ich lese gerade ›Das verlorene Symbol‹. Da geht es um Freimaurer, das interessiert mich viel mehr.«

Sein Kollege nickte ihm verständnisvoll zu. Er wusste, dass Assaf selbst Freimaurer war. »Aber ›Demian‹ ist auch interessant. Die Geschichte eines Jungen, der zwischen Gut und Böse hin und her gerissen wird. Und dafür zuerst einmal erkennen muss, was das Böse ist.«

»Ja«, stimmte Assaf seinem Kollegen unaufmerksam zu, »aber was ist mit diesem Jimi los? Also wenn du mich fragst, der wusste doch schon, dass der Rabbi sein Vater war. Der hat sich diese abfällige Meinung doch nicht in den paar Minuten gebildet.«

»Absolut, da stimme ich dir voll und ganz zu.«

»Und ein Motiv hatte er auch.«

»Und kein Alibi«, warf Yossi ein.

»Aber die Figur des Messerstechers hat er nicht. Der war schlank und drahtig.«

»Das ist vielleicht eine etwas abwegige Theorie, aber könnte es nicht sein, dass der Typ im Weihnachtsmannkostüm nur eine Ablenkung war, und tatsächlich jemand anders den Rabbi erstochen hat?«

»Sein Knecht Ruprecht, meinst du? Die Zeugen haben jedoch ausgesagt, dass der Typ im Weihnachtsmannkostüm auf den Mann eingestochen hat.«

»Assaf, du weißt, wie das mit Zeugenaussagen ist. Es muss ja nur einer gerufen haben, dass der Weihnachtsmann es war. Der rennt weg, und sofort sind sich alle sicher, dass sie genau gesehen haben, wie der Santa Claus dem Rabbi die Klinge in den Körper gerammt hat.«

»Hm, unmöglich wäre das nicht. Aber so richtig vorstellen kann ich mir das nicht. Ich weiß nicht …«, überlegte der Kommissar, den Yossis Theorie nicht überzeugte. Dann fiel ihm etwas ein. »Jetzt haben wir gar nicht darauf geachtet, ob Jimi Linkshänder ist oder nicht.«

»Das ist kein Problem. Ich rufe einfach kurz Mary Palmer an und frag sie.«

»Ja, mach das.«

»Meinst du, dass Sara Ben Avraham von dem Kind des Rabbiners wusste?«, fragte Yossi plötzlich.

»Guter Punkt. Auf jeden Fall hat sie auf den Namen Mary Palmer seltsam reagiert. Vielleicht hat sie es geahnt.«

Am nächsten Tag traf sich Assaf endlich mit Liat Schapira zum Mittagessen. Sie gingen zu dem wohl bekanntesten Restaurant Jaffas, in dem es nur ein Gericht gab, dieses aber in vielen verschiedenen Variationen: Dr. Shakshuka. Der Laden war eine Institution. Die Besitzer, orientalische Juden, die ursprünglich aus Tripolis eingewandert waren, boten ihren vegetarischen, koscheren Ei-Tomaten-Eintopf in einem alten Gemäuer Jaffas an. Der Raum war so dunkel, dass eigentlich immer ein paar schummrige Lampen brannten, egal zu welcher Tageszeit man hier herkam. Und es gab viele mögliche Tageszeiten, denn Shakshuka konnte man eigentlich immer essen. Morgens, mittags und abends. Von der hohen Decke hingen unzählige alte Töpfe, Pfannen und Kannen aus Blech. Im ersten Moment wusste man nicht, ob man hier in einem Restaurant oder in einem Trödelladen gelandet war.

Assaf und Liat setzten sich an einen langen Tisch, über dem eine Art Aladin-Wunderlampe baumelte. Am Ende des lang gestreckten Raumes befand sich eine Holzwendeltreppe. Schräg gegenüber davon bereitete der Besitzer die Gerichte in kleinen Pfannen zu, unter denen hohe Flammen schlugen. Assaf beobachtete den älteren, korpulenten Mann mit der glänzenden Glatze. Gekonnt brach er einhändig das Ei aus der Schale und ließ es formvollendet in die Pfanne fließen. Dort vermischte es sich mit den Tomaten,

Paprika, Knoblauch und grünen Peperoni, die bereits ungeduldig sprudelnd in der Pfanne warteten. In der Zwischenzeit stellte ihnen die Kellnerin einen grünen Blattsalat, einen klein geschnittenen Gemüsesalat, einen Auberginensalat sowie sauer eingelegte Karotten und Kohl auf den Tisch. Der Kommissar war wie immer hungrig und begann ungeduldig von dem zu essen, was die Kellnerin bereits gebracht hatte.

Die Rechtsmedizinerin beobachtete ihn amüsiert. »Ach, Assaf, das muss doch so anstrengend sein, wenn man immer Hunger hat. Du bist wie die Straßenkatzen, die du fütterst.«

»Deswegen füttere ich sie ja. Weil ich verstehen kann, wie schlimm das ist, immer hungrig zu sein.«

»Ich habe übrigens mal ein bisschen recherchiert und auch meine Assistentin dran gesetzt. Für Arsen gibt es ziemlich viele verschiedene Verwendungsformen«, wechselte sie das Thema.

»Das ist das Gift, das dem Rabbiner verabreicht wurde – richtig?«

»Genau. Im Prinzip wird Arsen vor allem als Beigabe zu Bleilegierungen genutzt. Um Blei flüssig zu machen. In diesem Zusammenhang findet man es zum Beispiel in Autobatterien. Allerdings in geringen Konzentrationen.«

»Auf Autobatterien hat ja jeder Zugriff, wenn er will.«

»Früher wurde Arsen außerdem Insektenschutzmitteln zugefügt. Mit früher meine ich bis in die neunziger Jahre hinein. Man stellte erst später fest, dass diese Mittel nicht nur den Insekten, sondern auch den Menschen schaden konnten. Es ist aber nicht auszuschließen, dass es auch heute noch Länder gibt, die Schädlingsbekämpfungsmittel verwenden, in denen sich Spuren von Arsen befinden. Oder dass man solche Sachen im Internet bestellen kann.«

»Aber das sind ja dann immer nur geringe Konzentrationen. Wie bekommt man diese dann aus, sagen wir der Autobatterie, gefiltert, so dass man damit wirklich jemanden vergiften kann?«

»Das ist eine gute Frage, Assafon. Nun, ich bin keine Chemikerin. Insofern kann ich dir das nur relativ laienhaft erklären. Man löst sozusagen die Arsensulfide aus dem Material heraus. Zum Beispiel durch die Zugabe anderer Chemikalien.« Liat versuchte, ihm die Vorgehensweise zu erklären, aber Assaf merkte ihr an, dass sie es auch nicht hundertprozentig wusste.

»Gibt es noch andere Verwendungen für Arsen?«, fragte er sie stattdessen.

»In den USA wird das wohl sogar Tiernahrungen zugeführt, damit sollen Krankheiten bekämpft und das Wachstum stimuliert werden. Das ist da aber auch sehr umstritten, und wir haben keine Hinweise gefunden, dass das bei uns so gehandhabt wird.« Sie nahm einen Schluck von der Zitronenlimonade mit Minze, die der Glatzkopf ihnen gebracht hatte, weil sie zum Mittagsmenü dazu gehörte. »Und dann findet man Arsen in geringer Dosierung sogar in Arzneimitteln. Vor allem im 20. Jahrhundert wurde das so praktiziert. Aber im Jahr 2000 wurde ein arsenikhaltiges Präparat namens Trisenox in den USA zugelassen und ein paar Jahre später auch in Europa.«

»Wofür ist das Medikament?«

»Für die Behandlung von sogenannter promyelozytärer Leukämie.«

»Da würde man also im Krankenhaus rankommen?«,

überlegte Assaf und schaute nur kurz zur Seite, als endlich die fieberhaft erwarteten Blechpfannen mit dem frischen Shakshuka auf ihrem Tisch landeten. Sofort tunkte der Kommissar etwas Brot in den Eintopf und begann zu essen.

»Ja, im Krankenhaus findet man Trisenox, es wird injiziert. Wenn man allerdings nach Arsen sucht, kann man es an vielen Stellen finden. Aber man muss schon in der Lage sein, den Stoff zu extrahieren.«

»Wer kann so was?«, fragte Assaf leicht schmatzend. Bei Liat musste er sich nicht an allzu strenge Tischregeln halten, das wusste er.

»Am besten ein Chemiker, würde ich sagen.«

»Und eine Krankenschwester zum Beispiel?«

Sie zog ihre Unterlippe hoch und legte die Stirn in Falten. Dann schüttelte sie ihren dunklen Lockenkopf. »Bin ich mir nicht sicher. Wenn sie ein Talent für solche Dinge hat, schon.«

»Sie könnte es lernen, wenn sie wollte?«

Liat nickte. »Klar. Aber das könnte fast jeder, der nicht auf den Kopf gefallen ist.«

»Ich finde es schon erstaunlich, dass dieses Gift in so vielen Produkten verwendet wird.«

»Die Menge macht's. Natürlich, regelmäßig zugeführt hat Arsen selbst in kleinen Mengen eine tödliche Wirkung. Aber für viele Tiere ist Arsen ein essentielles Spurenelement, und auch wir Menschen haben es im Körper und nehmen es durch den Verzehr von Nahrungsmitteln wie zum Beispiel Meeresfrüchten zu uns.«

»Gut, dass ich das nicht esse. Ich sage ja immer, koscheres Essen ist auch gesünder.«

Liat lachte. »Ja, ja, Assaf Rosenthal. Von wegen, du tanzt auf dem Vulkan. Du bist gar nicht der Draufgänger, für den dich die Menschen halten. Aber im Ernst. Arsen in bestimmten Verbindungen und kleinen, einmaligen Dosen macht uns Menschen nichts aus. Organische Arsenverbindungen werden auf direktem Wege ausgeschieden, um die anorganischen kümmern sich die Nieren. Im Endeffekt ist es sogar so, dass wir uns bei einer regelmäßigen Zufuhr in sehr geringen Dosen sogar ohne Probleme an das Arsen gewöhnen könnten. Ohne dass es uns vergiftet, meine ich.«

»Das heißt, der Rabbiner hätte die Vergiftung auch überleben können, wenn der Messerangriff nicht gewesen wäre?« Assaf kratzte nun die letzten Reste seines Shakshukas aus der Pfanne.

»Das kann ich dir nicht eindeutig beantworten. Genauso gut kann man umgekehrt sagen, er hätte den Messerangriff überleben können, wenn sein Körper nicht bereits vom Arsen geschwächt gewesen wäre. Die Konzentration von Arsen war deutlich nachzuweisen. Und das spricht dafür, dass jemand den Rabbiner vergiftet hat, der sich damit auskannte.«

Nach dem Mittagessen legte der Kommissar sich auf die Couch in seinem Büro. An wie vielen staubigen Wüstentagen hatte er davon geträumt, ein richtiges Büro mit Polstermöbeln zu haben. Nicht, dass er im Süden kein Büro gehabt hätte. Ein ganzes Zelt sogar. Aber in Zelten war es immer entweder zu kalt oder zu heiß. Hier hingegen war der Raum wohltemperiert dank der individuell verstellbaren Klimaanlage. Und er wusste, sollte er sich entschließen, den Kopf etwas anzuheben und ihn dann nach rechts zu drehen, würde er das Meer sehen können. Im Grunde genommen war sein Büro schöner als seine Wohnung.

Assaf begann lustlos in seinem Notizbuch zu blättern. Auf der ersten Seite, die er aufschlug, stand in Großbuchstaben das Wort »Rabbiner«. Kreisförmig hatte er darum die Namen »Rebbezin«, »Mary Palmer«, »Said Abu Najib« und »Josh Teichman« notiert. Der Fall war verzwickt. Allein der Umstand, dass der Rabbiner nicht nur erstochen, sondern zuvor auch noch vergiftet worden war, verkomplizierte die Angelegenheit erheblich. Der Kommissar versuchte, einen Stift vom Tisch zu fischen. Um keinen Preis wollte er wieder aufstehen, weswegen er sich dafür in eine seltsame Verrenkung begab. Dann fügte er die Namen »Jimi Palmer« und »Ifat Abu Najib« auf dem Blatt dazu. Ifat war immerhin Krankenschwester und hatte möglicherweise nicht nur Zugang zu Arsen in dem besprochenen Leukämiemedikament, sondern unter Umständen auch die Basiskenntnisse, um Arsen aus der Injektion »Trisenox« zu gewinnen.

Assaf griff nach seinem Telefon und wählte die Nummer des Sourasky-Krankenhauses. Die unfreundliche Begrüßung in der Telefonzentrale ignorierend, ließ er sich direkt zu Doktor Noy durchstellen. Nach wenigen Freizeichen antwortete der Mann.

»Doktor Noy, hier spricht Assaf Rosenthal. Von der Polizei.«

»Ah, Kommissar Rosenthal. Wie kann ich dir behilflich sein?«

»Ich habe eine Frage. Wird in Ihrem Krankenhaus auch das Medikament ›Trisenox‹ verwendet?«

»Trisenox?«, wiederholte der Arzt. »Das ist doch ein Krebsmedikament.«

»Genauer gesagt wird es gegen Leukämie eingesetzt.«

»Moment, ich schaue einmal nach.«

»Aber ich muss dich bitten, diese Nachfrage absolut vertraulich zu behandeln ...«

»Selbstverständlich, Kommissar Rosenthal.« Der Arzt legte den Hörer beiseite. Assaf hörte, wie Doktor Noy etwas in seine Computertastatur tippte. Kurze Zeit später nahm er den Hörer wieder ans Ohr. »Ja, in der Tat. Es wird bei uns verwendet. Allerdings benutzt die Onkologie das Präparat nur zur Behandlung von Patienten mit akuter Promyelozytenleukämie, die auf die Standardtherapeutika nicht ansprechen.« Er erklärte es mit dieser besonderen Stimme, über die Ärzte verfügten, wenn sie ihr Fachwissen zum Besten gaben. Assaf stellte sich vor, wie es wäre, wenn einem so eine Stimme sagt, dass man nur noch drei Monate zu leben hatte. Nüchtern, geschäftig, professionell. Du hast noch drei Monate. Der Kommissar schüttelte sich leicht und drehte sich auf die andere Seite. »Theoretisch also könnte man das Medikament irgendwo im Gebäude finden?«

»Theoretisch schon. Aber natürlich lagern wir alle unsere Medikamente unter sicherem Verschluss.«

»Natürlich.«

Assaf beendete das Gespräch und drehte sich wieder zurück auf die andere Seite. Ifat Abu Najib. Er notierte: »Hatte die Möglichkeiten, an Arsen zu kommen und eine giftige Substanz herzustellen. Frage: Wie wurde das Gift dem Rabbiner zugeführt?« Und über all dem: »Welches Motiv könnte sie gehabt haben? Hatte es vielleicht etwas mit ihrem aggressiven Ehemann zu tun?« Der Kommissar strich sich mit einer Hand über seinen Vollbart. Ifat Abu Najib hatte kein Motiv. Jedenfalls keines, das sich ihm erschloss. Anders als Jimi Palmer und Said Abu Najib. Aber Said hatte ein Alibi für den Angriff auf den Rabbiner und Assaf konnte sich beim besten Willen nicht vorstellen, dass der ältere Maler so geschickt Wände hochklettern konnte wie der Weihnachtsmann. Das war bisher das Grundproblem seiner zwei Hauptverdächtigen. Auch den beleibten Jimi konnte er sich schwer als außerordentlich talentierten Klettermaxe vorstellen. Es lag einfach nahe, dass einer der Parkour-Jungen den Rabbiner erstochen hatte. Aber warum hätte ihn einer seiner Schützlinge ermorden wollen? Dann schon eher anders herum: Said hatte über Malek eine direkte Verbindung zu der Gruppe. Er könnte den Auftrag gegeben haben. Warum sich selbst die Finger schmutzig machen? Bei diesen Jungen und ihren Familien herrschte sicherlich ständig akute Geldnot, und für ein paar Schekel waren sie gewiss bereit, einiges zu tun. Assaf tippte mit dem Kugelschreiber auf den Ledereinband seines Notizbuches. Aber auch Jimi könnte den Auftrag gegeben haben. Jaffa war klein, und es war nicht unwahrscheinlich, dass der Sohn des Rabbis von der Parkour-Gruppe wusste, die hinter dessen Jugendzentrum trainierte. Aber dann wiederum – ein Vatermord? Auch wenn vor Jaffa das Meer über den sagenumwobenen Andromeda-Felsen schwappte, in einer griechischen Tragödie waren sie hier noch lange nicht.

Der Kommissar schloss einen kurzen Moment lang die Augen. Und dann waren da ja auch noch die Immobiliengeschäfte um die Franziskaner und diesen Ari Yerimiyahu. In welchem Zusammenhang die mit dem Mord stehen könnten, war ihm bisher noch völlig unklar. Wer ihn das Gerüst herunter gestoßen haben könnte, wusste er auch nicht ansatzweise. Und was war eigentlich mit dem Laptop, den sie aus der Zweitwohnung des Rabbis mitgenommen hatten? Er riss die Augen wieder auf und schrieb in großen Buchstaben: »Immobilien. Computer.« Daneben etwas kleiner: »Ari Yerimiyahu.« Dann machte er die Augen wieder zu. Doch die gewünschte Entspannung wollte sich nicht einstellen. Seine Gedanken drehten sich weiter wie der Strudel in einem reißenden Fluss. Allein eines schien unanzweifelbar, resümierte er schließlich müde: Fast alle Verdächtigen kannten einander oder könnten sich gekannt haben. Alle lebten in Jaffa. Der Mörder war unter ihnen. Und er, Assaf Rosenthal, musste ihn finden. Doch im Moment sah er den Wald vor lauter Bäumen nicht.

Als der Kommissar endlich in so etwas wie einen Mittagsschlaf gefallen war, machte ihm der Krieg einen Strich durch die Rechnung. Das Heulen der Sirene weckte ihn auf ungemein grobe Art und Weise. Als das laute Dröhnen losging, fuhr der Kommissar von dem Dreisitzer auf. Im nächsten Moment hämmerte auch schon Zipi an seine Tür.

»Asaka, asaka«, schrie sie aufgeregt, als wenn er das nicht selbst hören würde. Assaf stieß eine Salve wüster Verwünschungen aus, bevor er sich durchringen konnte, sein bequemes Sofa zu verlassen. Langsam, im Rhythmus der Sirenenmelodie ging er die vielen Treppen zu den Schutzräumen hinunter. Am Ende beeilte er sich dann doch noch, man wusste ja nie. Im nicht-klimatisierten Bunker schlug ihm die hitzige, abgestandene Luft wie eine unsichtbare Mauer entgegen. Die Dienststelle hatte zwei Sicherheitsräume, in die jeweils ungefähr hundert Menschen passten.

Er entschied sich für den Raum, in dem er Yossi und Zipi entdeckte. Beim Hereinkommen sah er, dass auch Anat hier auf einer Holzbank an der nördlichen Außenwand saß. Assaf lächelte sie an, natürlich hatte sie daran gedacht, dass die Raketen von Süden kamen. Er setzte sich neben Zipi, die ihm zu ihrer Rechten einen Platz freigehalten hatte. Es war so heiß, dass Assaf sich wie in einer dieser gemischten Saunas vorkam, von denen er gehört hatte, dass es sie in Ländern wie Deutschland und den Niederlanden gab.

Kurze Zeit später hörten sie eine Explosion. Zipi zuckte zusammen, und der Kommissar legte den Arm um seine Kollegin. Sie schwitzte aus allen Poren. »Das war der Iron Dome. Er hat die Rakete abgeschossen«, beruhigte er sie leise. Gestern Nachmittag hatte das Militär im Süden von Tel Aviv einen ihrer fünf Raketenabwehrschirme aufgebaut. Die anderen vier standen bereits an der Grenze zu Gaza, um die Gemeinden auf israelischer Seite zu schützen. Allerdings war es im Süden deutlich schwerer, den Iron Dome einzusetzen. Zum Teil flogen die Raketen nicht einmal lang genug, um sie abzuschießen. Überhaupt – was für ein Luxuskrieg war es doch für sie Tel Avivis! Sie hatten bequeme 90 Sekunden Zeit, um in einen der Schutzräume oder in die Treppenhäuser zu gelangen. In der Region Eschkol, den Kibbuzim und Dörfern und in der Stadt Sederot, die nur einen Steinwurf entfernt von Gaza lagen, hatten die Menschen manchmal fünfzehn Sekunden, manchmal nur fünf, um in die sicheren Zufluchtsorte zu gelangen. Die meisten Häuser verfügten nicht einmal über Schutzräume, und auch wenn der Staat viele öffentliche Bunker gebaut hatte – ein normales Leben war mit diesem ständigen Gerenne nicht möglich. Und das ging seit Jahren so. Die Palästinenser warfen ihnen immer vor, dass sie, die Israelis, immerhin noch ein normales Leben führen konnten, trotz der angespannten Sicherheitssituation. Während es für die Palästinenser rund um die Uhr klar war, dass sie unter Besatzung und Blockade standen. Das mochte für einen Großteil Israels auch stimmen, für über eine Million Menschen im Süden des Landes jedoch nicht. Auch sie standen unter Belagerung. Fast täglich seit über zehn Jahren erlebten sie Raketenalarme. Das zermürbte die Menschen auch. Assaf fand es nicht verwunderlich, dass diese Leute nun nach einem Bodeneinsatz von Soldaten in Gaza riefen. Und er stimmte ihnen zu. Das Problem müsste ein für alle Mal gelöst werden, und wenn das schon nicht realistisch war, dann wenigstens für so lange wie möglich.

Der Raketenalarm war vorbei, und alle gingen langsam und aufgeregt schnatternd in ihre Büros zurück. Der ständig erhöhte Adrenalinspiegel der Menschen in Tel Aviv wirkte sich – zumindest kurzfristig – nicht schlecht auf ihre Psyche aus. Selten hatte der Kommissar eine so ausgelassene Stimmung auf der Dienststelle erlebt. Im Angesicht der täglichen Bedrohung konnte man sich so unheimlich lebendig fühlen. Außerdem bot der Krieg die Möglichkeit, sich mal wieder näher zu kommen. Während sonst die Faustregel »Jeder ist sich selbst der Nächste« galt, rückten sie in Notsituationen eng zusammen. In seiner Heimatstadt, in der man normalerweise nicht einmal die Vorfahrt gewährt bekam, geschweige denn sonst irgendein rücksichtsvolles Verhalten erfuhr, hatten Privatpersonen zehn Familien aus dem Süden aufgenommen. Sie zahlten für deren Kost und Logis und empfanden dieses Vorgehen als Selbstverständlichkeit.

Assaf beschleunigte seine Schritte und holte Anat ein. »Alles okay?«, fragte er sie, widerstand jedoch dem Impuls seine Hand auf ihre Schulter zu legen.

»Alles in Ordnung, Assaf. Bei dir?«

Er nickte und ging dann in sein Büro zurück.

Während Assaf Gili anrief, klickte er sich schnell durch die Onlinenachrichten. Splitter der vom Iron Dome zerstörten Rakete hatten in Holon ein Auto in Brand gesetzt. In Aschkelon und Rischon Le Zion hatten Raketen Häuser getroffen. In Kiryat Malachi war ein junger Familienvater ums Leben gekommen. Und in Gaza war das Innenministerium fast vollständig von den Verteidigungsstreitkräften zerstört worden. Gili, deren Familie in Jerusalem wohnte, erzählte ihm außerdem, dass die Hamas-Terroristen mittlerweile auch schon zwei Raketen auf Jerusalem abgeschossen hatten. Assaf konnte sich die Bemerkung nicht verkneifen, dass das nur zeigen würde, was für ein Unsinn dieses ganze Gequatsche der Palästinenser von wegen heiliger Stadt sei. Sie, die Juden, würden im Leben keine Raketen auf Jerusalem schießen, und deswegen hatten sie und nur sie die Stadt verdient. Gili widersprach ihm, und sie stritten sich ein wenig. Aber da keiner von ihnen wirklich Lust auf eine Auseinandersetzung hatte, beendeten sie schließlich das Gespräch. Assaf versicherte sich per Telefon, dass auch dieses Mal niemand in seinem Familien- und Freundeskreis zu ernsthaftem Schaden gekommen war. Nachdem sie bereits drei Angriffe in Tel Aviv überstanden hatten, waren alle ruhiger geworden. Assafs Eltern riefen ihn nicht einmal mehr an. Lediglich seine große Schwester zeigte sich noch nach jedem einzelnen Alarm, von dem dann natürlich landesweit im Radio berichtet wurde, besorgt, denn ein Alarm in Tel Aviv war trotz allem etwas Besonderes.

Nachdem er alle abtelefoniert hatte, stand Assaf auf und ging zu Schlomo Malul. Sein Mittagsschlaf war sowieso gelaufen, und es gab ein paar Sachen zu klären.

KAPITEL 11

Gleichzeitig mit dem Chef der Spurensicherung erreichte Assaf dessen Büro. »Schlomo, kommst du jetzt erst aus dem Schutzraum? Hast wohl ein bisschen mehr Angst als die anderen?«, witzelte er.

»Ich lach mich tot, Alter. Ich war gerade bei einem Einbruch, als der Alarm losging. Ein Zeitungskiosk im Süden von Jaffa, in dem aus mir unerfindlichen Gründen Hunderttausende Schekel gelagert gewesen sein sollen. Da gab's natürlich weit und breit keinen Bunker. Diese Araber denken wohl, weil ihre Brüder die Raketen schießen, müssen sie kein Geld in Sicherheitsräume investieren.«

»Und was hast du gemacht?«

»Na, was soll ich schon gemacht haben? Ich habe mich auf die Straße geworfen und die Arme über meinen Kopf gelegt. Wie ein Idiot lag ich da.«

»Wieso wie ein Idiot?«

»Weil die ganzen anderen Deppen sich natürlich nicht hingelegt haben. Wie gesagt, die Araber denken anscheinend, sie tragen ihr Schutzschild in den Genen …«

»Inner Dome statt Iron Dome sozusagen«, warf der Kommissar ein.

»Genau, und da ich weit und breit der einzige Jude war, lag ich da wie ein paranoides Opfer, während die anderen ganz normal weitermachten.«

Assaf musste herzhaft über die Vorstellung lachen. »Am besten bleibst du jetzt erst einmal hier auf der Dienststelle. Unser Schutzraum hat was von einer gemischten Sauna. Das wird dir gefallen. Und ich muss dich sowieso ein paar Sachen fragen.«

Schlomo ließ sich schwerfällig auf den Bürostuhl fallen und sah den Kommissar gespannt an. Dieser baute sich wie ein Staatsanwalt vor dem Angeklagten auf. »Zum Beispiel: Was ist denn eigentlich mit dem Laptop von dem Rabbiner? Willst du mir vielleicht mal sagen, was du darauf gefunden hast? Oder soll das geheim bleiben?«

»Sehr witzig. Wenn es was zu sagen gäbe, hätte ich es dir schon mitgeteilt ...«

»Aber?«

»Es gibt nichts. Der Computer ist gesperrt. Mit einem Codewort.«

»Ist nicht dein Ernst? So ein hinterwäldlerischer Rabbiner kann ein Sperrsystem entwickeln, das ihr Computercracks nicht geknackt bekommt?«

»Ich konnte es erst auch nicht glauben, als mein Mitarbeiter meinte, er kriege das Passwort nicht heraus. Und als mein Informatikspezialist meinte, er bräuchte dafür sehr viel länger als gewöhnlich, war ich fassungslos.«

»Und anscheinend bist du dann auch im gleichen Atemzug verstummt, oder warum sagst du mir nichts davon?«

»Assaf, das war mir peinlich. Ich wusste doch, wie du reagieren würdest«, verteidigte sich Schlomo Malul verlegen.

»Wie lange braucht dein Spezialist, um das Passwort zu entschlüsseln?«

»So einfach ist das nicht. Es geht nicht nur um ein Passwort. Das ist ein ganzes Sperrsystem. Du musst dir vorstellen …«

»Komm, langweile mich nicht mit deinen Ausreden. Wie lange?«

»Zehn Tage«, seufzte der Spurensicherer. »Ungefähr«, schob er dann noch hinterher.

»Zehn Tage? Du spinnst wohl.«

»Ich muss ein Expertenprogramm anfragen, und das dauert.«

»Pah! Du hast sieben Tage. Inklusive Wochenende. Und dann reiß ich dir den Arsch auf«, rief der Kommissar beim Rausgehen.

»Du mich auch«, kam prompt die Antwort.

Yoram Golan sah ihn eindringlich an. »Assaf, du weißt, das wir dich gerne abwerben würden. Du hast umfassende Erfahrungen, du sprichst perfekt Arabisch. Du bist präzise und hochintelligent. Kurzum, du bist unser Traummitarbeiter.«

»Ihr aber nicht mein Traumarbeitgeber, achi.« Assaf lächelte über die schmeichelnden Worte seines Freundes. Yoram Golan war eine Zeitlang beim Militär sein Fahrer gewesen, bevor er schließlich den Dienst beendet hatte und zum Schabak ging. Vor ein paar Monaten dann war er vom Inlandsgeheimdienst zum Mossad gewechselt. Dort trainierte er für seine streng geheimen Einsätze und versuchte nun ihn, Assaf, den einfachen Kommissar, mit in diesen komplizierten Mist zu ziehen. »Was mich viel mehr interessiert, hast du etwas über Said Abu Najib herausgefunden?«

»Ich weiß nicht, wieviel du schon weißt. Aber ich fang mal einfach an. Najib ist bei uns noch nicht weiter aufgefallen. Soll heißen, er pflegt keine besonderen Kontakte, die unser Misstrauen erwecken würden. Auch nicht in Paris, wo wir ihn natürlich einmal mehr unter die Lupe genommen haben. Immerhin brennt ja bei den Franzosen mit ihren ganzen Muselmanen die Hütte.« Er machte eine kurze Pause, und als er merkte, dass Assaf nicht auf seinen Kommentar reagierte, fuhr Yoram fort. »Natürlich fällt er regelmäßig mit israelkritischen Beiträgen auf. Das übliche Blabla. Gibt es bei jeder Gelegenheit zum Besten. Hier in Israel hat er ja nicht oft die Chance dazu, aber in Frankreich und England stößt er da natürlich auf offene Ohren. In Jaffa ist er eng mit der Al-Quds-Moschee verbandelt, er geht dort regelmäßig hin und spricht auch manchmal freitags, obwohl er kein Imam ist. Die Al-Quds-Moschee würde ich ebenfalls als einigermaßen gemäßigt bezeichnen. In Frankreich besucht er die große Pariser Moschee. Er ist gläubig, aber kein Radikaler. Abu Najib praktiziert einen eher spirituellen Islam. Ist halt ein Schöngeist, der Mann.«

»Also eher eine Art Kulturmoslem?«, fragte der Kommissar, der bis dahin aufmerksam zugehört hatte.

Yoram lachte. »Nee, darüber geht es schon hinaus. Der praktiziert seinen Glauben schon intensiv. Betet fünfmal am Tag, und auf seinen Ausstellungseröffnungen darf keine Musik gespielt werden. Aber er ist trotzdem nicht radikal in unserem Sinne.«

»Was bedeutet denn radikal in eurem Sinne?«

»Said Abu Najib gehört keiner Terrorzelle an und hat auch kein Interesse daran. Er propagiert den Islam als friedliebende Religion.«

»Ist das nicht ein Widerspruch in sich?«, merkte Assaf spöttisch an.

Yoram zuckte seufzend mit den Achseln. »Willst du noch einen Kaffee?« Sie saßen in einem kleinen Café im Norden Tel Avivs, von dem Assaf bisher nicht einmal gewusst hatte, dass es existierte. Das war wahrscheinlich der Grund, warum Yoram es als Treffpunkt vorgeschlagen hatte. Er kannte einige solcher Orte, die eigentlich nicht existierten.

»Danke, achi, aber ich muss zurück ins Büro. Hab noch einen Termin mit meinem Chef.« Wieler wollte über die aktuellen Untersuchungsergebnisse informiert werden. Er hatte den Termin mit Absicht kurz vor Feierabend gelegt, und Assaf war jetzt schon klar, dass sein dicker Chef ihm nur mit halbem Ohr zuhören würde und es ihn sowieso nicht die Bohne interessierte, was Assaf im Detail zu sagen hatte, solange er den Mörder nicht zu allseitiger Zufriedenheit präsentieren konnte. Zu spät kommen wollte er trotzdem nicht.

Die beiden Männer verabschiedeten sich mit einer herzlichen Umarmung, und bevor Yoram ihm nochmals ins Gewissen reden konnte, dass er der Mann für sie wäre, schwang sich Assaf auf seinen Roller und fuhr davon.

Assafs Gespräch mit Chaim Wieler lief ein wenig anders, als er es erwartet hatte. Wieler war – und das hätte sich Assaf niemals vorstellen können – fast so etwas wie gestresst. Der Fall des toten Rabbiners hatte hohe Wellen geschlagen, und die ultraorthodoxe Regierungspartei Schas machte Druck, dass der Mord schnell aufgeklärt werden müsse. Der Kommissar versicherte Wieler, dass er dafür alles in seiner Kraft stehende tun würde, und versprach, ihn weiterhin über jede Neuigkeit auf dem Laufenden zu halten.

Als er nach dem Meeting die Treppenstufen herunterlief, entdeckte er, dass in Anats Büro noch Licht brannte. Assaf überlegte einen Moment und entschied dann, ihr einen kurzen Besuch abzustatten. Der Kommissar trat an die offene Tür und klopfte vorsichtig. Anat hob den Kopf und sah ihn überrascht an. »Assaf, was machst du denn hier?«

»Ich dachte, ich habe dich so lange nicht mehr hier besucht, und als ich sah, dass du noch da bist …«

»Gespräch mit Wieler?«

»Genau.«

»Und? Wie kommst du voran?«

Er verzog das Gesicht. »Könnte besser sein. Und du?«

»Bei mir sieht es ähnlich aus. Verzwickte Angelegenheit.«

Sie schwiegen sich einen Moment an, und anstatt nun die Gelegenheit zu ergreifen und nach Hause zu seiner Freundin zu gehen, betrat Assaf das Büro und setzte sich auf einen der Sessel. Das war typisch für Anat, dachte er beim Eintreten, dass sie sich bei der Einrichtung für Sessel und nicht das Sofa entschieden hatte. Damit niemand auch nur auf die Idee kommen könnte, dass sie hier während der Arbeitszeit schlief.

Sie beobachtete leicht verwundert, wie selbstverständlich er es sich in ihrem Büro bequem machte. Dann schaute sie zurück auf die Unterlagen, über denen sie gebrütet hatte, als er hereinkam. »Ich bin allerdings auf etwas gestoßen, was dich interessieren könnte«, sagte sie schließlich.

»Was denn?«

»Es gab da vor einer Weile eine Auseinandersetzung zwischen Ari Yerimiyahu und einem gewissen Mohammed Mansour.«

»Worum ging es?«

»Um die Al-Quds-Moschee in Jaffa.«

»Ach, was du nicht sagst.« Der Kommissar erinnerte sich, dass das die Moschee war, die – nach Auskunft von Yoram – auch Said Abu Najib regelmäßig besuchte.

»Die Moschee wurde auf Land gebaut, das eigentlich der Kirche gehörte. Zumindest behauptet das die Kirche. Die Muslime haben ihre Moschee Anfang des zwanzigsten Jahrhunderts unter der Herrschaft der Ottomanen gebaut. Wie das damals eben war, es gab noch keine einheitlichen Grundbücher, und die Ottomanen haben einfach alles erlaubt, was in ihr Konzept gepasst hat«, erklärte Anat.

»So alt ist die Moschee schon?«

»Ja, fertig gebaut im Jahr 1916. Habe ich extra noch einmal nachgelesen.«

»Also gehörte die Moschee den Muslimen und das Land den Christen?« Assaf erinnerte sich, dass der Priester Johannes Stassen ihnen ungefähr das Gleiche erzählt hatte. Aber da wusste er noch nicht, dass es sich um dieselbe Moschee handelte, die Said Abu Najib besuchte.

»Die muslimische Gemeinde, deren Imam und Vorsteher Mansour ist, hatte sich irgendwann bereit erklärt, den Franziskanern das Land abzukaufen. Aber Yerimiyahu war auch daran interessiert.«

»Was wollte er mit dem Land?«

Anat sah ihn amüsiert an. »Das steht hier leider nicht in meinen Unterlagen, Herr Kommissar. Ein bisschen wirst du selbst recherchieren müssen.«

»Ich glaube, das Grundstück gehörte zu den Immobilien, die der Rabbiner den Klosterbrüdern abgekauft hat«, überlegte Assaf laut.

»Möglich. Auf jeden Fall sind Yerimiyahu und Mansour ziemlich aneinandergeraten. Sie wurden sogar beide kurzzeitig festgenommen.«

»Weswegen?«

»Widerstand gegen die Staatsgewalt.«

»Na, das kann ich mir vorstellen.«

Anat legte die Hände in ihrem Schoß übereinander. »Das ist alles, was ich habe.«

Assaf ging einen Schritt auf sie zu. Er drückte ihr spontan einen Wangenkuss auf. »Danke, Frau Kommissarin«, flüsterte er, und für einen Moment war er ihr so nah wie lange nicht mehr. Dann verließ er schnell, ohne sich noch einmal umzudrehen, ihr Büro und lief in den heißen Abend hinaus.

»Yossi, bist du schon unterwegs?« Assaf sah auf die Uhr, es war gerade einmal acht Uhr morgens.

»Nein, wieso?«

»Bring dir eine lange Hose mit. Wir gehen heute in die Moschee.« Ohne Yossis Antwort abzuwarten, legte Assaf auf und widmete sich wieder seinen Unterlagen. Er selbst trug eine helle Leinenhose, die er mit einem blau-weiß-rosa gestreiften Hemd gepaart hatte. Dazu hatte er seine dunkelblauen Segelschuhe angezogen. Er war gestern Abend extra noch einmal in seine Wohnung gefahren und hatte ein paar frische Klamotten geholt und diese bei Gili deponiert.

Zipi betrat sein Büro, und Assaf wünschte sich inständig, dass es einen Grund gegeben hätte, sie in die Moschee mitzunehmen. Dann hätte er seiner Sekretärin wenigstens einen Vorwand präsentieren können, warum sie sich etwas bedeckter kleiden sollte, ohne ihr damit zu nahe zu treten. Sie stellte ihm einen Kaffee und ein paar Kekse auf den Schreibtisch und berichtete kurz, dass sie dabei war, über Jimi Palmer zu recherchieren. Da sie dabei jedoch Behörden in England einschalten musste, würde das Ganze eine Weile dauern. Der Kommissar konnte sich vorstellen, dass ihr wildes Englisch den Prozess nicht gerade beschleunigte. Er hatte sie in der Vergangenheit ein paar Mal sprechen hören und sich damals arg das Lachen verkneifen müssen. Aber das gehörte auch zu den Dingen, die sie verletzen würde, wenn er sie aussprach, und das wollte Assaf auf keinen Fall. Zipi Meier hatte ihn von Anfang an mit offenen Armen an ihren großen Brüsten empfangen. Und wenn sie sich wie eine Siebzehnjährige anziehen und voller Freude ihr Kinder-Englisch sprechen wollte, dann würde er sie nicht daran hindern.

Kurze Zeit später klingelte Yossi ihn an und teilte Assaf mit, dass er unten im Wagen wartete. Schon morgens verließ man bei der Hitze nur ungern den klimatisierten Bereich, in dem man sich befand. Der Kommissar packte seine Sachen zusammen und ging zum Parkplatz. Als er aus dem Gebäude heraustrat, fühlte es sich an, als würde er direkt in die Tiefen der Sahara laufen. Oder besser noch: in eine Dampfsauna rennen. Die Augusthitze gepaart mit 89 Prozent Luftfeuchtigkeit waren schlichtweg unerträglich. Assaf, auf dessen Stirn sich während des kurzen Weges über den Parkplatz sofort Schweißperlen gebildet hatten, stieg in den Skoda und atmete erleichtert auf, als er die frische Kühle im Wagen spürte.

Yossi lenkte den Wagen in Richtung Meer zur Moschee. Sie fuhren am Bloomfield-Stadion vorbei, die She'erit Israel

Straße entlang und überquerten die Yerushalayim weiter in Richtung Russlanstraße, die am Eingang zum antiken Jaffa lag und in der sich die Moschee befinden sollte. Eine kurze Strecke eigentlich, aber die vielen Einbahnstraßen machten die Fahrt zu einem Zick-Zack-Kurs. Als sie sich kurz vor der letzten Querstraße befanden, ging die Sirene los.

Und täglich grüßt das Murmeltier, dachte Assaf, bevor er sich gemeinsam mit Yossi neben das Auto, hinter einer kleinen Mauer, auf den Boden legte. Der Kommissar verfluchte ausgiebig ihre terroristischen Nachbarn. Nicht nur, dass sie das ganze Land seit Tagen in Angst und Schrecken versetzten und seine Ermittlungen störten, jetzt musste er sich auch noch in seiner hellen Leinenhose in den Straßendreck legen. Yossi, neben ihm, versuchte hektisch, seine Frau zu erreichen. Sie war mit dem jüngsten Sohn auf dem Weg nach Rischon Le Zion, und sein Kollege sorgte sich, wo der Alarm sie erwischt hatte. Kurze Zeit später nahm sie ab und versicherte ihm, dass alles in Ordnung sei. Abgesehen davon, dass sie und das Kind gemeinsam mit Unbekannten wie Sardinen auf der Autobahn herumlagen. Das war ja nichts, was man alle Tage tun würde, weshalb ihr Sohn das Ganze vor allem furchtbar aufregend fand. Aber obwohl sie alle versuchten, die Situation mit Humor zu ertragen: Das Land befand sich im Ausnahmezustand. Raketenalarme in Tel Aviv und Jerusalem. Raketenhagel auf Beersheva, Ashkelon, Ashdod, Sderot, Eschkol. Tausende israelische Soldaten an der Grenze zu Gaza. Nein, so ernst war die Situation seit Jahren nicht mehr gewesen, dachte Assaf grimmig.

Als sie schließlich zehn Minuten später gegenüber von dem hohen Minarett in der Russlanstraße parkten, waren sie äußerlich um mindestens drei Jahre gealtert. Auch wenn die meisten Tel Avivis ruhig blieben, weil sie wussten, dass der Iron Dome bisher jede Rakete zuverlässig abgeschossen hatte – die Angst ließ sich trotzdem nicht abschütteln, und mit ihr blieben die Stressfalten und grauen Haare. Der Kommissar stieg aus und warf einen Blick auf die Gegend um die Moschee herum. Auch wenn das ungeübte Auge nur baufällige Gebäude und einige Wellblechkioske sah, Assaf hatte mittlerweile gelernt, mit Immobilienaugen zu schauen. Die kleine Russlanstraße lag nur wenige Meter von dem Wahrzeichen Jaffas, dem Uhrturm, entfernt. Das Meer befand sich in Sichtweite, und die Altstadt war mit ihren Gärten und renovierten Kalksteingebäuden nur einen Steinwurf entfernt. Diese Moschee stand in Top-Lage. Anscheinend befand sich die Straße vor ihr bereits im Umbau, überall standen Bauarbeiter, und es schien, als würde an allen Ecken und Enden gewerkelt und gebaut.

Das Gelände der Moschee selbst umfasste nicht nur das Minarett und das im selben hellen Backstein errichtete Moscheegebäude, sondern auch einen weniger ansehnlichen flachen Anbau, in dem ein Restaurant untergebracht war. Die Gaststätte sah wie eine der typischen Touristenfallen aus. »Falafel«, »Foie Gras«, »Grill Fish« und »Beef Kebab« stand in blauen Buchstaben auf weißen Schildern. Daneben hatte man auf jedes Schild groß das Wort »koscher« geschrieben und für diejenigen, die dann immer noch nicht überzeugt waren, einen Davidstern auf das Blech gepinselt. Unter der hölzernen Pergola, die dem Restaurant vorgebaut war, herrschte um diese Tageszeit, ja in diesen Zeiten überhaupt, gähnende Leere. Die pinkfarbenen Wachsdecken wehten einsam im Wind der unaufhörlich laufenden Ventilatoren. Ein gelangweilter Kellner lungerte vor dem Eingang herum. Die Moschee selbst brauchte dringend einen frischen Anstrich, sah in ihrer Verkommenheit aber immer noch sehr charmant aus. An der Vorderseite des Hauptgebäudes befanden sich in den Stein gemeißelte, aber mittlerweile verblasste arabische Schriftzüge. Rechts oben am Bogen des Hauses wuchs etwas Unkraut, dass sich bereits auf den Weg zur Vorderwand gemacht hatte.

Der Kommissar und sein Kollege betraten den Hof der Moschee und entdeckten, dass das Gelände noch weit nach hinten hinausging. Nun wurde Assaf auch klar, warum die Parteien sich so um dieses Stück Land gestritten hatten. Der Innenhof zeigte die eigentliche Pracht, die von der Moschee ausging. Alte, massive Backsteinbögen, die in kräftigen Säulen endeten, überdachten einen schmalen Pfad, der parallel zum Gebäude entlang führte. Der Weg war mit blauen Mosaikfliesen gepflastert. Auf einem dunklen Holztisch lagen arabische Bücher, wahrscheinlich Korane.

Die Polizisten liefen langsam unter der Überdachung entlang, der Weg war angenehm kühl und trotzdem nicht dunkel. Hinter dem Chaos und dem Lärm der Straße lag hier in diesem Innenhof eine geradezu magisch ruhige Oase. Stattliche Terracotta-Töpfe mit kleinen Palmen und Feigenbäumen rahmten den Hof ein und standen gepaart am Hintereingang zum Gebäude. Links daneben saßen ein paar ältere Männer auf bunten Teppichen, die sie auf dem Boden ausgelegt hatten, und tranken Minztee. Hier war die romantische Arabeske noch so vollkommen wie in den Büchern von Lawrence von Arabien, dachte Assaf gleichermaßen amüsiert wie fasziniert.

»Wo finden wir Mohammed Mansour?«, fragte der Kommissar freundlich auf Hebräisch in die Runde.

Fünf dunkle Augenpaare, die wahrscheinlich nichts von der Romantisierung der Welt um sie herum ahnten, sahen ihn misstrauisch an. Dann zeigte einer stumm in den Eingang hinein.

Assaf und Yossi zogen ihre Schuhe aus und betraten die Moschee. Direkt hinter dem Eingang lag eine große Bethalle, an deren Ende ein bärtiger Mann in einem langen, beigefarbenen Kaftan stand. Dazu trug er einen weißen, kunstvoll gebundenen, flachen Turban auf dem Kopf. Assaf vermutete, dass es sich bei dem Geistlichen um Mohammed Mansour handelte und sprach ihn dementsprechend an.

»Ken«, antwortete der Mann, »Was kann ich für die Herren von der Polizei tun?«

Schön, hier musste man sich anscheinend nicht einmal vorstellen. Das hatten andere schon für sie erledigt.

»Wir ermitteln in dem Mord an Rabbiner Zvi Ben Avraham«, erklärte Assaf, auch wenn ihm klar war, dass der Imam darüber sicherlich bereits ebenfalls informiert war.

»Eine furchtbare Angelegenheit. Was habe ich damit zu tun?«, fragte Mansour kurz angebunden.

»Es gab einen Immobilienstreit um das Land, auf dem diese Moschee steht. Kannst du uns darüber mehr erzählen?«

»Unsere Gemeinde ist seit Anfang des zwanzigsten Jahrhunderts hier. Wir haben das Land damals zur Verfügung gestellt bekommen, das können wir belegen.«

»Trotzdem habt ihr euch entschlossen, der Kirche ein Kaufangebot zu machen.«

»Man ließ uns keine Wahl«, sagte der Imam abwehrend.

»Es gab eine Ausschreibung, und plötzlich interessierte sich auch Ari Yerimiyahu für das Gelände.« Assaf vergewisserte sich mit einem kurzen Seitenblick, dass Yossi das Gespräch notierte.

»Yerimiyahu bot uns im Gegenzug sogar ein größeres Grundstück an, aber wir haben uns nicht auf diesen Kuhhandel eingelassen.«

Der Geistliche lachte verächtlich.

»Warum nicht?«

»Was sollen wir mit einem herzlosen Neubau mitten in Ajami? Hier haben wir Geschichte. Schaut euch den Fußboden an!«

Der Kommissar und Yossi blickten auf den Boden. Unter den vielen Gebetsteppichen konnte man hellen, türkisfarbenen Marmor erkennen.

»Den hat mein Ur-Ur-Großcousin verlegt, und schon mein Vater und Großvater haben ihre Füße auf ihn gesetzt, ihre Stirn auf ihn gebettet. Wir geben unseren Standort nicht auf. Das hieße das falsche Signal senden.«

»Inwiefern?«, erkundigte sich Assaf.

»Zu viele Muslime sind bereits aus dem antiken Zentrum Jaffas verschwunden. Man hat ihnen Angebote gemacht, die sie nicht ablehnen konnten. Jüdische Siedler wie Yerimiyahu, deren einziges Ziel es ist, die Muslime aus Jaffa ein für alle Mal zu vertreiben.« Seine Stimme hatte einen scharfen Ton angenommen.

»Was hätte Ari Yerimiyahu mit der Moschee machen wollen?«, meldete sich Yossi zu Wort.

»Ihm ging es nicht um das Gebäude an sich, sondern um das Grundstück und die symbolische Wirkung, wenn er hier einen weiteren seiner Touristenmagneten errichtet hätte. Er bot uns sogar an, dass wir die Moschee freitags nutzen könnten. Aber was wäre das denn für eine Moschee, in die man nur einmal in der Woche darf? Ihr Juden geht doch auch nicht nur am Freitag in die Synagoge.«

Assaf und Yossi wechselten kurz einen Blick. Von ihnen konnte nicht die Rede sein. Sie gingen nicht einmal freitags, geschweige denn an irgendeinem anderen Tag in der Woche.

»Hat der Rabbiner bei diesen Verhandlungen vermittelt?«, fragte der Kommissar.

Der Imam zuckte mit den Schultern.

»Was heißt das?«

»Ja, er hat vermittelt, und dafür waren wir dankbar.«

»Was genau hat er getan?«

»Er hat sich dafür eingesetzt, dass wir das Grundstück zugesprochen bekommen.«

»Wie?«

»Indem er mit allen beteiligten Parteien gesprochen hat«, antwortete der Imam vage.

»Kennst du einen gewissen Said Abu Najib?«, wechselte Assaf abrupt das Thema. In der Immobilienfrage kamen sie mit dem Mann nicht weiter. Warum hatte er nur das Gefühl, dass er hier völlig im Dunkeln tappte?

»Natürlich. Said kommt seit Jahren in unsere Moschee.«

»Hat er etwas von den Immobilienstreitigkeiten mitbekommen?«

»Jeder in unserer Gemeinde hat was von dem Konflikt mitbekommen.«

»Said ist ein streng praktizierender Moslem?«

»Er ist ein friedliebender Mensch, falls du das meinst.«

»Und der Rabbiner? War der auch ein friedensliebender Mensch?«

Mohammed Mansour sah den Kommissar abschätzend an. »Unser Verhältnis zu dem Rabbiner war nicht einfach. Einerseits konnten wir es nicht gutheißen, dass er so viel Zeit mit unseren Kindern verbrachte, andererseits hat er viel Gutes für die arabische Gemeinde getan.«

»In der Streitfrage um die Immobilien?«

»In vielerlei Hinsicht.« Konkreter wurde der Imam nicht. »Wenn ihr mich jetzt entschuldigen würdet, ich habe einen Termin.«

Assaf und Yossi kamen der Aufforderung ungern nach. Nur zögerlich verließen sie die Moschee.

KAPITEL 12

Auf dem Weg zurück zum Wagen überlegte der Kommissar fieberhaft, inwiefern all diese Dinge zusammenhingen. »Also, die Kirche und die Moschee stritten sich um ein Grundstück. Yerimiyahu hat ebenfalls Interesse an dem Land. Wahrscheinlich wollten die Franziskaner aber weder an die einen noch an die anderen verkaufen«, sagte er schließlich mehr zu sich selbst als zu seinem Kollegen.

»Der Rabbiner hingegen kauft von der Kirche. Die Moschee war auch Teil des Deals«, ergänzte Yossi seine Gedanken.

»Aber warum sollten die Muftis ihn deswegen umbringen? Das ergibt doch alles keinen Sinn.«

»Weil sie das Land von ihm wollten, vielleicht ...«

»Das hätten sie doch von einem toten Rabbi auch nicht bekommen.« Der Kommissar machte eine wegwerfende Handbewegung. »Nein, nein. Diese Moschee ist nur ein Nebenschauplatz. Es muss eigentlich um etwas anderes gehen.«

»Aber was nur?«

»Tja, das finden wir hoffentlich bald heraus. Wieler war gestern schon ganz ungeduldig, die Schas-Leute gehen ihm auf den Zeiger.«

»Die Schas-Leute gehen dem ganzen Land auf den Zeiger«, kommentierte Yossi bissig. »Wenn wir nur wüssten, was mit den Grundstücken passiert ist, die der Rabbiner gekauft hat. Und ob, und wenn ja, an wen er diese weiterveräußert hat.« Assafs Kollege legte seine Stirn in tiefe Falten.

»Jetzt fahren wir erst einmal zurück ins Büro. Vielleicht ist ja ein Wunder passiert, und Zipi hat mit ihren magischen Kontakten bereits etwas dazu herausbekommen.«

Zipi Meier schien tatsächlich über Zauberkräfte zu verfügen, denn als die beiden Polizisten ihr Büro betraten, rief sie strahlend und mit einem Blatt Papier wedelnd: »Metukim, ich habe was für euch. Der Rabbiner hat sämtliche Grundstücke an einen gewissen Mohammed Mansour weiterverkauft. Zumindest ist dieser als Eigentümer in allen Büchern eingetragen. Allerdings erst seit ein paar Tagen, ich habe es hier schwarz auf weiß!«

»Zipi, wie machst du das nur? Ich hatte befürchtet, wir müssten nun wochenlang auf eine Auskunft warten. Ich ernenne dich offiziell zur besten Bürokratiebezwingerin der Welt«, lobte der Kommissar seine Kollegin. Dann sagte er an Yossi gewandt: »Mansour ist seit ein paar Tagen als Eigentümer eingetragen. Wenn man einberechnet, dass das im Amt erst einmal alles eingereicht und abgelegt werden muss, könnte der Einbrecher in der Wohnung des Rabbis nach genau diesen Dokumenten gesucht haben.«

»Was meinst du?«, fragte sein Kollege ungewöhnlich begriffsstutzig.

»Der Rabbiner muss vor seinem Tod noch Dokumente unterschrieben haben, die Verkauf oder Schenkung der Moschee an Mohammed Mansour belegen. Und diese Dokumente hat der Einbrecher in seiner Wohnung gesucht.

Deswegen wurde die Eigentümerschaft erst vor zwei Tagen im Amt offiziell registriert.«

»Ja, stimmt, das ergibt einen Sinn«, erklärte Yossi.

»Vielleicht wollte jemand verhindern, dass der Rabbiner diese Dokumente unterschreibt, und deswegen der Mord. Dann wären die Sachen im Besitz der Simchat-Thora-Gemeinde geblieben.«

»Und der Einzige, der bei diesem Geschäft verloren hat, war Ari Yerimiyahu.«

»Genau. Und deswegen werden wir dem guten Mann jetzt mal einen Besuch abstatten. Und dieses Mal bitte ohne Sturz vom Baugerüst.«

Kurze Zeit später erreichten sie das Büro von Ari Yerimiyahu, das direkt neben einer weiteren Großbaustelle im Osten Jaffas lag. Sie diskutierten eine Weile mit Yerimiyahus Sekretärin, die die beiden Polizisten nicht zu ihrem Chef durchlassen wollte, bis es Yossi und Assaf schließlich zu bunt wurde und sie einfach in das Büro des Immobilienmoguls stürmten. Beim Anblick des Mannes machten beide Polizisten ein überraschtes Gesicht. Ari Yerimiyahu war deutlich jünger, als sie es erwartet hatten. Assaf schätzte den Mann auf Anfang dreißig. Yerimiyahu sah wie ein typischer Siedler aus dem Westjordanland aus. Er trug eine beigefarbene Cargohose, ein gestreiftes kurzärmliges Kapuzenshirt aus festem Leinen und eine große, bunt bestickte Kippa. Seine breiten, glatten dunkelblonden Schläfenlocken hingen ihm bis über die Schulter. Obwohl der Mann etwas wild aussah, hatte er ein äußerst freundliches, spitzbübisches Gesicht und war Assaf sofort sympathisch.

»Ari, wir sind von der Polizei. Mein Name ist Yossi Hag,

wir hatten vor ein paar Tagen telefoniert. Das ist Kommissar Assaf Rosenthal.«

»Ach ja, kommt doch rein«, sagte der Mann irritiert und schien mit den Augen nach seiner Sekretärin zu suchen.

»Ari, ich wollte dich neulich auf der Baustelle besuchen, zu der du meinen Kollegen gebeten hattest. Ich habe dich dort aber nicht gefunden. Stattdessen hat mich jemand vom Baugerüst gestoßen«, eröffnete der Kommissar das Gespräch.

»Wie bitte? Vom Gerüst gestoßen? Ich erinnere mich dunkel, dass wir gesprochen hatten, Yossi. Mir war dann aber etwas dazwischen gekommen, und ich dachte, du würdest dich noch einmal melden vorher. Ich habe keine Ahnung, wer dich da herunter gestoßen haben könnte. Wirklich nicht.« Er sah Assaf aufrichtig besorgt an. »Ist dir etwas passiert?«

»Nee, alles beseder. Aber komisch war es schon. Deswegen sind wir aber auch nicht hier.«

»Sondern?«

»Es geht um den Streit um die Moschee in der Russlanstraße.«

»Hört mir damit auf!« Yerimiyahu winkte ab.

»Warum?«

»Weil mich dieses Hickhack meinen letzten Nerv gekostet hat. Ich habe der Kirche ein wunderbares Angebot gemacht, das beste …«

»Aber verkauft haben die dann doch an den Rabbi«, sagte Yossi und heuchelte Verständnis. Assaf wusste, dass dem Kollegen die Ideologie von Yerimiyahu mehr als nur gegen den Strich ging. Er verachtete dessen Ziele und Motive.

»Genau.« Ari Yerimiyahu nickte.

»Warum wolltest du die Moschee unbedingt kaufen?«

»Warum? Weil es ein hervorragendes Grundstück mitten in Jaffa ist und ich nun einmal ein Geschäftsmann bin.«

»Du meinst wohl, weil es ein hervorragendes, bisher muslimisch genutztes, Grundstück ist, was du für deine Zwecke nutzen wolltest«, meinte Yossi spitz.

»Darüber brauchen wir gar nicht so politisch korrekt zu diskutieren. Ihr wisst genauso gut wie ich, dass Jaffa immer jüdisch war.«

»Aber auch arabisch …«

»Städte verändern sich. Das nennt man Gentrifizierung. Und die neuen Mieter sind nun einmal Juden. Das habe ich mir nicht ausgedacht. Das ist eine Frage des Geldes.«

»Dass in den neuen Häusern systematisch nur an Juden vermietet wird, ist aber schon Teil deiner Ideologie?«

Der Kommissar ließ Yossi die Gelegenheit, sich ein wenig Frust von der Seele zu reden. Auch für ihn waren die Ermittlungen ärgerlich. Genauso, wie es für Assaf anstrengend war, sich mit Israelfeinden herumzuschlagen, machte Yossi die Araberfeindlichkeit zu schaffen.

»Yossi, richtig? Schau, wenn du ein Gebäude vermieten wollen würdest und du hast die Wahl zwischen einem Mieter, der ein regelmäßiges, gutes Einkommen hat und kein Sicherheitsrisiko darstellt, und einem, der weniger verdient und sonst etwas in seiner Freizeit macht – wen würdest du wählen? Abgesehen davon sind viele meiner Mieter Homosexuelle. An die vermieten arabische Eigentümer nämlich nicht. Und in denselben Häusern wie die Schwulen wollen die Araber auch nicht leben.«

Yossi presste die Lippen aufeinander. Er hatte offenbar einiges dazu zu sagen, beschloss aber, es zu lassen.

»Zurück zur Moschee. Rabbi Avraham hat das Gelände als Strohmann für die Muslime gekauft«, sagte Assaf.

Yerimiyahu sah ihn stumm mit geschürzten Lippen an.

»Ich nehme an, dass du das schon wusstest«, stellte der Kommissar nüchtern fest. »Das muss dich doch geärgert haben. Dass der Rabbi mit den Muslimen gemeinsame Sache machte.«

»Hat es auch. Aber glaubst du, der Rav hat freiwillig an die weiterverkauft?«

»Was meinst du damit?«, erwiderte Assaf perplex.

»Ich meine damit, dass ich nicht glaube, dass Rabbiner Avraham freiwillig an die Muslime verkauft hat. Der hatte doch seine eigene Agenda. Und ordentlich kassiert hat er für die Verkäufe bestimmt auch.«

»Und wie sah die Agenda von Rabbi Avraham aus?«, fragte Yossi.

»Zvi Ben Avraham wollte vor allem seinen eigenen Einfluss in Jaffa vergrößern. Warum hat er denn eine arabische Jugendgruppe gegründet und keine jüdische? Weil er gute Beziehungen zu allen Bevölkerungsteilen Jaffas aufbauen wollte. Für seinen Masterplan der Simchat-Thora-Herrschaft.«

Der Kommissar sah Yerimiyahu fragend an.

»Na, der hat doch geradezu missioniert. Das wusste jeder. Streng genommen war das gar keine richtige jüdische Gemeinde, sondern eher eine religiöse Splittergruppe auf dem Weg zum Christentum.«

»Weil Juden nicht missionieren?«

»Natürlich nicht. Seit wann denn das? Missionierende Juden. Das hat es doch noch nie gegeben. Dieser Zvi Ben Avraham hat aber natürlich den Ball schön flach gehalten, immerhin konnte er es sich nicht leisten, seine Staatshilfen aufs Spiel zu setzen. Deswegen hat er nie irgendetwas getan, was die illegalen Missionierungstätigkeiten belegt hätte. Der ist da ganz geschickt vorgegangen.«

Assaf dachte über die Worte von Yerimiyahu nach. Staatshilfen? Davon war bisher noch keine Rede gewesen, da mussten sie noch einmal nachhaken.

»Ari, ist dir klar, dass du ein Motiv für den Mord an dem Rabbiner hattest?«, fragte Yossi scharf.

»Ich habe ein Alibi.«

»Auch Auftragsmord ist Mord.«

»Unsinn. Ich stimme zwar im Detail den Methoden der Simchat-Thora-Gemeinde nicht zu, aber lieber als die Islamisten sind sie mir allemal.«

»Die Muslime in der Russlanstraße sind keine Islamisten«, warf Assaf nachdenklich ein.

»Ach ja? Na, dann schaut euch doch mal an, wer den Kauf finanziert hat. Das Geld kommt doch direkt aus Saudi-Arabien oder dem Iran oder was weiß ich. Die machen ihre Interessen hier genauso geltend. Die kaufen in Jaffa genauso wie in Jerusalems Altstadt, um die Häuser in muslimischem Besitz zu behalten.«

Der Kommissar sah sein Gegenüber müde an. Was war hier nur los in diesem Land? Einen Daumennagel groß, von arabisch-muslimischen Staaten umgeben, und alle wollen sie ein Stück abhaben. »Danke, Ari«, sagte Assaf schließlich. »Das war es für den Moment. Wir melden uns, wenn wir weitere Fragen haben sollten.«

Assaf verabschiedete sich schnell von Yossi und ging dann zu Fuß Richtung Flohmarkt. Er musste noch ein Geburtstagsgeschenk für Gili kaufen, die heute Abend in einer Bar in Jaffa in ihren 29. Geburtstag hineinfeiern wollte. Assaf wusste, dass er damit etwas spät dran war, aber in den vergangenen Tagen hatte er einfach keine Zeit dafür gehabt. Ziellos schlenderte er über den Markt und schaute die vermeintlichen Antiquitäten an, von denen ein Großteil einfach nur teurer Schund war. Nach einer Weile entdeckte er jedoch einen Laden, der aus zwei Gründen interessant war: Zuerst einmal hing ein signiertes Fußballposter seiner Lieblingsmannschaft Beitar Yerushalayim im Laden. Zweitens stand draußen auf einem Tisch eine wunderschöne Schreibtischlampe. Sie hatte einen bunten Glasschirm, der in der Sonne glitzerte, als hätte er tausend Geschichten zu erzählen.

»Interessierst du dich für die Lampe?«, fragte der Händler, der ein gutes Geschäft witterte.

»Eigentlich fasziniert mich dein Poster von Beitar Yerushalayim mehr.«

»Ah, bist du Beitar-Fan? Das Poster ist unverkäuflich. Hat Uri Malmilian selbst unterschrieben.«

Assaf pfiff beeindruckt. Malmilian war nicht nur einer der besten israelischen Spieler der kurzen Fußballgeschichte des Landes, sondern auch besonders beliebt, weil er viele lukrative Angebote aus dem Ausland in den siebziger und achtziger Jahren konsequent abgelehnt hatte.

»Kol Ha Kavod, Achi«, sagte Assaf respektvoll. Der Händler war eindeutig ein Ars, ein waschechter Prolet. Assaf wusste, dass er ihm zuerst einmal Respekt entgegenbringen musste, bevor er beginnen konnte, ihn herunterzuhandeln. Sie fachsimpelten eine Weile über Beitar und die aktuellen Streitigkeiten um zwei muslimische Spieler, die von vielen jüdischen Beitar-Fans – unter ihnen eine Menge waschechter Rassisten – abgelehnt wurden. Dann lenkte Assaf das Gespräch auf die Lampe.

»Das ist eine Tiffanylampe. Die besteht aus über 400 einzelnen Glasstücken.«

»Was ist denn eine Tiffanylampe?«, fragte Assaf ahnungslos. Er wusste es wirklich nicht, aber gleichzeitig hielt er das für eine gute Verhandlungstaktik. Für ihn war es nur eine schöne Lampe, nicht mehr und nicht weniger. Und dementsprechend sollte auch ihr Preis sein.

»Achi, bei der Tiffanylampe werden alle einzelnen Glasteile mit Hilfe einer ummantelten Kupferfolie und Lötzinn verbunden, so bekommt der Schirm seine dreidimensionale Optik. Siehst du hier, die gold glänzenden Libellenflügel und in der Mitte der schwarze Körper.« Er zeigte auf den unteren Rand des Lampenschirms. »Sieht doch aus, als könnte das Tier gleich losfliegen.«

In der Tat, die Lampe, die nach oben hin aus blau-türkisen Stücken bestand, hatte etwas sehr Lebendiges an sich. »Die Lötnähte werden mit einer Patina versehen«, erklärte der Mann weiter. »Dazu werden sie verkupfert und anschließend mit Chemikalien behandelt. Sie erhalten so ihre charakteristische Schwarz- oder Grünfärbung. Glaub mir, das ist ein besonderes Stück. Ich habe die Lampe selbst angefertigt.«

Der Kommissar horchte auf. »Befindet sich in den Chemikalien auch Arsen?«

Der Mann schüttelte heftig den Kopf. »Nein, nein.« Anscheinend wunderte er sich nicht über die detaillierte Frage.

Sie einigten sich schließlich nach zähen Minuten der

Verhandlung, in denen der Kommissar sich immer wieder mit der einen Hand über den Vollbart strich und der Händler sich theatralisch die Haare raufte, auf 400 Schekel. Am Ende waren beide Männer mit dem Ergebnis unzufrieden, was bedeutete, dass sie gut verhandelt hatten.

»Bist du Chemiker?«, fragte der Verkäufer den Kommissar, während er die kostbare Lampe behutsam in Papier einwickelte.

Assaf lachte. »Nein, Kommissar bei der Mordkommission.«

Der Händler sah ihn mit großen Augen an. »Walla. Ermittelst du etwa im Fall des toten Rabbiners?«

»Ja, tatsächlich. Wieso?«

»Nur so. Das ist ja eine krasse Geschichte. Dass der Mann da so bei dieser Linkendemo erstochen wurde. Weißt du, der war nicht sauber, dieser Herr Rabbiner, aber so einen Tod hat trotzdem niemand verdient.«

»Was meinst du damit, dass der nicht sauber war?«

»Nu, man hörte so dies und das. So fromm war der wohl auch nicht. Aber, Kommissar, nimm mich nicht beim Wort. Das war halt so, was man gehört hat. Auf der Straße eben.«

»Hm«, sagte Assaf nachdenklich, während er zwei Zweihundert-Schekel-Scheine aus seinem Portemonnaie zog. »Wer kann schon wirklich immer fromm sein.«

Am Abend erreichten Assaf und Gili nach einem gemeinsamen Abendessen gegen elf die Loulou-Bar in der Altstadt. Gili trug einen dunkelgrünen kurzen Overall und sah atemberaubend aus. Der Overall betonte perfekt ihre schönen schlanken langen Beine. Der Kommissar sah sie seufzend an und dachte, dass er auch gut und gerne mit diesen Beinen und der dazugehörigen Frau zu Hause im Bett hätte bleiben können. Für Hanna hatte Assaf früher jedes Jahr eine Geburtstagsparty organisiert. Er liebte es, wie sie immer wieder so überrascht gucken konnte, außerdem mochte er ihre Freunde. Mit Gili war das komplizierter. Mit den meisten ihrer Freunde schien ihn nichts zu verbinden, und wenn er ehrlich war, hielt sich sein Interesse an ihnen in Grenzen.

Sie betraten die kleine Bar mit den unverputzten Wänden und dem Leuchtschild, das den Namen Loulou auf Hebräisch und Arabisch in den Raum strahlte. Als Gili hinter ihm durch die Tür ging, begann eine Band, die sich auf der schmalen Bühne versammelt hatte, orientalisch angehauchte Funk-Musik zu spielen. Ihre Freunde jubelten begeistert und fielen ihr einer nach dem anderen um den Hals. Assaf stellte sich an den Tresen und machte den Weg für die vielen Gratulanten frei. Die Bar war proppenvoll, und er wunderte sich, wie überhaupt so viele Menschen in den höchstens 80 Quadratmeter großen Raum passten. Der Kommissar bestellte ein Bier und beobachtete aufmerksam das Treiben um ihn herum. Zwei Männer, die in ein intensives Gespräch vertieft waren, stellten sich neben ihn an die Bar. Er wusste, dass es sich bei dem einen um den bekannten arabischen Aktivisten Mahmud Jamal handelte. Mit seinem schwarzen Afro gehörte Jamal nicht nur zum Stadtbild Jaffas, sondern war auch ein sehr guter Freund von Gili. Leider, wie Assaf fand, denn die Artikel, die Jamal für israelische Medien schrieb, ließen den Kommissar regelmäßig aus der Haut fahren. Für Jamal war Jaffa Palästina, Israel Apartheid, und Israelis waren Kolonialisten. Außerdem war er für eine Ein-Staaten-Lösung. Er vertrat die Meinung, dass

der jüdische Staat als solches abgeschafft gehörte und stattdessen ein gemeinschaftliches Palästina mit 6 Millionen
Juden und 5 Millionen Arabern aufgebaut werden sollte.
Aber immerhin war Jamal Araber, da konnte Assaf diese
Einstellung ja noch irgendwie nachvollziehen. Die Herden
von jüdischen Schafen jedoch, die sich um den Hirten Jamal
sammelten, widerten ihn an. Leider gehörte seine Freundin
hin und wieder dazu, was ihm umso schwerer zu schaffen
machte.

Assaf hörte, wie Jamal mit seinem Kumpel, einem jüdischen Israeli, darüber sprach, wie unverhältnismäßig dieser Krieg sei, in dem sie sich befanden. Und dass man eine
palästinensische Fahne über dem Uhrturm von Jaffa his-
sen sollte. Der Kommissar hätte am liebsten schnell die
Flucht ergriffen, aber mittlerweile war er so eingekeilt, dass
er sich nicht einmal mehr nach rechts oder links drehen
konnte.

»Wie viele Leute sind denn in Israel gestorben? Zwei,
drei? Lächerlich. Schau dir die Opferzahlen in Gaza an,
Mahmud, und du weißt, was abgeht.«

»Die Israelis brauchen sich auch nicht wundern, dass sie
mit Raketen attackiert werden. So was kommt von so was.
Die Besatzung zollt ihren Tribut. Man kann eben nicht einfach in ein fremdes Land kommen und dieses von heute auf
morgen kolonialisieren.«

»Alter, ihr redet so viel bullshit«, unterbrach Assaf das
Gespräch der beiden Männer. Zuhören müssen und nichts
sagen zu dürfen, das war unmöglich für den Kommissar.
»Erstens: Dass in Israel weniger Menschen sterben, liegt
daran, dass wir unsere Gelder in Bunker und Abwehrschil-
der investieren und nicht in iranische Raketen, und zwei-

tens, dass wir in unseren Bunkern nicht unsere Waffen horten, sondern unsere Bürger schützen.«

»Wer hat ihn denn gefragt ...«, kommentierte einer der Männer abschätzig.

»Und drittens«, Assaf holte kurz Luft, »bereits 1777 wanderten Tausende chassidische Juden nach Palästina aus. Sie wurden mit hohen Steuern und Zöllen belegt, weswegen viele gezwungen waren, das Land wieder zu verlassen, weil es ihnen schlicht unmöglich gemacht wurde, dort zu leben. Seit Anfang 1800 stieg die zionistisch motivierte Einwanderung nach Palästina, das sich übrigens niemals unter arabischer Herrschaft befand. Weil die Juden es schafften, das Wüsten- und Sumpfland zu beackern, kamen immer mehr Araber aus den umliegenden Gebieten hierher. Um für die Zionisten zu arbeiten. 1870 erste große Aliyah der Juden nach Palästina. Schon 1880 überlegten die Briten, Juden einen wesentlichen Platz in ihrem späteren Mandatsgebiet Palästina zu geben. 1904 zweite große Aliyah der Juden nach Palästina. 1906 lebten dann in Jerusalem schon 40 000 Juden, 13 000 Christen und nur 7 000 Moslems. 1922 verboten die Briten den Juden in den meisten Gebieten Palästinas zu siedeln, während der arabische Siedlungsbau systematisch vorangetrieben wurde. Libanon, Irak, Syrien, Jordanien, Kuwait, Pakistan – alles muslimische Länder, die ungefähr zur selben Zeit gegründet wurden, als der Staat Israel etabliert wurde und deren Existenzrecht heutzutage niemand anzweifelt. Bis 1967 gab es von palästinensischer Seite keinerlei Bestrebungen für einen palästinensischen Staat. Palästinensische Flüchtlinge werden bis heute im Libanon und in Syrien ohne Status wie Vieh in Lagern gehalten. Wir Juden ...« Assaf blickte auf einmal um sich. Rund zwanzig

Gäste, darunter Gili, hatten sich um ihn gescharrt und hörten zu.

Gili sah ihn mit funkelnden Augen böse an. »Assaf, musst du jetzt hier deine rassistischen Theorien zum Besten geben? Was soll das?«, zischte sie ihn an.

»Was denn für Theorien? Das ist die Wahrheit. Deine Freunde sitzen hier herum und labern selbstgerecht was von Apartheid und Kolonisierung und davon, dass es keinen jüdischen Staat geben sollte, und ich bin der Rassist?« Assaf überlegte aufgebracht, was er nun tun sollte. Er wollte nicht gehen und Gili ihren Geburtstag verderben. Aber dafür war es jetzt wohl schon zu spät. Und er hatte keine Kraft und keine Lust, nur eine Sekunde länger in dieser vergifteten Atmosphäre zu bleiben. Hier dachten alle so wie diese zwei Hampelmänner, die mit ihrem dämlichen Gerede seinen Monolog überhaupt erst provoziert hatten. Und nachdem er sich schon seit Tagen mit fast nichts anderem als Israel-Gegnern beschäftigt hatte, konnte er nicht mehr. Er verließ wütend das Lokal.

Als er die enge Gasse entlang lief, hörte er noch, wie Gili ihm »Jetzt warte doch mal Assaf« hinterher rief, aber es war ihm egal. Er eilte zu ihrem Haus, setzte sich auf seinen Roller und fuhr an der Promenade entlang nach Tel Aviv. Als er zu Hause ankam, fühlte er sich geradezu befreit.

KAPITEL 13

Am nächsten Morgen schreckte Assaf auf, als sein Handy gegen sieben Uhr auf dem Nachtschrank vibrierte. Grund für das knarrende Geräusch war eine SMS von Gili. Sie schrieb, dass es ihr schwerfalle, mit jemandem zusammen zu sein, der so andere politische Ansichten habe als sie. Aber dass es trotzdem nicht richtig gewesen sei, dass sie ihn einen Rassisten genannt habe. Assaf sah einen Moment verschlafen auf das Display und drehte sich dann noch einmal um. Er drückte seinen Kopf ins Kissen und kniff angestrengt die Augen zu. Es half nichts. Ein paar Minuten später griff er nach seinem Handy und entschuldigte sich dafür, dass er ihre Geburtstagsparty so im Ärger verlassen hatte. Sie schrieben eine Weile hin und her und verabredeten sich schließlich zum Mittagessen. Aber Assaf war sich nicht sicher, ob das alles überhaupt noch einen Sinn hatte. Er konnte kaum glauben, dass sein Liebesgeständnis gerade einmal eine Woche her war. Seitdem schienen Jahre vergangen zu sein, und er fragte sich, ob ihn ihre Worte am Abend zuvor wirklich so verletzt hatten oder ob er sich im Grunde genommen ein bisschen zu sehr in seine Gefühle für sie hineingesteigert hatte. Es kam ihm vor, als hätte er die Idee, Gili zu lieben mehr gemocht, als tatsächlich mit Gili zusammen zu sein.

Als der Kommissar auf dem Revier ankam, sah er, dass

sowohl Zipis als auch Yossis Schreibtisch verwaist war. Anscheinend hatte nicht nur er beschlossen, den Tag etwas
später zu beginnen. Doch er sollte sich geirrt haben, denn
als er die Tür zu seinem Büro öffnete, saßen dort Zipi und
Yossi an seinem Besprechungstisch.

»Assaf, da bist du ja endlich. Wir hatten doch für neun
ein Team-Meeting vereinbart«, begann Yossi auch gleich
auf ihn einzufeuern.

»Ach Mist, das habe ich total vergessen. Slicha, gebt mir
eine Sekunde, und wir können loslegen.«

»Auf deinem Handy warst du auch nicht erreichbar!«,
fügte Zipi vorwurfsvoll hinzu.

Stimmt, er hatte den Klingelton ausgeschaltet, als er mit
Gili diese unzähligen Nachrichten hin und her geschickt
hatte. »Ihr habt ja recht. Aber jetzt bin ich da. Also, was
habt ihr für mich?«

»Brisantes und Pikantes aus Zipis Recherchestube. Und
vielleicht sogar den Mörder.« Yossi grinste zufrieden.

»Ma?«

»Du hast richtig gehört.«

»Nun spannt mich nicht länger auf die Folter. Was hast
du herausgefunden, Zipi?«

»Motek, der gute Jimi, der mit vollem Namen übrigens
Jimi David Palmer heißt, ist vor fünf Monaten nach Israel
gekommen.«

»Das weiß ich schon …«

»Wirst du wohl Geduld haben? In Großbritannien war
Jimi, wie sagt man so schön, eine verkrachte Existenz. Er
hatte schwere Drogenprobleme und war zuletzt monatelang
in einer Entzugsklinik in Nordengland.«

»Hm. Okay … Und weiter?«

»Das eigentlich Interessante ist aber, dass Jimi, als er jung war, Chemie studiert hat. Er muss sogar ziemlich gut gewesen sein, denn er hat von seiner Uni, der Cambridge University«, sie sprach den Ort Kämbritsch aus, und es klang, als würde sie über eine holländische Käsesorte referieren, »mehrere Auszeichnungen bekommen.« Zipi warf ihm einen triumphierenden Blick zu.

»Chemiker also. So, so …«

»So, so? Assaf, das ist doch der Beleg. Jimi hat seinen Vater vergiftet!«, rief Yossi aufgeregt.

»Aber er passt nicht zur Statur des Messerstechers.«

»Dann hat er eben jemanden beauftragt, den Rabbi zu erstechen. Oder es war gar nicht der Typ im Weihnachtsmannkostüm, so wie ich schon vor ein paar Tagen gesagt habe.« Yossi und Zipi sahen Assaf enttäuscht an, sie hatten sich seine Reaktion enthusiastischer vorgestellt.

»Versteht mich nicht falsch. Zipi, das sind super Neuigkeiten. Yossi, wir bestellen diesen Jimi sofort aufs Revier Ich sage ja nur, irgendetwas fehlt noch in diesem Puzzle.«

»Ich hab noch was. Ist aber nur eine Kleinigkeit, auf die ich mir bisher keinen Reim machen kann.«

»Schieß los, Zipi.«

»Ich habe noch einmal den Werdegang des Rabbiners überprüft. Und dabei ist mir etwas aufgefallen, was ich anfangs übersehen hatte. Vom Ende des Jahres 1997 bis Ende 1999 gibt es eine Lücke in seinem Lebenslauf. Es ist, als hätte er in diesen zwei Jahren nicht existiert. Das ist doch komisch, oder?«

»Da hast du recht«, stimmte der Kommissar ihr nachdenklich zu. »Ich will, dass du alles herausfindest über diesen Rabbiner, was herauszufinden ist. Über alle Kanäle und Wege.«

»Auch die, die wir eigentlich nicht nutzen dürfen?«, fragte sie mit glänzenden Augen.

»Auch die!«

»Jimi, wir wissen, dass du in England Chemie studiert hast. Dein Vater wurde sukzessive mit Arsen vergiftet. Du kennst dich mit solchen Giften aus. Warum hast du das getan?« Assaf schaute den Mann herausfordernd an. Sie saßen in einem der kahlen Verhörzimmer, in denen sich nichts außer einem schlichten Holztisch und zwei Metallstühlen befand.

»Ich habe ihn nicht vergiftet. Aber ich gratuliere demjenigen, der es getan hat.« Jimi Palmer sprach, als würde er keine Satzzeichen oder Wortbetonungen kennen. So ausdruckslos wie sein Gesicht war seine Aussprache. Alles an ihm wirkte ganz und gar monoton.

»Wie hast du herausgefunden, dass Rabbi Avraham dein Vater ist?«

»Wieso willst du das wissen?«

»Antworte einfach«, sagte der Kommissar scharf.

»Als ich aus der Klinik kam, bin ich vorübergehend in die Wohnung meiner Mutter gezogen. Meine Großeltern haben sie gekauft, und obwohl Mary jetzt hier lebt, hat sie die Wohnung in England behalten.«

»Und in der Wohnung bist du auf einen Hinweis gestoßen?«, unterbrach Assaf ihn ungeduldig.

»Hinweis ist gut. Ich habe zufällig alte Briefe gefunden. Eigentlich habe ich nach meiner Geburtsurkunde gesucht, weil ich … ach, ist auch egal. Auf jeden Fall haben sich die beiden Briefe geschrieben, als mein feiner Herr Vater bereits abgehauen war.«

»Was stand in den Briefen?«

»Glaub mir, ich habe sie nicht alle gelesen. Im Grunde hat David – oder Zvi, wie er sich hier nannte, – immer nur über sich selbst geschrieben und meine Mutter immer nur über ihn. Dieses Verhalten charakterisierte wohl im Allgemeinen die Beziehung zwischen den beiden. Er wollte über sich selbst sprechen und sie wollte zuhören.«

Trotz der ungewöhnlichen, monotonen Sprechweise drückte sich Jimi Palmer sehr gewählt aus. Aber vielleicht kam das dem Kommissar auch nur so vor, britisches Englisch klang für ihn immer sehr kultiviert. »Und das hat dich geärgert?«

»Natürlich. Was würdest du denn machen, wenn deine Mutter emotional dermaßen von einem Mann abhängig wäre?« Es war eine Frage, aber Jimi Palmer stellte sie ohne Betonung.

»Und irgendwo in diesen Briefen stand, dass du sein Sohn bist?« Assaf goss sich und Jimi etwas Wasser ein.

»Ich glaube, am Anfang dachte Mary noch, dass er aus Liebe zu seinem Kind zurückkommen würde. Sie hat ihn ausführlich über meine Entwicklung informiert. Jimis erstes Wort, Jimis erste Schritte, Jimis erstes Weihnachten.« Er imitierte eine Frauenstimme und schaute Assaf wirr an. »All die ersten Male, die ich ohne meinen Vater erlebt habe.«

Der Kommissar war überrascht, dass in Jimi Palmer plötzlich so viel Ausdruck und Leben gefahren war. »Wie war das für dich, ohne Vater aufzuwachsen?«

»Ich hätte ihn wohl gebraucht. Zumindest hat meine

Mutter das gesagt, als ich von der Uni exmatrikuliert wurde.« Da war er wieder, der ausdruckslose Ton.

»Warum bist du rausgeflogen?«

»Ist das nicht offensichtlich?«

»Nein.«

»Drogen. Ich habe angefangen, mit verschiedenen Substanzen herumzuprobieren. Und dann auch verkauft. Auf dem Campus konnte man ja das Geschäft seines Lebens machen.«

»Und als Chemiestudent wusstest du, wie ...«, sagte der Kommissar und nickte. »Wir haben allerdings keine Vorstrafen in deinem Register gefunden.«

»Die Herren von der Eliteuni zogen es vor, mich still und leise zu entfernen. Mich aus dem Universitätskollektiv herauszusezieren. Sie wollten einen Imageschaden tunlichst vermeiden.« Er meinte es zynisch, doch sein Ton klang völlig unbeteiligt. So als würde er selbst mit der ganzen Geschichte gar nichts zu tun haben.

»Und warum bist du dann nach Israel gekommen? Das hast du doch sicher entschieden, nachdem du herausgefunden hattest, wer dein Vater war.«

»Ich hatte das Gefühl, meine Mutter brauchte mich hier.«

»Das ist doch bullshit«, fuhr Assaf ihn an, »Du hast herausgefunden, dass der Rabbi dein Vater war, und wolltest der Sache auf den Grund gehen.«

Jimi Palmer sah ihn schweigend an. Dabei lächelte er seltsam verzerrt.

»Wie war das für dich, als du ihn dann zum ersten Mal in Israel gesehen hast? Hattest du nicht das Bedürfnis, ihm zu sagen, dass du über alles Bescheid weißt?«

»Warum sollte ich das gehabt haben?«, fragte Palmer, und weil die Frage anscheinend lauter herauskam, als er beabsichtigt hatte, schob er dann noch leiser, geradezu flüsternd hinterher: »Ich brauchte seine Entschuldigungen und Rechtfertigungen nicht. Was hätte er denn sagen können? Dieser bloody bastard.«

»Das glaube ich dir nicht. Es ist normal, dass man wissen will, warum das Elternteil, das doch eigentlich fast genetisch dazu verpflichtet sein sollte, einen zu lieben und sich zu kümmern, das nicht tat.«

»Dann bin ich vielleicht nicht normal«, sagte er lakonisch und fuhr sich hektisch mit der rechten Hand durch sein dichtes Haar.

»Darauf können wir uns einigen«, stimmte der Kommissar zu. »Jimi, ich bin mir sicher, dass du etwas mit dem Tod deines Vaters zu tun hast. Und ich werde es beweisen.«

»Ich bin gespannt.« Ein Lächeln huschte über Palmers Gesicht. »Kommissar Rosenthal, ich habe nichts zu verlieren. Aber ich hätte meiner Mutter das nie angetan.« Er sah den Kommissar verschlagen an. Immerhin kam jetzt wieder so etwas wie Leben in sein Gesicht.

»Weißt du, Jimi, das klingt alles richtig. In der Theorie. Aber in der Praxis hast du doch gedacht, dass deine Mutter glücklicher ohne den Rabbi sein würde.«

Er zuckte mit den Schultern und starrte nun auf einen imaginären Punkt an der Wand neben sich.

»Wie heißt eigentlich der Antiquitätenhändler, bei dem du beschäftigt warst?«

Jimi Palmer überlegte kurz, entschied dann aber wohl, dass es besser wäre zu antworten. Die Polizei würde es ja sowieso herausbekommen. »Ich hab im Antiquariat auf der Olei Zion gearbeitet.«

»Da gibt es mehrere.«

»Bei Hassan. Olei Zion 10.«

»Hassan, wie weiter?«, fragte der Kommissar und sah Jimi Palmer streng an.

»Hassan Badawi. Das ist jawohl nicht verboten, für einen Araber zu arbeiten«, sagte der Brite plötzlich. »Araber sind auch Menschen, musst du wissen.« An dieser Stelle lachte er aus vollem Halse.

»Und?«, fragte Yossi, der das Gespräch aus dem Nebenraum durch das verspiegelte Glas beobachtet hatte, als Assaf aus dem Befragungszimmer trat.

»Der ist doch meschugge. Ich glaube, dem haben die Drogen das Hirn zerfressen. Mal redet er mit absoluter Ausdruckslosigkeit, und dann wieder benimmt er sich, als wären wir auf einer Theaterbühne. Ich werde aus dem Typen nicht schlau.«

»Meinst du, er ist auf Drogen?«

»Ich glaube nicht. Ich glaube, der ist so. In jedem Fall können wir ihn hier nicht länger festhalten. Wir haben nicht annähernd genug in der Hand gegen ihn. Aber immerhin wissen wir jetzt, bei welchem Händler er gearbeitet hat. Ich würde vorschlagen, du schnappst dir Liats Assistentin, und ihr geht da mal vorbei.«

»Warum Liats Assistentin?«

»Weil die recherchiert hat, worin sich Arsen befindet. Schaut euch mal ein wenig in dem Laden um. Und vielleicht findet ihr etwas, aus dem Jimi das Material gewonnen haben könnte.« Der Kommissar drehte sich um und ging in Richtung Treppenhaus. Er musste sich auf den Weg zu seiner Mittagsverabredung mit Gili machen. Er hätte zwar lieber schnell irgendwo ein paar Falafeln verschlungen und dann weitergearbeitet, aber er konnte sie schlecht versetzen. Schon gar nicht nach dem gestrigen Abend.

»Assaf, warte«, hörte er hinter sich Zipi Meier rufen.

»Zipi, ich muss los. Was denn?«, fragte er ungeduldig.

»Ich weiß jetzt, was der Rabbiner in den zwei fehlenden Jahren gemacht hat.«

»Nu?«

»Er hat in einem Kollel in Antwerpen gelernt.«

»Und warum taucht das nirgendwo in seinem Lebenslauf auf?«

»Das weiß ich auch nicht.«

»Dann finde es heraus«, sagte der Kommissar grob. Er war hungrig, und ein hungriger Assaf Rosenthal konnte ziemlich ungemütlich werden.

»Assaf, ich fliege morgen früh nach Zürich. Hast du das vergessen?« Gili sah ihn vorwurfsvoll an.

»Nee, natürlich nicht.«

Sie saßen bei dem kleinen Griechen am Hafen. Würde man die Restaurantgeräusche und die unauffällig summende Klimaanlage über ihnen ausblenden, könnte man fast glauben, man befände sich auf einer der griechischen Inseln. Das Lokal war komplett in Blau-weiß eingerichtet. Aus den kleinen Musikboxen erklang Stelios Kazantzidis. Seine Stimme war Assaf vertraut. Einer seiner Onkel kam ursprünglich aus Thessaloniki, er hatte immer Kazantzidis gehört. Der Grieche war bis zu seinem Tod und darüber hinaus ein Star in Israel gewesen. Die griechischen Juden, die nach Israel gekommen waren, hatten ihn verehrt. Er war die Stimme der Welt, die sie hinter sich gelassen hatten.

Assaf und Gili saßen auf blauen Holzstühlen neben weißen Kalkwänden, die aussahen wie die der Häuser auf Santorini. Es fehlte nur noch der Esel, der, seine schwere Last tragend, vorbeilief. Aber vielleicht war er, Assaf, der Esel, und seine schwere Last die Tatsache, dass er einfach nicht die Klappe halten konnte. Alles zwischen ihm und Gili könnte noch in Ordnung sein. Er könnte ohne fahlen Beigeschmack in ihre wunderschönen grünen Augen schauen und ohne Hintergedanken durch ihre roten Locken fahren. Aber irgendetwas hatte sich verändert. Sie hatten ihre Leichtigkeit verloren, und auch wenn er Gili wirklich sehr mochte, spürte Assaf, dass ihre Liebelei sich müde gelaufen hatte. Der Kommissar wusste aber auch, dass dies nicht der richtige Zeitpunkt war, um das Ende ihrer Beziehung zu besprechen. Vor Gili lagen die wichtigsten Tage ihrer bisherigen Karriere – allein darauf sollte sie sich nun konzentrieren.

»Fährst du morgen direkt in die Galerie? Wird dort schon alles fertig sein?«, fragte Assaf sie interessiert, während er mit den Fingern durch ihr Haar fuhr. Noch waren sie ein Paar.

»Die Bilder sollten alle bereits geliefert worden sein. Aber jetzt beginnt ja erst die richtige Arbeit. Das Konzept muss gemacht werden. Wie passen die Werke zusammen, was ist die Message …«

»Oder platt gesagt: Wo hängt welches Bild?« Er lachte.

»Ja, genau, du Kunstbanause.« Sie sah ihn zärtlich an. »Ich werde dich vermissen, Assaf Rosenthal.« Es klang nicht, als würde sie nur über ihre Zeit in Zürich sprechen.

»Ich werde dich auch vermissen«, seufzte Assaf leise. Er lehnte sich über den Tisch, und was als Abschiedskuss gedacht war, entwickelte sich zu ihrem letzten großen Brand.

Vier Stunden später lag der Kommissar immer noch in Gilis Bett. Sie hatte sich neben ihm aufgesetzt und schrieb etwas in ihr großes dunkelrotes Notizbuch. Assaf beobachtete sie schweigend. In die flirrende Hitze des frühen Abends wehte eine frische Brise vom Meer in das Schlafzimmer hinein, und irgendwo schrie schon wieder der Muezzin. Der Himmel hatte sich rosa gefärbt. Bald würde die Sonne wie ein schwerer, großer Feuerball ins Meer gleiten. In seinen Ohren klang noch immer die Stimme Kazantzidis' und der einprägsame Klang der Bouzouki, des Instruments, das die griechische Musik zu dem machte, was sie war.

Er blickte über Gilis nackte Schultern und las mit, während sie in ihrer schönen, geschwungenen Handschrift schrieb:

»Abendrot
Ihr Ängste habt mich wieder.
Ich bin eine von euch.
Hinter jedem Glück lauert schon die Enttäuschung. Und mein Lachen ertrinkt im Fluss der Zeit. Zu oft habe ich erlebt, wie Gefühle verblassen.
Wie Strohfeuer irgendwann nur noch glühen.
Immer noch zu heiß, um drüber zu gehen.«

»Findest du das schön?«, fragte sie, ohne sich umzudrehen.

»Ja.« Er küsste ihre Schulter, dann ihren Hals, »Und ich

finde dich schön. Viel zu schön. Viel zu schön, um schon zu gehen ...«

Später – er hätte nicht genau sagen können, wieviel Zeit vergangen war, seitdem sie bei Gili leidenschaftlich küssend in die Wohnung gestürmt waren – klingelte Assafs Handy. Er kannte die Nummer auf dem Display nicht. Der Kommissar zögerte, ob er den Anruf beantworten sollte. Da er aber ein schlechtes Gewissen hatte, den ganzen Nachmittag nicht im Büro gewesen zu sein, entschied er abzunehmen.

»Kommissar Rosenthal?«, fragte eine männliche Stimme hastig.

»Vielleicht«, antwortete Assaf gut gelaunt. »Mit wem spreche ich denn?«

»Eran Danziger, Reporter beim Maariv. Ich versuche schon den ganzen Nachmittag, dich im Büro zu erreichen.«

»Nun hast du mich ja. Was willst du?« Assaf erinnerte sich gut an den Typen mit dem schulterlangen Zopf und dem Teiggesicht, der ihn bereits vor dem Krankenhaus abgepasst hatte.

»Ich habe etwas, was euch bei den Ermittlungen weiterhelfen könnte. Etwas über den Rabbi und sein Vorleben.«

»Ach ja ...?«

»Rabbiner Zvi Avraham war in einem Kollel in Antwerpen.«

»Das wissen wir bereits ...«

»Aber was dort passiert ist, wisst ihr nicht«, sagte Danziger geheimnisvoll.

»Was ist dort passiert?«

»Ich helfe euch gerne weiter, aber dafür müsst ihr in Zukunft auch mal an mich denken.«

»Was soll das denn heißen?«, fragte der Kommissar er-
bost. »Wenn du mir etwas sagen willst, dann sag es. Aber
erpress mich nicht.«

Der Mann am anderen Ende stutzte.

»Sonst lasse ich dich wegen Unterschlagung von Be-
weismitteln hochgehen. Und was wir sonst noch so finden
bei dir ...«

»Ganz ruhig, Kommissar Rosenthal. Ich wollte nur helfen.«

»Wenn du mir helfen willst, dann komm in mein Büro
und erzähl mir, was du herausgefunden hast. Und wenn
nicht, dann kannst du mir mal im verdammten Mond-
schein ...«

Eran Danziger hatte bereits aufgelegt.

Den Schabbat verbrachte Assaf mit seinen Schulfreunden
am Strand nördlich von Tel Aviv. Gili war bereits in Zürich
angekommen, und es ging ihr dort gut. Wenn sie in einer
Woche wiederkommen würde, wollte Assaf seine restlichen
Sachen bei ihr abholen. Sie hatten das Ende ihrer Beziehung nur mit den nötigsten Worten besprochen, und auch
wenn Assaf ihr Abschied ein wenig traurig gemacht hatte,
irgendwie war er auch erleichtert. Und so war er an seinem
freien Tag in den Norden gefahren, froh über die Auszeit
von der heißen Stadt. Am Wochenende hatten die Verhandlungen für einen Waffenstillstand begonnen, trotzdem
schoss die Hamas weiter. Doch von den Raketenalarmen in
Tel Aviv, die nach einem Tag Pause am Donnerstag sowohl
freitags als auch samstags weitergingen, bekamen Assaf und
seine Freunde am Strand nichts mit. Sie hatten sich zu einer
– wie sie es nannten – »Kanta« getroffen. Mehrere Zelte am

Meer aufgebaut, in der Mitte ein Lagerfeuer entzündet und eine Menge Joints geraucht. So hatte er seine Freizeit lange nicht mehr verbracht, und als er schließlich am späten Nachmittag des Schabbats nach Hause fuhr, fühlte sich Assaf erholt und glücklich. Kurz bevor er das Zentrum von Tel Aviv erreichte, wo er mit Jaron zum Abendessen verabredet war, klingelte sein Autotelefon. Mit einem beschwingten »Hallo« nahm der Kommissar ab.

Am anderen Ende hörte er zuerst einmal nur ein schweres Atmen, fast eine Art Stöhnen.

»Hallo? Wer ist da?«, fragte Assaf abermals, nun in einem ernsterem Ton.

»Kommissar Rosenthal ... hier spricht ...«, keuchte eine Frauenstimme am anderen Ende kaum verständlich.

Assaf erkannte die helle, weiche Stimme trotzdem sofort. »Ifat? Was ist los? Wo bist du?«

»Zu Hause. Bitte hilf mir.«

Bevor Assaf antworten konnte, wurde das Gespräch unterbrochen. Der Kommissar wendete abrupt den Wagen und raste auf die Schnellstraße zurück. Unterwegs rief er seinen Freund Boaz Fadida an und bat ihn, einen seiner Kollegen aus der Frauenhilfsorganisation nach Jaffa zu schicken. Dank einer glücklichen Fügung hatte Boaz den Schabbat bei der Familie seiner Freundin in Bat Jam verbracht und machte sich, ohne zu zögern, ebenfalls sofort auf den Weg zum Haus der Abu Najibs.

Rund zwanzig Minuten später kamen sie beide fast gleichzeitig in Ajami an. Assaf, der am Schabbat seine Pistole nicht dabei hatte, stellte beruhigt fest, dass Boaz anscheinend an jedem Tag der Woche bewaffnet war. Selbst am heiligen Ruhetag. Wobei dieser, wenn man es genau nahm, schon vorbei war. Die Sonne war untergegangen, und damit hatte die neue jüdische Woche begonnen.

Assaf und Boaz rannten zum Metalltor und klingelten Sturm. Fatima Abu Najib, die Schwägerin des Malers, öffnete in heller Aufregung über die Störung hektisch die Haustür.

»Wo ist Ifat?«, rief Assaf ungehalten.

»Sie ist nicht zu Hause.« Fatima war eindeutig nervös, und der Kommissar glaubte ihr kein Wort. Natürlich hatte er ohne richterlichen Beschluss nicht einfach das Recht, ihr Haus zu stürmen, aber es war Gefahr in Verzug, und da waren die Regeln andere. Assaf schob die Frau zur Seite und lief gemeinsam mit Boaz in das Haus. Fatima Abu Najib schaute ängstlich auf die Waffe seines Freundes und ließ die Männer schließlich gewähren. Es sah aus, als wäre außer ihr und der Tochter Yasmin niemand zu Hause.

Nachdem sie das Erdgeschoss ausführlich abgesucht hatten, rannte Assaf mit großen Schritten in den ersten Stock hinauf. Er überprüfte ein Zimmer nach dem anderen. Die Großfamilie schien ausgeflogen zu sein. Trotzdem: Er spürte, dass Ifat Abu Najib hier irgendwo war.

»Ifat? Ifat?«, schrie er aufgebracht. Seine Stimme hallte durch den Flur.

»Assaf, rega, hast du das gehört?«, unterbrach Boaz hinter ihm plötzlich sein Rufen. »Da war ein Geräusch. Wie ein Wimmern.«

»Ifat? Ich bin's, Assaf. Wo bist du?«

Jetzt war das Wimmern wiederum zu hören. Aber wo kam es her? Der Kommissar sah sich hektisch um. Er hatte doch bereits alle Zimmer abgesucht.

Boaz lief zum Ende des Flures und ging einen Schritt in das Schlafzimmer hinein. »Assaf, hier höre ich es deutlicher als im Flur.«

»Aber da war ich doch schon …« Assaf folgte seinem Freund in den Raum. Sie standen einen Augenblick ratlos in der Mitte des Schlafzimmers. Es war ein großes Zimmer, mit einem riesigen Kleiderschrank, der förmlich in die Wand eingebaut war. Gedämpft hörte Assaf, wie Fatima im Untergeschoss telefonierte. Wahrscheinlich hatte sie ihren Bruder angerufen.

»Ifat? Ifat? Bist du hier?«, rief Assaf erneut.

»Hier ist noch eine Tür!«, erklärte Boaz, der hinter dem Kleiderschrank verschwunden war.

»Fuck. Natürlich. Das Badezimmer.« Assaf ärgerte sich maßlos, dass er da nicht gleich drauf gekommen war. Auch an das Schlafzimmer seiner Eltern schloss sich ein Badezimmer an, dessen Tür man auf den ersten Blick nicht sehen konnte und das links hinter dem Zimmer lag.

»Die Tür ist verschlossen. Ifat, bleib ganz ruhig. Wir holen dich da raus.«

Assaf riss den Kleiderschrank auf und zog einen Bügel heraus. »Versuch es mit dem Metall«, raunte er Boaz zu.

»Scheiß drauf, Assaf …«, erwiderte sein Kumpel und warf sich nun mit seiner ganzen Körperkraft gegen die Tür. Boaz Fadida war fast doppelt so breit wie der Kommissar. Sein kräftiges Kreuz prallte gegen die Holztür. Die Scharniere quietschten etwas, aber noch gaben sie nicht nach. Boaz ging ein paar Schritt zurück, er nahm Anlauf und rammte mit voller Kraft seinen Fuß gegen die Tür. Das Ganze wiederholte er zweimal. Beim dritten Mal schlug die Holztür mit einem lauten Krachen auf.

Im Badezimmer empfing sie tiefschwarze Dunkelheit. Assaf tastete nach dem Lichtschalter. Es klickte, und als die Neonröhre über dem Waschbecken langsam hüpfend ansprang, bot sich ihnen ein schreckliches Bild.

KAPITEL 14

Ifat Abu Najib kauerte nackt in der geöffneten Duschkabine. Ihr Kopf hing wie leblos nach unten. Sie war kaum noch zu erkennen. Das rechte Auge war vollständig zugeschwollen. Ihr Gesicht war mit Hämatomen und Schürfwunden übersät. Aus einer Schnittwunde an ihrer schmalen Unterlippe tröpfelte Blut in gleichmäßigen Abständen auf ihre entblößte Brust. Ihr linker Arm schien seltsam verdreht. Abschürfungen und Wunden zogen sich über ihren gesamten schmalen Körper. An ihrem Bauch entdeckte Assaf kleine Brandwunden. Das Schlimmste aber war, dass es in dem fensterlosen Bad beißend nach Urin stank – entweder hatte Ifat den Weg zur nahen Toilette nicht mehr geschafft, oder – Assaf graute bei diesem Gedanken – Ahmad hatte auf seine Frau uriniert.

»Ifat, wir sind jetzt da. Wir bringen dich hier raus. Alles wird gut«, redete der Kommissar sanft auf die Frau ein. »Boaz, wir brauchen irgendetwas, worin wir sie einwickeln können. Und ruf den Krankenwagen.«

»Schon erledigt. Hier nimm das Bettlaken.« Er reichte Assaf ein großes weißes Laken. Assaf legte das Tuch vorsichtig um die junge Frau herum, sofort färbten sich einige Stellen rot. »Meinst du, du kannst aufstehen?«, fragte er die Frau.

Sie schüttelte kraftlos den Kopf.

»Dann werde ich dich jetzt hochheben. Ganz vorsichtig …«

Nach einer Weile hörten sie, wie draußen die Sirene des Krankenwagens immer näher kam, und Boaz lief die Treppe herunter, um die Sanitäter in Empfang zu nehmen. Es kam Assaf wie eine kleine Ewigkeit vor, bis sein Freund endlich gemeinsam mit den Männern in den weißen Hemden und orange-farbig leuchtenden Westen zurück in das Schlafzimmer gerannt kam. Die Sanitäter hoben Ifat auf eine Trage.

»Ifat, wir bringen dich jetzt ins Krankenhaus. Ich fahre mit«, erklärte Assaf.

»Was ist passiert?«, fragte der eine Sanitäter den Kommissar ruhig, während sie langsam die Treppe heruntergingen.

»Sie wurde zusammengeschlagen, vermutlich von ihrem Mann. Ich bin von der Polizei.« Assaf zeigte ihm seine Dienstmarke.

Der Sanitäter signalisierte mit einem Nicken, dass er verstanden hatte. »Wir bringen sie ins Sourasky-Krankenhaus.«

»Ich fahre euch hinterher.«

Die Sanitäter schoben die Trage in den Krankenwagen, und während sie die Türen verschlossen, ging Assaf mit schnellen Schritten zu seinem Wagen. Boaz lief neben ihm her. »Willst du, dass ich mitkomme?«

»Nein, achi. Du hast schon genug geholfen. Danke, ohne dich hätte ich das nicht geschafft.«

»Gib ihr meine Karte und versuch sie zu überzeugen, in unser Frauenhaus zu kommen. Sie sollte sich am besten direkt aus dem Krankenhaus zu uns überstellen lassen. Und diesen Ahmad gar nicht mehr treffen.«

Am nächsten Morgen schleppte sich Assaf kraftlos ins Büro. Er hatte in der Nacht kaum geschlafen. Nachdem er bis ein Uhr am Bett von Ifat gesessen hatte, war er schließlich nach Hause gefahren und für wenige Stunden in einen unruhigen Schlaf gefallen. Dementsprechend sah der Kommissar auch aus. Unter seinen hellbraunen Augen zeichneten sich tiefe, graue Ringe ab, seine Haut wirkte fahl, und durch sein gesamtes Gesicht zogen sich tiefe Falten. Er trug ein verwaschenes T-Shirt und eine alte Jeans. Nicht einmal zum Anziehen hatte er Energie gehabt. Er ging wieder und wieder durch, was der Arzt im Krankenhaus über Ifats Zustand gesagt hatte. »Die bei uns am 11. August 2012 um 21:30 Uhr durchgeführte Untersuchung zeigte folgende Befunde: Prellmarke und Hämatom der rechten Schläfe von drei mal fünf Zentimeter Durchmesser, kleine und größere Schnittwunden zwischen zwei und vier Zentimeter an Ober- und Unterlippe. Handbreite Hämatome an beiden Oberarmen, Hämatome an beiden Unterschenkeln, am linken Oberschenkel. Würgemale am Hals unterhalb des Kehlkopfes, Bisswunde am rechten Ellenbogen mit Abdruck von Unter- und Oberkiefer. Brandwunden im Bauch- und Vaginalbereich.«

Assaf schüttelte den Kopf. In das Frauenhaus wollte Ifat jedoch nicht. Stattdessen hatte sie geflüstert, dass sie keine Wahl habe, als mit Ahmad zusammenzubleiben. Auf Assafs Nachfragen hin erklärte sie ihm lediglich, dass Ahmad Palästinenser war, ursprünglich aus Jericho kam und keine israelische Staatsbürgerschaft hatte. Ohne diese Ehe würde er seinen israelischen Personalausweis verlieren und müsste damit zurück in das Westjordanland. Der Kommissar vermutete, dass Ahmad seine Frau mit irgendetwas unter

Druck setzte. Vielleicht drohte er, Ifat oder sogar Malek etwas anzutun.

»Frohen Waffenstillstand!«, tönte Zipi fröhlich, als sie sein Büro betrat. Assaf lächelte müde. »Ach ja genau. Wir haben ja jetzt nach über einer Woche intensivstem Raketenbeschuss und einem Terroranschlag im Herzen Tel Avivs einen Waffenstillstand mit Terroristen vereinbart, die uns eigentlich gar nichts dafür angeboten haben. Nicht einmal auf zwei Jahre Feuerpause wollten sie sich einlassen. Und wir? Öffnen die Übergänge noch ein bisschen mehr – als Belohnung für Raketen in unserer heiligen Hauptstadt. Gott, was sind wir für Verlierer!« Assaf machte eine verächtliche Handbewegung.

»Schlecht geschlafen, Motek?«

»Gar nicht geschlafen.«

»Was ist passiert?«, fragte Zipi besorgt.

Er berichtete ihr von den Ereignissen des letzten Abends und bat sie dann, sobald Yossi das Büro erreichte, mit ihm gemeinsam zur Teambesprechung ins Büro zu kommen.

»Ihr meint also, die Muslime haben dem Rabbiner eine hohe Provision dafür gezahlt, dass er die Grundstücke an sie verkaufte?« Assaf sah Zipi und Yossi nachdenklich an.

»Assaf, es ergibt alles einen Sinn. Wir haben die Kontobewegungen von der Gemeinde um Mansour beobachtet. Knapp 650 000 Dollar sind in den letzten Monaten in Raten auf ein britisches Bankkonto gegangen. Der größte Anteil jedoch wurde in der vergangenen Woche überwiesen«, erklärte Yossi aufgeregt.

»Ein britisches Konto?«

»Genau«, stimmte Zipi schnell zu. »Ausgestellt auf den Namen ›Solidarität mit Palästina‹.«

»Solidarität mit Palästina«, wiederholte der Kommissar nachdenklich.

»Und wir wissen inzwischen auch, wer sich hinter diesem Verein verbirgt und damit Eigentümer des Kontos ist ...«

»Oder genauer gesagt, Eigentümerin ...«, ergänzte Yossi.

»Mary Palmer!«, platzte Assaf heraus, und seine Kollegen sahen ihn überrascht an. »Natürlich. Das Geld ging an Mary Palmer. So konnte zumindest offiziell kein Zusammenhang zwischen dem Rabbiner und der muslimischen Gemeinde hergestellt werden.«

Zipi und Yossi nickten gleichzeitig.

»Und das Geld hätte Mary Palmer bestimmt gut gebrauchen können. So nobel sah es bei ihr ja nicht aus«, fügte Yossi hinzu.

»Sie hätte das Geld aber nicht bekommen. Wenn der Rabbiner am Leben geblieben wäre, hätte sie es sicher auf irgendwelchen weiteren verschlungenen Wegen an seine Gemeinde zurücküberwiesen«, kommentierte Zipi nachdenklich.

»Oder sie hätte das Geld der Gemeinde einfach gespendet«, ergänzte Yossi.

»Und damit hatte Jimi Palmer noch ein weiteres Motiv für den Mord an seinem Vater«, führte der Kommissar die Gedanken seiner Kollegen zu Ende.

»Ich gehe nachher noch einmal mit Keren in den Antiquitätenladen, in dem Jimi gearbeitet hat«, sagte Yossi, nachdem sich die drei Kollegen einen Moment schweigsam angesehen hatten.

»Wer ist Keren?«, fragte der Kommissar.

»Na, die Assistentin von Liat … Dass du dir den Namen nicht merken kannst … sie fällt doch genau in dein Beuteschema«, mischte sich Zipi grinsend ein.

»Mein Beuteschema ist, dass ich keins habe«, sagte Assaf und imitierte einen möglichst verwegenen Gesichtsausdruck. Seine Laune stieg langsam wieder an. »Aber mal im Ernst: Warum gehen du und Keren noch einmal? Ich dachte, ihr seid am Donnerstag bereits dort gewesen?«

»Waren wir auch, aber wir haben vor verschlossenen Ladentüren gestanden. Deswegen versuchen wir es heute noch einmal.«

»Sag mir Bescheid, wenn ihr wieder da seid«, sagte Assaf, während er mit dem Bürostuhl zu seinem Schreibtisch rollte.

Yossi und Zipi verließen sein Büro, und der Kommissar hatte nun, ob er wollte oder nicht, endlich einmal die Ruhe, den Zwischenbericht zu schreiben, um den ihn Wieler gebeten hatte und den er schon vor Tagen hätte einreichen sollen. Anders als die meisten Kommissare hatte Assaf durchaus Spaß an den Büroarbeiten, er kam nur nie dazu. Im Gegensatz zu den Kollegen von der Streife musste er aber auch nicht jeden Tag einen Bericht abgeben. Er klickte auf die Datei, und der benötigte Vordruck öffnete sich. Die Empfängeranschrift seines Chefs war bereits eingetragen, Assaf fügte Aktenzeichen, am Fall ermittelndes Personal sowie den Namen des Opfers hinzu. Er hatte gerade seinen ersten Satz formuliert, als das Telefon klingelte. Der Kommissar sah einen Moment lang zögernd auf das Display. Ob das wichtig war? Schließlich entschloss er sich jedoch abzunehmen.

Die Anruferin war eine sehr aufgebrachte Mary Palmer, die dem Kommissar atemlos berichtete, dass bei ihnen eingebrochen worden war. Assaf hörte sich kurz an, was die aufgeregte Frau zu sagen hatte, dann versprach er ihr, dass er so schnell wie möglich mit einem Kollegen von der Spurensicherung vorbei kommen würde. Seufzend setzte er den Punkt hinter seinem ersten und letzten Satz des Zwischenberichts und schloss dann das Dokument wieder. Er griff nach seiner Tasche und verließ wenige Minuten später gemeinsam mit Schlomo Malul, der ihm auf dem Flur in die Arme gelaufen war, die Dienststelle.

Als die beiden in der Wohnung von Mary Palmer ankamen, sah es dort aus, als hätte jemand das ganze Apartment einmal komplett auf den Kopf gestellt.

»Kommissar Rosenthal, ich … wir sind erst vor einer halben Stunde nach Hause gekommen. Wir waren über das Wochenende im Norden, wegen der Raketenangriffe. Als wir von dem Waffenstillstand gehört haben, sind wir heute Morgen zurückgekommen. Und da sah es hier so aus.« Die Frau war immer noch völlig außer Atem.

»Mary, das ist mein Kollege Schlomo Malul von der Spurensicherung. Er wird jetzt genau schauen, ob wir irgendwelche Hinweise auf die Einbrecher finden können. Und wir setzen uns am besten hierher.« Er führte die Frau zur Couch. »Wo sind Jimi und dein Lebensgefährte?«

»Sie besorgen ein neues Schloss.«

»Hast du dir die Wohnung schon genauer angesehen? Ist dir etwas aufgefallen? Was fehlt?«

»Mein Laptop und sämtliche Arbeitsunterlagen«, sagte Mary Palmer verzweifelt.

»Und dein Schmuck? Irgendwelche weiteren Wertgegenstände?«

»Ich weiß nicht genau. Ich glaube nicht. Vielleicht wurde der Einbrecher gestört.«

Oder er hat nur nach den Arbeitsunterlagen gesucht, weil es eigentlich um den Rabbiner ging, ergänzte Assaf in Gedanken. »Was befand sich denn auf deinem Laptop und in den Arbeitsunterlagen?«, fragte er laut.

Sie überlegte kurz. »Ich weiß nicht, nichts, was für jemand anderen von Bedeutung sein könnte.«

»Etwas, was mit dem Rabbiner zu tun hat, vielleicht?«

Sie schaute ihn misstrauisch an. »Wie meinst du das?«

»Mary, wir wissen, dass der Rabbiner für seine Immobiliengeschäfte Provisionen kassiert hat und diese auf ein Konto in England gingen, dessen Eigentümerin du warst.«

Mary Palmer spielte nervös mit ihrer Kette. Der Kommissar beobachtete die Frau einen Moment lang, ohne etwas zu sagen.

»Ich habe mich damit nicht strafbar gemacht. Die Gelder gingen als Spenden ein.«

»Von Geldwäsche oder Steuerhinterziehung wollen wir gar nicht sprechen. Aber warum hast du diese Transaktionen verschwiegen?«

Sie blickte schulterzuckend auf den Boden und drehte den großen, glitzernden Herzanhänger, der so gar nicht zum Rest ihrer eher schlichten Kleidung passte, langsam mit den Fingern von rechts nach links.

»Ich bin so froh, dass ich die Kette bei mir hatte«, sagte Palmer plötzlich. »David hat sie mir geschenkt. Kurz bevor er ermordet wurde. Wenn sie gestohlen worden wäre …«

»Hat dir David sonst noch etwas hinterlassen? Irgendwelche Dokumente, nach denen der Einbrecher gesucht haben könnte?«, fragte der Kommissar.

»Ich weiß nicht …«, stammelte Mary Palmer, »nein … außer dem Bankkonto habe ich nichts für ihn gemacht. Ich weiß auch gar nicht, wo das Geld genau herkam und wofür er es bekommen hatte.«

Assaf glaubte der Frau. Mary Palmer hatte vielleicht in ihrem politischen Aktivismus eine völlig andere Meinung als er, bestimmt ließ sie sich von Rabbi Avraham ausnutzen, aber kriminelle Energie hatte sie keine. Wahrscheinlich hätte sie höchstens aus Liebe zum Rabbiner zugestimmt, etwas Unlauteres zu tun. Aber der Kommissar war sich ziemlich sicher, dass der Rabbi Mary Palmer nie um so einen Gefallen gebeten hätte. Er hatte die Frau gut genug gekannt, um zu wissen, dass sie niemand war, der in einem polizeilichen Verhör standhalten konnte. Selbst ihrer Lüge über die Vaterschaft war der Kommissar sofort auf die Schliche gekommen. Was ihn daher mehr beschäftigte, war die Frage, wonach der Einbrecher gesucht haben könnte.

»Mary, bitte warte hier. Ich gehe kurz zu meinem Kollegen«, sagte er an die Frau gewandt.

Schlomo pinselte gerade den äußeren Türrahmen ab, um eventuell verdächtige Fingerabdrücke zu finden.

»Und?«, fragte Assaf leise.

Der Chef der Spurensicherung schüttelte mit dem Kopf. »Sieht nicht gut aus. Wer auch immer hier in der Wohnung war, hat sehr wahrscheinlich Handschuhe getragen. Ein Anfänger war das nicht.«

»Nee, ein Anfänger war das schon deswegen nicht, weil der gleiche Typ schon beim Rabbi eingebrochen ist«, brummte Assaf wütend.

»Du glaubst, der Einbrecher hat etwas vom Rabbi gesucht?«

»Ich bin mir ziemlich sicher. Schau dich doch mal in der Wohnung um, hier gibt es sonst nicht viel zu holen. Also warum sonst, wenn nicht wegen dem Rabbiner, sollte plötzlich jemand bei Mary Palmer einbrechen?«

»Du meintest doch, sie arbeitet bei Machsom Watch, oder?«

»Und?«

»Vielleicht hat es mit ihrer Arbeit zu tun und nicht mit seiner.«

Assaf schüttelte vehement mit dem Kopf. »Achi, glaub mir, der Typ, der hier eingebrochen ist, war derselbe, den wir beim Rabbiner fast erwischt haben. Der sucht irgendwas. Wenn ich nur wüsste, was …« Der Kommissar fuhr sich mit der flachen Hand über seinen Bart. »Wenn du mir nur endlich seinen verdammten Laptop auswerten würdest!«, sagte er dann wütend in Richtung Schlomo Malul.

Sein Kollege erwiderte seinen Blick nicht und biss sich nachdenklich auf die Unterlippe.

»Schlomo? Was ist los? Ich kriege doch morgen wie vereinbart die Ergebnisse, oder?«

»Achi, natürlich. Versprochen ist versprochen.«

»Warum guckst du dann so komisch?«

»Weil wir auf etwas echt Krasses gestoßen sind …«

Im Auto versuchte Assaf seinem Kollegen von der Spurensicherung einen Hinweis auf die Untersuchungsergebnisse zu entlocken, aber Schlomo Malul betonte immer wieder, dass sie noch einen Tag Zeit hätten und er sich absolut sicher sein wollte. Außerdem gäbe es noch ein paar Dateien, die entschlüsselt werden mussten. Und so schwer es Assaf auch fiel, aber damit musste er sich abfinden. Er wusste, dass sein Kollege von der Spurensicherung seinen Job sehr ernst nahm, und auch wenn er ihm die Neuigkeiten am liebsten unter der Androhung von Gewalt entrissen hätte – Schlomo Malul machte keine halben Sachen. Wenn er sagte, dass er noch Zeit brauchte, würde Assaf sie ihm geben.

Er bat seinen Kollegen, ihn bei der Familie Abu Najib abzusetzen. Der Kommissar war sich sicher, dass Malek wusste, wer der gelenkige Einbrecher war. Oder ihm zumindest bei der Suche weiterhelfen konnte. Außerdem hatte er vom Krankenhaus erfahren, dass Ifat auf eigenen Wunsch nach Hause gegangen war. Und wenn ihm schon absolut unverständlich war, warum sie zu diesem Monster von Ehemann zurückkehrte, dann wollte er wenigstens sicherstellen, dass sie gut angekommen war.

Assaf lief die kleine Straße mit dem Namen »Yam Suf« hinunter. Sie führte etwas bergab, dann verwandelte sich die Gasse in Treppen, und die Yam-Suf-Straße senkte sich direkt Richtung Mittelmeer. Kurz bevor die Straße uneben wurde, stand auf der rechten Seite die Villa der Familie Abu Najib. Assaf zögerte einen Moment, an den hohen Zaun heranzutreten. Vor dem Haus hatte ein weißer BMW-Jeep geparkt, der nicht aussah, als wenn er mit ehrlichem Geld verdient worden war. Dem Haus gegenüber befand sich ein leeres Grundstück, Baugrund, der auch in diesem bisher noch ursprünglichen Teil Jaffas nicht lange ungenutzt bleiben würde. Nicht mit dem Meerblick. Der Kommissar ging ein paar Schritte weiter zur nächsten Querstraße. An der Kedemstraße, der letzten Straße vor dem Meer, konnte man den Wandel fast noch nicht erkennen. Die meisten Häuser waren hier, tief in Ajami, einfache Einfamilienhäuser, in denen mit neunzigprozentiger Wahrscheinlichkeit Araber wohnten. Lediglich ein großer Neubau hatte sich schon auf das Land gesetzt wie ein Felsbrocken, der irgendwo anders losgerollt und nun hier zum Stillstand gekommen war. Aber in dem Gebäude waren – wie meistens in Ajami – alle Jalousien fest verschlossen. In dem Haus daneben hing eine arabische Frau gerade ihre Teppiche auf. Gegenüber entdeckte Assaf zu seiner Überraschung eine alte Synagoge. Daneben, dahinter, davor – nur Geröll.

Der Kommissar blickte einen Moment ruhig auf das Meer. Die Synagoge stand wie ein Mahnmal in seinem Blickfeld, auch sie schien ungenutzt. Die ganze Gegend hatte etwas Gespenstisches – mit den großen, neuen, eleganten Häusern, in denen kein Mensch anzutreffen war, und den kleinen Einfamilienhäusern, die wie in ihrem Schatten standen. Assaf atmete tief ein und wieder aus und ging dann zum Haus der Abu Najibs zurück.

Hinter den Mauern fand alles Gespenstische sein Ende, zumindest mit der Ruhe war es vorbei. Während das Haus gestern fast leer gewesen war, schien sich an diesem Vormittag die ganze Großfamilie versammelt zu haben, es sah aus, als hielten sie hier eine Art Krisenrat ab. An der Tür wurde Assaf von Said begrüßt. Der Künstler trug auch heute trotz der Hitze wieder einen langen, hellen Kaftan, der akkurat an seinen Fußknöcheln endete.

»Kommissar Rosenthal. Was kann ich für dich tun?«, fragte Said freundlich.

»Ich bin gekommen, um mit Malek zu sprechen. Ist er

da?« Der Kommissar hielt es für klüger, Ifat erst einmal nicht zu erwähnen. Außerdem wusste er, dass Malek ihm erzählen würde, wie es seiner Wahlschwester ging.

»Worum geht es?«

»Ich habe noch ein paar Fragen«, sagte Assaf schnell.

Said Abu Najib schaute den Kommissar einen Moment nachdenklich an. Dann holte er, ohne weiter nachzufragen, Malek in das Wohnzimmer und ließ die beiden in dem Raum alleine.

»Malek, wie geht es Ifat?«, fragte Assaf ungeduldig, nachdem Said die Tür hinter sich geschlossen hatte.

»Kommissar, danke, dass du sie gerettet hast.« Malek sah ihn mit großen Augen an. »Es geht ihr jetzt schon besser. Sie sieht immer noch so schlimm aus … aber meine Mutter kümmert sich wirklich gut um sie.«

»Gut. Ich will nur nicht, dass ihr das noch einmal passiert. Ist Ahmad zu Hause?«

Der Junge schaute sich unsicher um. Dann, nachdem er einen Moment überlegt hatte, sagte er mit gedämpfter Stimme: »Mein Onkel hat Ahmad richtig schlimm angeschrien. Dass das nicht noch einmal vorkommen soll und so.«

»War er wütend, weil ich in eurem Haus war?«

»Auch. Aber, Kommissar, du musst verstehen. Mein Onkel ist ein guter Mann. Wirklich.«

»Das glaube ich dir auch, Malek«, beschwichtigte Assaf den Jungen, »Ich habe aber auch noch eine andere Frage an dich. Es geht um den Rabbiner.« Malek zuckte zusammen.

»Hattest du Angst vor dem Rabbiner?«, fragte der Kommissar und folgte damit mehr seiner Intuition als einem wirklichen Anhaltspunkt.

Malek schüttelte schnell den Kopf. Aber so richtig glaubte Assaf ihm nicht. Irgendetwas war da. Weil dies aber nicht der Moment war, um Malek zu einer Erklärung für sein Zusammenzucken zu drängen, konzentrierte sich Assaf auf den eigentlichen Grund für das Gespräch. »Malek, du hast mir doch erzählt, dass einer von deinen Freunden, die auch Parkour machen, sogar Wände hochklettern kann …«

»Ja, Sami. Warum?«

»Malek, ich sage dir jetzt etwas, was unter uns bleiben muss. Hast du verstanden?«

Der Junge sah ihn aufmerksam an und nickte dann.

»Ich glaube, Sami ist bei dem Rabbiner eingebrochen. Kann das sein?«

Malek sah ihn ängstlich an. »Ich weiß nicht … Vielleicht … Aber ich weiß es wirklich nicht, das musst du mir glauben.«

»Das glaube ich dir auch«, beruhigte Assaf ihn. »Ich möchte nur, dass du deine Augen und Ohren für mich offen hältst. Und dafür passe ich auf Ifat auf. Können wir das so machen?«

Malek nickte unsicher.

»Vielleicht war es auch Sami, der bei der Demo auf den Rabbi eingestochen hat?«, wagte Assaf einen weiteren Vorstoß.

»Nein, nein. Ganz bestimmt nicht. Das glaube ich nicht«, erwiderte der Junge, der nun ganz blass geworden war.

»Vielleicht gar nicht, weil er es wollte. Sondern, weil ihm jemand gesagt hat, dass er das tun soll«, ergänzte Assaf schnell.

Malek blickte nervös zur Tür. »Kann ich jetzt gehen, Kommissar? Ich weiß wirklich nichts.«

»Natürlich kannst du gehen. Das ist ja hier kein Verhör.« Assaf lächelte den Jugendlichen freundlich an. »Und bitte sag Ifat, dass ich immer für sie da bin, wenn sie mich braucht. Und gute Besserung.«

»Sag ich ihr!« Damit verschwand Malek schnell aus dem Wohnzimmer, und auch Assaf erhob sich, um zu gehen.

Draußen stand Said und verabschiedete den Kommissar, nachdem er ihn abermals freundlich gefragt hatte, ob er sonst noch etwas für ihn tun könne. Assaf verneinte. Er hatte im Moment keine weiteren Fragen. Und das war das Problem.

Gerade als Assaf aus dem Tor trat, rief Yossi ihn an. »Assaf, ich bin im Antiquariat. Du musst unbedingt kommen! Hier gibt es in Massen Möglichkeiten, an Arsen zu kommen. Und die meisten der notwendigen Inhaltsstoffe hat Jimi Palmer bestellt.«

Assaf machte sich sofort auf den Weg. Da Schlomo ihn bei den Abu Najibs abgesetzt hatte, musste der Kommissar zu Fuß zum Flohmarkt laufen. Trotz der Hitze schaffte er den Weg in weniger als zehn Minuten. Die Tür des Antiquariats klingelte, als er den Laden betrat. Am Verkaufstisch standen bereits Yossi, Liats Assistentin Keren und ein Mann, von dem Assaf vermutete, dass es sich um den Besitzer Hassan handelte. Die drei waren in ein angeregtes Gespräch vertieft, und trotz Türgong bemerkten sie den Kommissar anfangs nicht.

In dem Geschäft konnte man kaum die eigene Hand vor den Augen erkennen. Der Laden war mit Möbelstücken, Lampen, Geschirr und Dingen, von denen Assaf sich nicht ganz sicher war, wofür man sie brauchen konnte, geradezu vollgestopft. Selbst die Fenster waren so zugestellt, dass nur einige wenige Lichtstrahlen der brennenden Nachmittags-sonne ihren Weg in den Laden fanden. Immerhin schien die Klimaanlage einwandfrei zu funktionieren. Die kühle Luft verschaffte dem Kommissar nach seinem anstrengenden Marsch etwas Erholung.

»Assaf, da bist du ja. Hassan, das ist der ermittelnde Kommissar Assaf Rosenthal«, rief Yossi, als er den Kom-missar entdeckte.

»Schalom, Hassan.«

»Salam, Kommissar Rosenthal.«

»Hassan hat uns erzählt, dass Jimi ihn vor einigen Wo-chen überzeugt hatte, Holzschutzmittel für die Restaura-tion der Möbelstücke selbst herzustellen.«, begann Assafs Kollege zu erklären.

»Er sagte mir, dass ich so viel Geld sparen könnte. Und wir haben dann die einzelnen Bestandteile bestellt«, fiel der Antiquitätenhändler ihm ins Wort.

»Hm«, sagte Assaf, der sich nur langsam von seinem an-strengenden Weg durch das heiße Jaffa erholte. Er sah Ke-ren an und strich sich dabei nachdenklich über seinen ver-schwitzten Bart. »Was meinst du denn, Keren?«

»Ich habe bereits eine Probe der Mixtur genommen«, nahm sie seine Frage dankbar auf, »aber ich bin mir schon jetzt sicher, dass Jimi Palmer unter anderem Arsen bestellt hat. Hier schau mal, Assaf ...« Die junge Assistentin der Rechtsmedizin führte den Kommissar ein wenig tiefer in den Laden, dorthin, wo sich die Werkstatt befand. Auf einem alten Arbeitstisch standen mehrere Dosen und Be-hälter. Sie sahen bereits durch ihre Totenkopfzeichen auf der Rückseite verdächtig nach gesundheitsschädigenden

Chemikalien aus. Assaf wunderte sich sehr, dass Jimis Chef solche Dosen überhaupt im Laden zugelassen hatte. Hier im Hinterzimmer gab es ja nicht einmal ein Fenster. Keine Lüftung. Man war den Dämpfen hilflos ausgesetzt. Seine junge Kollegin erläuterte ausführlich die chemischen Details der Arsen-Extraktion.

»Keren, ich muss das gar nicht so im Detail wissen. Wenn du mir sagst, dass Jimi Palmer aus diesen Dosen Gift mischen konnte, das er womöglich dem Rabbiner untergejubelt hat, dann reicht mir das.« Assaf sah die junge Frau freundlich an. Sie lachte, und den Kommissar beschlich das Gefühl, dass sie es genoss, mit ihm alleine im hinteren Teil des Ladens zu stehen.

»Ich dachte nur … Liat hat mir erzählt, dass du einer von ihren Lieblingskollegen bist, weil du immer alles genau selbst verstehen willst und hundertprozentig mitdenkst ...« War das ein verführerischer Augenaufschlag, den sie ihm da zuwarf? Und jetzt fuhr sie sich auch noch durch ihre langen, blonden Haare.

Assaf schüttelte kurz irritiert den Kopf. Dann lachte er. »Das stimmt. Also gut, dass du es mir so ausführlich erklärst. Aber Jimi Palmer hätte doch auch ein Holzschutzmittel aus diesen Inhaltsstoffen herstellen können, oder nicht?«

»Ja, hat er auch. Wir haben fertige Produkte gefunden. Und sie wurden auch bereits für die Restauration verwendet«, erklärte sie pflichtbewusst, nachdem sie den Kommissar kurz enttäuscht angesehen hatte, weil dieser so gar nicht auf ihre Flirtversuche einzugehen schien. Dann widmete sie sich ganz den Dosen und Büchsen auf dem Arbeitstisch. »Sein Argument war auch durchaus glaubwürdig. Die Holzschutzmittel, die er hergestellt hat, sparten Hassan viel Geld. Und im Endeffekt waren sie wahrscheinlich weniger gesundheitsschädigend als das, was der Besitzer sonst gekauft hätte. Zumindest wussten sie so genau, woraus sich ihre Holzschutzmittel zusammensetzten.«

»Hm, okay«, überlegte Assaf.

Keren sah ihn gespannt an. Dann drehte sie sich noch einmal zur Arbeitsplatte zurück, um die Dosen zu fotografieren. Assaf widerstand der Versuchung, auf ihren Hintern zu schauen, und ging stattdessen einmal um den Tisch herum. »Tov«, sagte er schließlich, »gibt es noch etwas, das ich wissen müsste?«

»Nur, dass ich heute Abend mit ein paar Freunden im Port Said sein werde. Du solltest auch kommen!« Sie warf ihm ein zuckersüßes Lächeln zu und ging dann schnellen Schrittes zurück in den vorderen Teil des Ladens.

Der Kommissar folgte ihr lachend.

»Und, was sagst du, Assaf?«, fragte Yossi ihn, als er zurückkam.

»Lass uns ins Büro fahren. Vielen Dank, Hassan. Wir werden sicherlich noch einmal auf dich zurückkommen.«

Auf dem Weg zum Wagen befand Assaf, dass sie nun ganz sicher einen Haftbefehl für Jimi Palmer erwirken könnten. Vor allem, da er kein israelischer Staatsbürger war und Fluchtgefahr bestand.

»Jetzt müssen wir nur noch herausfinden, wie er den Rabbiner erstochen hat«, kommentierte Yossi zufrieden.

»Beziehungsweise, wer den Rabbiner erstochen hat und was Jimi damit zu tun hatte.«

»Du gehst also fest davon aus, dass der Typ im Weihnachtsmannkostüm den Rav abgestochen hat? Und dass dieser Typ nicht Jimi war?«

»Natürlich«, erwiderte Assaf schnell. »Dass dieser flinke Kletterer nicht Jimi Palmer war, da bin ich mir sicher. Ich glaube, er hatte genug vom Warten und hat einfach einen der Parkour-Jungs mit dem Mord beauftragt. Oder mit jemandem gemeinsame Sache gemacht, der den Rabbiner auch loswerden wollte. Und davon gab es ja genügend Kandidaten.«

KAPITEL 15

»So war es nicht.« Jimi Palmer schaute Assaf und seinen Kollegen Yossi trotzig an. »Ich habe mit dem Messerangriff nichts zu tun.«

»Mit der Vergiftung aber schon. Das willst du doch jetzt nicht mehr bestreiten, oder?« Der Kommissar verschränkte die Arme vor dem Körper und sah den Mann fragend an. Sie saßen bereits seit fast einer Stunde im Verhör mit dem Engländer, und bisher hatte er nichts Konkretes zu den Vorwürfen gesagt. Langsam war Assaf erschöpft, und beim Blick auf seinen Kollegen sah er, dass es Yossi nicht anders ging.

»Ich ... ich ...«, druckste Jimi Palmer herum.

»Du hast ihn vergiftet, und als es dir nicht schnell genug ging ... oder du sogar gezweifelt hast, ob das mit dem Gift funktionierte, hast du jemanden beauftragt nachzuhelfen«, unterbrach Yossi ungeduldig das Gestammel.

Palmer sah sie unsicher an. Assaf hatte das Gefühl, dass der Mann, der hier saß, mit dem Jimi Palmer, den er bei der ersten Befragung erlebt hatte, nichts mehr zu tun hatte. Er war regelrecht in sich zusammengefallen. Immer wieder rieb er sich mit der flachen Hand den Kopf, seine Haare standen bereits in alle Richtungen ab. »Meine Mutter darf davon nichts erfahren«, sagte er schließlich weinerlich, als der Zeiger der Uhr langsam auf die Acht zutickte. Draußen war bereits die Sonne untergegangen.

»Wovon darf sie nichts erfahren?«

»Ich habe es ihm ins Essen gemischt. Woche für Woche, wenn er bei uns zum Dinner kam. Ich habe darauf geachtet, dass meine Mutter Gerichte kochte, die sehr geschmacksintensiv sind. Thai, Indisch, Ente, Sunday Roast. So etwas mochte er am liebsten ...«

»Warum wolltest du den Rabbiner töten?«

»Ich wollte vor allem, dass es ihm schlechtgeht. Dass er sich so schlecht fühlt, wie ich mich mein ganzes Leben lang gefühlt habe. Dass er kotzen muss und Krämpfe hat, wie ich auf Entzug ...«

»Du wolltest dich rächen?«

»Irgendwann ist mir klar geworden, dass er daran wirklich sterben könnte. Und dass meine Mutter sich dann nie wieder Gedanken über ihre finanzielle Situation machen müsste. Ihr könnt euch doch gar nicht vorstellen, wie das ist: mit einer Mutter aufzuwachsen, die jeden Penny dreimal umdrehen muss. Ach dreimal, zehnmal! Die einen Fünfjährigen fragt, was sie jetzt machen soll, wie sie überleben sollen?«

»Haben deine Großeltern euch denn nicht unterstützt?«, fragte Assaf irritiert.

»Meine Mutter hatte doch ewig keinen Kontakt zu denen. Erst kurz vor dem Tod meines Opas sind wir wieder ab und zu hingefahren. Und als meine Oma gestorben ist, hat meine Mutter immerhin die Wohnung geerbt. Aber viel war das alles nicht wert. Und meine Klinikaufenthalte haben so viel Geld gekostet ...«

»Und das wolltest du wiedergutmachen?«

»Ich wollte vor allem, dass sie einmal sorgenfrei leben kann. Dass sie reisen kann und sich kauft, was sie möchte.

Sie hat doch ihr Leben lang gearbeitet. Meine arme liebe Mutter ...« Er hatte Tränen in den Augen. »Also habe ich das Gift höher dosiert.«

»Aber der Rabbi lebte trotzdem immer weiter ...«

»Der war gesund wie ein Fisch im Wasser.« Jimi Palmer sah die beiden Polizisten irre grinsend an. Dann begann er plötzlich zu singen:

»Slippery fish, slippery fish, sliding through the water, slippery fish, slippery fish, Gulp, Gulp, Gulp! Oh, no! It's been eaten by an ... Great white shark, great white shark, lurking in the water, great white shark, great white shark, Gulp, Gulp, Gulp! ... BURP! Pardon me!«

Am Ende des Liedes verwandelte sich sein Lachen in ein Wimmern.

Assaf und Yossi sahen einander ratlos an. »Und dann hast du jemanden gebeten, dir zu helfen?«, begann Assaf schließlich vorsichtig zu sprechen.

»Nein! Ich habe niemanden um Hilfe gebeten!«, schrie der Sohn des Rabbis wütend. Dann schien er sich schlagartig zu beruhigen und fuhr selig lächelnd fort. »Aber als ich gehört habe, dass er erstochen wurde, da habe ich das erste Mal gedacht: Vielleicht gibt es ja doch einen Gott und er hat mir nun Hilfe geschickt.« Er überlegte kurz, legte den Kopf schief zur linken Seite und sagte schließlich: »Und jetzt will ich einen Anwalt sprechen, und vorher sage ich gar nichts mehr!«

Als Assaf die Treppenstufen zu seiner Wohnungstür hochging, wartete Jaron bereits auf dem Absatz. »Achi, da bist du ja endlich. Ich dachte schon, du versetzt mich.«

»Versetzen? Wieso?«

»Eh, wir waren verabredet. Mal wieder einen trinken gehen.«

»Fuck, natürlich. Komm rein, ich ziehe mich nur schnell um.«

Assaf und Jaron betraten die Wohnung, in der es wie immer picobello aussah. Assaf musste gar nicht viel tun, um für Ordnung zu sorgen. Einmal pro Woche kam die Putzfrau, und der Rest ergab sich von selbst. Oder besser gesagt, der Rest ergab sich aus seiner tief pedantischen Persönlichkeit.

Assaf ging ins Schlafzimmer und schlüpfte in eine kurze, pastellgrüne Hose und ein cremefarbenes, dünnes Shirt mit V-Ausschnitt. Geübt zog er einen braunen, geflochtenen Gürtel in die Hosenschlaufen. Dann griff er nach der langen Holzperlenkette, die er vor vielen Jahren in Indien von einer schönen Brasilianerin geschenkt bekommen hatte, und legte sie sich um. Während er sich kurz prüfend im Spiegel ansah, rief Jaron ungeduldig, ob er den Joint alleine rauchen sollte.

»Achi, so verführerisch das auch klingt. Aber die Woche hat gerade erst angefangen, und mein Mann von der Spurensicherung hat für morgen bahnbrechende Ergebnisse angekündigt. Da muss ich einen klaren Kopf haben«, entschied der Kommissar schweren Herzens.

Das Port Said brummte förmlich, als sie dort über einige Umwege gegen zehn Uhr ankamen. Das Restaurant mit der langen Bar hatte sich in einem der alten Gebäude neben der großen Synagoge auf der Allenby Straße niedergelassen. Mit den hohen, imposanten Bögen, die dem Gebäude vorgesetzt waren, und der Arkade zwischen Bögen und Eingang sah das Bauwerk aus, als wäre es direkt aus Mesopotamien ins moderne Israel versetzt worden. Überall befanden sich Ventilatoren aus Metall und versuchten, etwas Erfrischung in die sommerliche Abendhitze zu bringen. In der Arkade selbst hingen weitere Deckenventilatoren und kämpften hilflos gegen die heiße Luft an. Vor den Säulen standen mehrere Bänke, auf denen sich gut angezogene Menschen tummelten. Überall lärmte es von jungen, fröhlichen Stimmen. Es war, als hätte der kurze Krieg mit seinen Raketenangriffen auf Tel Aviv nie stattgefunden. Auch Assaf hatte das Gefühl, sich schon nicht mehr an den Klang der Alarmsirenen erinnern zu können.

Er entdeckte Keren, die an einem langen, hohen Tisch stand. Unauffällig nickte er in ihre Richtung, um Jaron zu signalisieren, weswegen sie hier waren.

»Kusit«, kommentierte sein Freund nur schlicht und drückte damit sein höchstmögliches Lob für eine gutaussehende Frau aus.

Assaf nickte. Keren, deren Nachnamen er nicht einmal kannte, sah noch viel besser aus als am Nachmittag im Antikladen. Sie trug ein ärmelloses weißes T-Shirt, auf dem ein schwarzer Katzenkopf prangte, dazu eine kurze Lederhose. Ihre blonden Haare hatte sie zu einem lockeren Dutt gebunden. Als sie Assaf entdeckte, winkte sie ihm lachend zu. Die beiden Männer gingen auf die Gruppe von ungefähr zwölf Leuten zu, und während Keren Assaf schnell umarmte und dann auf ihre Seite des Tisches zog, kam Jaron mit einer gut aussehenden Dunkelhaarigen ins Gespräch. Assaf nippte an seinem Bier und bestellte etwas Pita mit Salat, während seine Kollegin ihn mit lustigen Geschichten aus ihrem Medizinstudium bei Laune hielt.

»Sag mal Keren, wie alt bist du denn eigentlich?«, fragte er interessiert.

»Fünfundzwanzig«, antwortete sie lachend, »Findest du das zu jung?«

»Fünfundzwanzig? Hast du denn keinen Militärdienst gemacht?«

»Meine Familie ist dati leumi.«

Assaf sah sie überrascht an. Keren sah nun wirklich nicht aus, als würde sie aus einer religiösen Familie stammen. Auch nicht, wenn sie modern-orthodox waren. »Bemet?«

Sie lachte. »Was? Schockiert?«

»Du siehst eben so gar nicht religiös aus. Nicht mal wie ein Ex-Religiöse.«

»Ich habe bereits während meiner Schulzeit gemerkt, dass das nichts für mich ist. Diese religiöse Welt.«

»Und was sagen deine Eltern dazu?«

»Meine Mutter ruft nach wie vor jeden Freitagmorgen an und fragt mich, was ich für Schabbat koche. Ich bringe es nicht übers Herz, ihr zu sagen, dass ich mich nicht mehr auf den Schabbat vorbereiten muss, weil ich ihn nicht mehr einhalte. Also erzähle ich von dem Hühnchen, dem Reis und der Suppe, die ich auf dem Herd habe. Aber wir wissen beide, dass wir uns gegenseitig etwas vormachen.« Sie nahm einen großen Schluck aus ihrem Weinglas.

»Walla. Na, du bist ja in guter Gesellschaft. Liat hat auch keinen Dienst gemacht«, stellte Assaf fest, während er Platz für die Kellnerin machte, die ihm sein Brot und den klein geschnittenen Gemüsesalat brachte.

»Ja, das hat sie mir erzählt. Auch von ihren Selbstmord-versuchen als Jugendliche. Ich war ganz schön schockiert, wie offen sie damit umgeht.«

»Liat hat ihren Spaß daran, Menschen mit ihrer Offenheit in Verlegenheit zu bringen.« Assaf grinste. »Aber sag mal, wie fühlt sich das so an, von frommen, langen Röcken plötzlich in so enge, kurze Lederhosen zu wechseln?« Er fragte es ehrlich interessiert, ohne flirten zu wollen.

»Na ja, es gab ja eine Zwischenstufe ...« Sie lächelte verlegen. »Anfangs war es schon komisch. Auch das ganze Daten ... ich kannte die Regeln ja gar nicht. Und bis heute habe ich meine Probleme damit ...«

»Jetzt kokettierst du aber. Ich habe nicht das Gefühl, dass du Probleme hast, Männer kennenzulernen.«

»Das nicht, aber sie zu verstehen und ihre Sprache zu sprechen, schon.«

»Spannend«, kommentierte Assaf trocken und biss von der Pita ab.

Sie sprachen noch etwas weiter über ihre Familien und stellten fest, dass sie beide aus dem Norden stammten. Keren gefiel Assaf, auch wenn er nicht sicher war, ob das so eine gute Idee war, etwas mit ihr anzufangen. Zwar würde sie nur ein Teil ihrer Assistenzzeit bei ihnen auf der Dienststelle verbringen, aber er bezweifelte, dass sie auch auf etwas Unverfängliches aus war. Immerhin kam sie aus einer Welt, in der Sex vor allem zur Fortpflanzung genutzt und in festen Ehegemeinschaften durchgeführt wurde – das konnte man doch nicht so einfach ablegen. Und trotzdem: Bevor er sich versah und einige Biere und Weinchen später, hatte sie ihre Arme um ihn geschlungen, und seine Hände strichen über ihren Rücken. Hatte es sich anfangs noch etwas seltsam angefühlt, plötzlich wieder eine Frau zu berühren, die nicht Gili war, fiel Assaf schnell in alte Gewohnheiten zurück und fragte Keren, ob sie noch mit zu ihm kommen wollte. Bevor sie antworten konnte, unterbrach sein vibrierendes Handy ihre Überlegungen. Assaf wollte nicht abnehmen, nicht jetzt, und sah nur beiläufig auf das Display. Aber als er entdeckte, dass Anat die Anruferin war, konnte er nicht anders. Er vertröstete Keren für einen Moment und entfernte sich von der Gruppe.

»Anat?«

»Assaf, ich bin es«, lallte sie ins Telefon.

»Bist du betrunken?« Assaf traute seinen Ohren kaum. Die strenge, überkontrollierte Anat Cohen rief nachts betrunken bei ihm an. Wahrscheinlich stand die Ankunft des Messias kurz bevor.

»Ich kann nicht nach Hause. Kannst du mich abholen? Ich bin ganz in der Nähe von deiner Wohnung.«

Er überlegte und schaute kurz zu Keren, die ihn fragend ansah. »Tov. Wo bist du denn genau?«

Assaf entschuldigte sich bei Keren mit ehrlichem Bedauern für seinen plötzlichen Abflug. »Wir holen das nach«, versprach er und drückte ihr einen kurzen Kuss auf die Lippen. Dann setzte er sich in ein Taxi und fuhr Richtung Nylon-Bar. Als er dort ankam, wartete Anat bereits auf einer Bank an der Straße.

»Assaf, du bist mein Held«, begrüßte sie ihn überschwänglich.

»Hat dir jemand was in den Drink geschüttet?«, fragte Assaf ernsthaft besorgt.

»Typisch, da hat man mal gute Laune …«

Der Kommissar sah seine Kollegin nachdenklich an. »Was ist denn los mit dir? Betrunken. Und das Anfang der Woche. Was ist passiert?«

»Ach. Gabriel ist passiert. Wir haben uns gestritten. Und

deswegen kann ich auch nicht nach Hause.« Sie sah ihn mit weit geöffneten Augen an.

Selbst wenn Anat Cohen stockbesoffen war, sah sie immer noch absolut hinreißend aus, dachte Assaf und stieß einen tiefen Seufzer aus. Dann legte er den Arm um sie. »Na komm, ich bring dich zu mir.«

»Assaf?« Er hörte ihre nackten Füße auf den Fliesen tapsen. »Warum schläfst du denn auf dem Sofa? Ich fühle mich so alleine, komm doch zu mir ins Bett.« Anat beugte sich über ihn. Ihr Atem verriet, wieviel Alkohol immer noch in ihr rumorte. »Bitte. Jetzt komm schon.« Sie zerrte seinen Arm etwas hoch, und da Assaf sich sicher war, dass sie ihm in ihrem Suff sowieso keine Ruhe lassen würde, erhob er sich schließlich. Er legte sich so vorsichtig wie möglich neben sie und ließ dabei einen breiten Anstandsabstand zwischen der nackten Anat und ihm. Er hatte sie noch nie unbekleidet gesehen, und nicht auf ihren Körper zu starren kostete ihn große Überwindung.

»Assaf.« Sie griff nach seiner Hand und rutschte näher an ihn heran. Er konnte nun deutlich ihre kleinen Brüste fühlen, was die Situation wahrlich nicht einfacher machte. »Warum klappt das mit uns nur nicht? Willst du nicht auch, dass es funktioniert? Vielleicht haben wir es nicht ernsthaft genug probiert?«

Er seufzte. »Ach, Anat.«

»Ich weiß, dass du dich von deiner Künstlerin getrennt hast. Zipi hat es mir erzählt.« Sie rollte herum und sah ihn wissend an. Selbst im Dunkeln konnte er das Eisblau ihrer Augen erkennen – diese eisblauen Augen, bei deren Anblick er noch immer schwach wurde.

Assaf strich vorsichtig durch ihre Haare. »Komm, schlaf jetzt. Morgen ist alles wieder gut.«

Sie drehte sich langsam zurück, und während sie eine bequeme Position zum Liegen suchte, drückte sie ihren Hintern an seinen Schritt. Dann griff sie nach seinem Arm und legte ihn um sich. Seine Hand glitt über ihre Brüste. Er spürte ihren gesamten Körper intensiver als seinen eigenen. Er roch ihr Haar, fühlte ihre weiche Haut. Nach einer Weile schlief sie zum Glück leise, gleichmäßig atmend ein. Nur Assaf wusste überhaupt nicht, wohin mit sich, seinen Gedanken, seinen Augen, die immer wieder durch den dunklen Raum tasteten, und vor allem mit seinen Händen.

Das war die Nacht, in der Assaf Rosenthal die Tugend der Selbstbeherrschung perfektionierte. Ausgerechnet er. Das durfte man überhaupt niemandem erzählen.

Als Assaf am nächsten Morgen wach wurde, lag Anat nicht mehr neben ihm. Er fand sie in der Küche, wo sie zusammengekauert mit einer Tasse Kaffee am äußeren Ende des Tisches saß. »O Mann, das ist mir so peinlich«, sagte sie leise.

Assaf setzte sich auf den Stuhl neben sie und nahm einen Schluck aus ihrer Tasse. »Ist schon okay. Ehrlich gesagt, war es ganz nett, dich mal ein bisschen außer Kontrolle zu sehen.« Er lächelte sie an.

»Haben wir ...?«

»Na, hör mal, ich bin ein Gentleman.«

»Ich weiß, aber ich kann mich dunkel erinnern, dass ich so ziemlich alles dafür getan habe, dass wir ...«

»Du warst total betrunken. Du hättest auch mit der Straßenlaterne geschlafen.«

»O Gott!« Anat blickte beschämt zur Decke. »Danke, dass du mich abgeholt hast. Und dass ich hier schlafen durfte. Und dass wir nicht …«

»Dafür, dass ich nicht mit ihr geschlafen habe, hat sich noch nie eine Frau bei mir bedankt«, unterbrach er sie lachend.

»Du weißt schon, wie ich es meine.« Sie sah ihn lange und nachdenklich an. Dann strich sie mit der Hand über seine Wange. »Ich muss erst einmal ein paar Sachen in Ordnung bringen. Aber vielleicht kannst du mich dann noch einmal fragen, ob ich mit dir ausgehen will. So wie vor einem Jahr, als wir uns kennengelernt haben.«

Er nickte. »Versprochen.«

Um Punkt neun Uhr stand der Kommissar vor dem Schreibtisch von Schlomo Malul. Er trommelte mit den Fingern auf das Holz und verfluchte seinen Kollegen dafür, dass er immer erst so spät zur Arbeit erschien. Schlomo musste, ob er wollte oder nicht, jede einzelne Verwünschung mithören, während er am anderen Ende des Telefons bereits in seinem zwölf Jahre alten 3er BMW Richtung Präsidium raste.

»Ich komme ja schon, Mann.«, versuchte Schlomo einzuwenden, aber der Chef der Spurensicherung wusste auch, dass Assaf zu Recht wütend war.

Etliche Minuten später kam Schlomo Malul in sein Büro gestürmt. Vor lauter Eile hatte der Spurensicherer sein T-Shirt verkehrt herum angezogen, was bei seinem Kollegen großes Gelächter auslöste.

»Assaf, gib mir eine Minute, und ich sammle die Dokumente zusammen.«

»Du hast dreißig Sekunden.«

Schlomo rannte zweimal wie ein aufgeschrecktes Huhn im Kreis, dann lief er zu seinen Mitarbeitern ins Nebenzimmer und verteilte Aufgaben. Exakt zwanzig Sekunden später gab er Assaf ein Handzeichen, ihm in den Raum zu folgen. Das Zimmer, in dem überall Bildschirme, Computer und andere technische Geräte standen, sah aus wie eine Kommandozentrale. Dem Vergleich mit CSI Miami würden sie zwar nicht standhalten, aber für CSI Tel Aviv sah es hier gar nicht so schlecht aus. Schlomo zog einen Drehstuhl neben sich und ließ den Kommissar darauf Platz nehmen. Vor ihnen lag ein etwa 27 Zoll großes Tablet, auf dem bunte Icons aufleuchteten. »Wir haben ewig dafür gebraucht, die ganzen Passwörter-Sperren zu knacken. Dieser Rabbi muss entweder ein ziemliches Computergenie gewesen sein oder ein Computergenie gekannt haben. Also sei nicht böse, dass es so lange gedauert hat – du kannst mir glauben, das war ein hartes Stück Arbeit.«

»Okay. Und? Was habt ihr gefunden?«

»Wir befinden uns jetzt praktisch in dem Computer von Zvi Ben Abraham.« Schlomo wischte ein Icon weg, und was auf dem Tablet auftauchte, sah wie ein normaler PC-Bildschirm aus. »Hast du schon was gegessen heute?«

»Schlomo. What the fuck! Jetzt komm zum Punkt«, zischte Assaf ihn an.

»Kinderpornografie. Das ist der Punkt.«

Die Worte trafen den Kommissar wie Schläge in die Magengrube. »Kinderpornografie?«, wiederholte er ungläubig.

»Ja. Wir haben einschlägiges Material auf seinem Computer gefunden, das er wohl heruntergeladen hat. Der brisante Inhalt erklärt vielleicht auch, warum der Laptop so gut gesichert war.« Schlomo Malul navigierte mit der Maus in den Windows Explorer und öffnete einen Ordner, der mit dem Namen »Moshe« gekennzeichnet war. Darin befanden sich circa zehn Bilder. Der Chef von der Spurensicherung klickte auf die erste Datei, die sich daraufhin langsam öffnete. Auf dem Bild war ein nackter Junge von etwa dreizehn Jahren zu sehen. Er stand vor einem hellen Hintergrund, vielleicht ein Vorhang, und schaute unsicher in die Kamera. Auf dem Kopf trug er eine kleine schwarze Kippa. Außer dem Jungen und dem hellen Hintergrund war nichts weiter auf dem Bild zu sehen. Erst beim zweiten Blick bemerkte der Kommissar, dass die Hand des Jungen auf seinem Glied lag. Das Bild war zutiefst verstörend, und Assaf musste sich kurz abwenden.

»Das ist eines der harmloseren Bilder«, kommentierte Schlomo nüchtern.

»Ach du Scheiße.« Assaf schaute zurück auf das Bild des dunkelhaarigen Jungen, bis Schlomo die Datei schloss.

»Der Rabbiner hat fünf Ordner mit solchen Bildern. Ausschließlich Jungen, alle ungefähr im Alter von dreizehn bis vierzehn, alle stehen vor diesem hellen Hintergrund, die meisten sind dunkelhaarig. Sie tragen alle eine Kippa. Moshe, Samuel, Jonathan, David und Joshua.« Schlomo klickte sich in die Ordner hinein und öffnete nacheinander ein paar weitere Bilddateien.

Assaf winkte ab. »Okay, das genügt. Hat er die Bilder selbst gemacht?«

»Vermutlich. Sie unterscheiden sich vom Stil her von den anderen Fotos, die wir bei ihm gefunden haben. Es handelt sich um ältere Bilder. Sie stammen aus dem Jahr 1999 und wurden mit einer Digitalkamera aufgenommen.«

»Von 1997 bis 1999 hatte der Rabbi eine Lücke im Lebenslauf. Wir wissen bisher nur, dass er zu dieser Zeit wohl an einem Kollel in Antwerpen gelernt hat.«

»Dann wurden die Bilder vielleicht dort gemacht.«

»Fuck.« Das war also die Information, die der Reporter Eran Danziger ihm angeboten hatte. Vielleicht hätte er auf den Deal des Mannes eingehen sollen, das hätte ihnen eventuell wertvolle Zeit gespart.

»Wir haben aber noch mehr gefunden. Der Rabbi hat regelmäßig eine Webseite und dort verschiedene Chats besucht. Soweit wir das nachverfolgen können, hat er dort auch manchmal Bilder heruntergeladen.«

»Was für eine Webseite?«

»Eigentlich eine ganz normale Seite für Produktvergleiche in Israel. Anscheinend haben sich die Drahtzieher auf diese Seite eingehackt, und sie dient nun als Plattform für die Verbreitung von kinderpornografischem Material. Da treffen sich all die kranken Schweine in Chats und unterhalten sich darüber, wie gerne sie ›junge Fotzen ficken‹. Dann schicken sie sich gegenseitig Bilder. Das ist eine Art internationales Netzwerk. Viel von dem, was dort angeboten wird, ist bereits älter. Aber es gibt auch einige neuere Videos …«

»Videos?«

»Die meisten zeigen Kinder, die erwachsenen Männern einen blasen müssen. Ein Video ist eine wacklige Aufnahme von der Vergewaltigung eines kleinen Mädchens. Wurde wahrscheinlich in Thailand gefilmt. Willst du es sehen?«

»Fuck.« Assaf schluckte schwer und schüttelte heftig den Kopf. »Habt ihr auf der Webseite auch die Bilder des Rabbiners wiedergefunden? Von den jüdischen Jungen?«

»Nein. Ich nehme an, der Rabbi war lediglich Nutzer der Seite und hat sich selbst nicht aktiv an der Verbreitung beteiligt«, sagte Schlomo und unterstrich seine Worte mit einer abfälligen Handbewegung.

»Mir ist schlecht.«

»Wir arbeiten eng mit den Kollegen vom Kommissariat für Sexualdelikte in Jerusalem zusammen. Ich habe die Festplatte des Rabbiners kopiert und gesichert und bereits zu denen in die Hauptstadt schicken lassen. Die glauben, dass wir da auf etwas Größeres gestoßen sein könnten, und stellen jetzt ein Einsatzteam zusammen. Da gibt es spezielles Personal und richtig professionelle Erkennungsprogramme für solche Zwecke, über die wir hier nicht verfügen.«

»Was werden die jetzt machen?«

»Ich nehme an, die werden jede einzelne Internetadresse, IP-Daten, alles, was sie finden können, überprüfen. Das kann Monate dauern. Um diejenigen, die in Israel lokalisiert werden können, kümmert sich das Einsatzteam. Der Rest geht an Interpol.«

»Was für eine widerliche Scheiße!«

»Das kannst du wohl laut sagen. Wann willst du die Dateien durchsehen?«

»Später, nicht jetzt. Am liebsten nie.«

KAPITEL 16

Mit flauem Magen ging Assaf in sein Büro zurück. Ihm fiel ein, dass irgendwo in seinem Schrank noch eine Flasche Arak stehen musste. Er hatte sie vor einer Weile von Zipi geschenkt bekommen. Die Sekretärin hatte die besondere Edition, die aus seiner Heimatstadt Tirat Karmel stammte, irgendwo entdeckt und dem Kommissar mitgebracht. Assaf trank eigentlich keinen Arak, er hatte die Flasche dankend in seinen Schrank gestellt und sie dann dort vergessen. Er öffnete die Metalltür und griff nach der Flasche, die noch genau dort war, wo er sie abgestellt hatte. Mit der Arakflasche in der Hand setzte sich der Kommissar an den Schreibtisch. Er starrte einen Moment auf den dunklen Computerbildschirm, schraubte die Flasche schließlich auf und nahm einen kräftigen Schluck. Der Anisschnaps lief ihm die Kehle herunter und schnell breitete sich ein wohlig-warmes Gefühl in seinem Bauch aus. Assaf nahm noch einen weiteren, kleineren Schluck, bevor er die Flasche wieder verschloss. Er ließ sie auf dem Tisch stehen und rief Zipi und Yossi in sein Büro.

»Was ist denn los, Assaf?«, rief Zipi aufgeregt, als sie die Flasche auf dem Tisch stehen sah.

»Schlomo hat mir eben endlich die Auswertungen von dem Laptop des Rabbiners präsentiert.«

»Und?«, fragte Yossi gespannt.

»Kinderpornografie.«

Seine Kollegen schauten ihn an, als wäre mitten im Büro eine Bombe explodiert.

»Auf dem Computer befinden sich mehrere Ordner mit Bildern von nackten jüdischen Jungen, ungefähr dreizehn bis vierzehn Jahre alt. Sie tragen alle eine Kippa, deswegen sage ich jüdische Jungen. Insgesamt handelt es sich um circa vierzig Bilder. Wahrscheinlich hat er die Aufnahmen selbst gemacht. Daneben hat der feine Herr Rabbiner regelmäßig eine Webseite besucht, die entsprechendes Material verbreitet.«

»Gott im Himmel …«, stieß Zipi hervor.

»Die Sitte in Jerusalem stellt jetzt eine spezielle Task Force zusammen, die sich um die Drahtzieher der Webseite kümmert. Und um ihre User. Die Bilder liegen alle bei Schlomo und können dort eingesehen werden.«

Wortlos stand Yossi auf und griff nach der Arakflasche. Er selbst trank nicht, reichte sie aber an Zipi, die einmal kurz an dem Schnaps nippte und sich dann schüttelte.

»Und jetzt?«, fragte Yossi, nachdem er die Flasche wieder auf den Tisch zurückgestellt hatte.

»Jetzt fangen wir noch einmal von vorne an.«

Der Fall wurde immer komplexer, und Assaf hatte das Gefühl, dass sie sich dringend Ordnung verschaffen mussten. Er zog seinen Bürostuhl vom Schreibtisch weg und setzte sich ein paar Meter entfernt von der Tafel hin, auf der Yossi begann, die bisherigen Erkenntnisse zu notieren. Mittig schrieb er in Großbuchstaben »Rabbi Zvi Ben Avraham«. Drumherum sammelten sie jetzt jede einzelne Ermittlungslinie. Rechts neben den Rabbiner notierte Yossi »Jimi Palmer«, daneben in etwas kleinerer Schrift »Mary Palmer«. Dann kamen der Immobilienhai Ari Yerimiyahu sowie die muslimische Gemeinde um Mohammed Mansour und die Familie Abu Najib dazu. Hier notierte er jede Person der Abu Najibs, die direkt mit dem Rabbi zu tun gehabt hatte. Neben Malek zeichnete er einen Strich und verband diesen mit der Parkour-Gruppe und dem arabischen Jugendzentrum. Unten links in der Ecke malte Yossi eine kleine Kirche und schrieb »Johannes Stassen« darunter, den Namen des Priesters, der die Grundstücke an den Rabbi verkauft hatte. Oben rechts hatte er ein großes Stück Papier frei gelassen und bisher nur »Kindesmissbrauch« notiert.

Als er fertig war, rückte auch Yossi ein Stück von seinen Notizen ab und sah sich die ganze Konstellation noch einmal an.

»Wenn man sich das so ansieht, hat man das Gefühl, alles Böse dieser Welt hat sich um den Rabbiner versammelt. Wir haben Kindesmissbrauch, häusliche Gewalt bei den Abu Najibs, eine Rebbezin, die bei einem Raubüberfall so schwer verletzt wurde, dass sie keine Kinder bekommen kann. Einen Sohn, dessen Vater sich nie um ihn gekümmert hat. Eine vom Rabbiner verlassene Mary Palmer, Immobilienspekulanten und zwielichtige Investoren«, fasste er zusammen. Dann, nach kurzem Überlegen, fügte er hinzu: »Aber vor allem haben wir doch schon einen Mörder. Jimi Palmer hat zugegeben, den Rabbiner vergiftet zu haben.«

»Er hat aber nichts mit dem Messerangriff zu tun«, hielt Assaf dagegen.

»Das sagt er. Aber was, wenn er lügt? Wenn er doch einen der Parkour-Jungen beauftragt hat, den Rabbiner zu erstechen?«

»Wir müssen herausfinden, ob und wenn ja mit welchem der Jungen Jimi Palmer Kontakt hatte. Vielleicht bringt uns das weiter. Was ist mit seinem Chef im Antiquitätenladen, diesem Hassan? Hatte der vielleicht einen Sohn, der auch Parkour gemacht hat? Welche Verbindungen gibt es? Kannst du das bitte überprüfen, Yossi?«

Assafs Kollege nickte. Dann schauten sie beide weiter stumm auf die Tafel. »Weißt du, von wem wir bisher am wenigsten wissen? Von Josh Teichman, dem Chasan und Assistenten des Rabbiners«, sagte Yossi schließlich.

»Wie alt war der noch einmal?«

»Äh. 27 ist der jetzt, glaube ich. Wieso?«, erwiderte Yossi und sah den Kommissar fragend an.

»Einer der Ordner mit den Nacktbildern auf dem Computer des Rabbiners hieß Joshua. Josh könnte eine Kurzform davon sein. Und wenn Josh Teichman 1985 geboren wurde, war er 1999, als die Bilder aufgenommen wurden, genau dreizehn. So alt wie die anderen Jungen auf den Fotos.« Assaf sprang auf und notierte seine Gedanken unter Josh Teichman, dann malte er eine gestrichelte Linie, die Teichman nicht nur mit dem Rabbiner, sondern auch mit dem Begriff »Kindesmissbrauch« verband.

»Angenommen, du hast recht. Warum hätte sich Josh Teichman so viel Zeit mit dem Mord lassen sollen? Warum erst jetzt und nicht schon früher?«

»Gegenfrage: Passt Teichman theoretisch in das Profil des Weihnachtsmanns? Von der Statur her?«, erwiderte Assaf, der den Mann im Gegensatz zu Yossi nie gesehen hatte.

»Na ja, er ist schlank. Ob er sportlich ist, weiß ich nicht. Bei den Klamotten, die die Orthodoxen tragen, sieht man das ja nicht.«

Assaf nickte, und bevor er etwas hinzufügen konnte, betrat Zipi das Büro. Sie schaute einen Moment auf die Tafel mit den Notizen und sagte dann: »Ich habe noch etwas, was ihr da hinzufügen könnt. Jetzt wusste ich ja plötzlich, wonach ich suchen muss. Zvi Ben Avraham war von Ende 1997 bis 1999 in einem Kollel in Antwerpen. Soviel wissen wir. Dass diese Station nirgendwo in seinem Lebenslauf auftaucht, liegt wahrscheinlich daran, dass gleichzeitig in eben diesem Kollel der Missbrauch mehrerer Jungen gemeldet wurde. Zvi Ben Avraham stand gemeinsam mit einem anderen Studenten im Verdacht, Jungen von der Yeshiva missbraucht zu haben. Die Yeshiva-Schüler waren in einem Internat untergebracht, das im selben Gebäude lag, in der sich auch die Yeshiva und das Kollel befanden. Der ganze Skandal wurde in der Öffentlichkeit jedoch erst zwei Jahre später bekannt ...«

»... und da war der Rabbiner schon in die West Bank umgesiedelt«, ergänzte Assaf nachdenklich.

»Genau. Wegen dieser zwei Jahre Abstand bin ich nicht schneller darauf gestoßen. Die Polizei hat damals ermittelt, musste das Ganze aber wegen mangelnder Beweise einstellen. Ich habe mit einem der Kollegen in Belgien gesprochen, er konnte sich noch gut an den Fall erinnern. Keiner der jüngeren Schüler hat damals ausgesagt. Sie hatten lediglich die Aussage von einem der älteren Studenten, er war es auch, der das Ganze angestoßen hatte. Zwei Jahre nach den Vorfällen brachte dieser Student einen Dokumentarfilm über das Thema in Belgien heraus. Und damit kam es in die Zeitungen.«

»Gute Arbeit, Zipi«, stellte der Kommissar voller Anerkennung fest. Dann sagte er an Yossi gewandt: »Also, du kannst ja sagen, was du willst. Jimi Palmers Giftgeständnis hin oder her – wenn dieser ganze Missbrauchsskandal nicht etwas mit dem Tod des Rabbiners zu tun hat, dann bin ich der Weihnachtsmann.«

»Zipi, kannst du herausfinden, ob damals unter den Schülern an der Yeshiva auch ein gewisser Josh oder Joshua Teichman war?«, fragte Yossi, nachdem er einen Moment über Assafs Worte nachgedacht hatte.

Die Sekretärin nickte bereitwillig.

»Yossi, es tut mir leid, aber wir müssen uns jetzt sämtliche dieser perversen Nacktbilder ansehen«, beschloss Assaf und stand auf. »Vielleicht erkennst du Josh Teichman wieder. Und dann fahren wir direkt zu ihm.«

In diesem Moment klingelte das Telefon des Kommissars. Bevor er den Hörer abnahm, winkte er Yossi zu. »Geh schon einmal zu Schlomo, ich komm gleich nach.«

Bei dem Anrufer handelte es sich um Ehud Pery, einen ehemaligen Offiziersanwärter, der seinen Grundwehrdienst gemeinsam mit Assaf absolviert hatte. Wie sich herausstellte, war Pery nun der leitende Ermittler in der Sonderkommission, die zur Klärung des Kinderpornografie-Falles aufgestellt wurde.

»Assaf, als ich deinen Namen in der Akte gelesen habe, dachte ich, ich sehe nicht recht. Seit wann bist du bei der Polizei?«

»Ich bin jetzt ein gutes Jahr hier. Mensch, wir haben uns ja ewig nicht gesprochen …«

»Tja, und jetzt bringt uns so eine widerwärtige Angelegenheit zusammen.« Pery sagte, was Assaf dachte.

»Wie wird euer Soko-Team jetzt vorgehen?«

»Wir sind schon mittendrin. Willst du nicht morgen

nach Jerusalem kommen? Wir könnten uns mal wieder sehen, und außerdem kann ich dich auf den neusten Stand bringen. Vielleicht hilft dir das bei deinen Ermittlungen weiter.«

Assaf überlegte kurz. »Im Moment kann ich hier nicht weg. Aber vielleicht übermorgen.«

»Auch gut. Dann bis übermorgen!«

Assaf legte auf und schaute noch einen Moment lang gedankenversunken auf das Telefon. Dann atmete er tief ein und folgte Yossi zu Schlomo Malul.

Es war bereits später Nachmittag, als die beiden Polizisten gemeinsam mit Schlomo dessen Büro verließen. Sie hatten nichts gegessen, kaum getrunken, und Assaf spürte einen stechenden Schmerz in seinen Schläfen. Sie waren jedes einzelne Foto durchgegangen, das Schlomo auf dem Computer des Rabbiners gefunden hatte. Mehr als einmal hatten sie sich angewidert wegdrehen müssen.

»Ich bin fertig mit den Nerven. Was ist nur los mit dieser Welt?«, seufzte Yossi, dem das Ganze als Vater besonders naheging, als sie zurück zu Zipis Schreibtisch kamen.

Die Sekretärin blickte von ihrem Computerbildschirm auf und schaute die beiden Männer mitleidig an. »Und, war es Josh Teichman auf den Bildern? Ich konnte leider noch nicht herausfinden, ob er an der Yeshiva in Antwerpen gelernt hat oder nicht.«

Yossi zuckte mit den Schultern, und weil er ansonsten nichts sagte und nur stumm zu seinem Schreibtisch lief und den Kopf auf die Tischplatte fallen ließ, antwortete der Kommissar für ihn: »Yossi ist sich nicht sicher. Aber er sagt, er könnte es sein.«

»Warum stattet ihr dem Mann nicht einfach einen Besuch ab und fragt ihn?«, wollte Zipi wissen.

»Ich hätte gerne etwas in der Hinterhand. Wenn ich zum Beispiel wüsste, dass er auf der Yeshiva war, könnte ich den Druck bei der Befragung erhöhen. Dann ist die Ausgangssituation anders, als wenn wir einfach nur kommen und ins Blaue schießen«, erklärte Assaf.

»Aber wenn dieser Josh von dem Rabbiner als Junge missbraucht wurde, warum ist er dann sein Chasan geworden? Warum hat er den Kontakt zu seinem Peiniger nicht abgebrochen?«

»Ich habe mal gelesen, dass es in der Tiefenpsychologie ein Konzept darüber gibt, wie ein Opfer sich mit dem Aggressor identifiziert«, sagte Yossi.

»Also, trotz des Missbrauchs könnte das Opfer den Täter«, Assaf zögerte kurz, »mögen?«

Yossi war nun wieder ganz bei sich und tippte hektisch etwas in seine Computertastatur. »Durch den Missbrauch manifestiert der Täter eine wichtige Rolle im Leben des Opfers. Vor allem in der Kindheit kann eine solche massive Gewaltanmutung dazu führen, dass die Identifikation mit dem Täter als Abwehrmechanismus geschieht«, las er vom Bildschirm ab.

»Also sind Kinder besonders anfällig für so eine Reaktion«, sagte Zipi nachdenklich.

»Gerade bei Kindern geht ein Missbrauch weit über die Verständnis- und Verarbeitungsmöglichkeiten hinaus, über die ein so junger Mensch verfügt. Und vor allem, wenn die Kinder keinen Halt von ihren eigenen Eltern bekommen, entwickeln sie einen Schutzmechanismus, der die unerträglich werdende Angst auf Kosten der Realitätswahrnehmung in ein Gefühl traumartiger Geborgenheit umschlagen lässt. Statt sich aktiv mit der bedrohlichen Wirklichkeit des Täters auseinanderzusetzen, wozu es nicht fähig ist, unterwirft sich das Kind dem Willen des Täters und macht ihn zugleich zu einem Teil seiner selbst.«

»Aber könnte es nicht sein, dass dieses Kind sich im Laufe der Jahre, sagen wir mal, emanzipiert und dann diesen unangenehmen Teil des Ichs komplett loswerden will?«, fragte Assaf in Yossis Richtung.

»Du meinst also, dass Josh Teichman ein sehr gutes Motiv für den Mord am Rabbiner gehabt hätte.«

»Na ja, ich meine, so ein Missbrauch treibt einen Menschen doch in den Wahnsinn …«

»Das stimmt, aber ich habe keine Ahnung, wie wahrscheinlich so eine Reaktion wäre. Ich bin kein Psychologe.«

»Ist es nicht auch so, dass Menschen, die missbraucht oder geschlagen wurden, irgendwann dies auch anderen Menschen antun? Und so selbst vom Opfer zum Täter werden? Das sagen die doch immer bei all diesen gewalttätigen Kriminellen. Von wegen schlechte Kindheit und so«, meldete sich Zipi wieder zu Wort.

»Hm«, antwortete Assaf nachdenklich.

»Hm«, überlegte auch Yossi.

Sie hingen alle für ein paar Sekunden ihren eigenen Gedanken nach, bis Zipi sie schließlich zurück zu den Ermittlungen führte. »Was ist denn jetzt eigentlich mit diesem Jimi Palmer?«

»Jimi Palmer hat gestanden, den Rabbiner vergiftet zu haben. Das gilt zumindest als Mordversuch, dafür wird ihm der Prozess gemacht«, sagte Assaf schulterzuckend.

»Und wer weiß, vielleicht können wir ihm ja doch noch

nachweisen, dass er etwas mit dem Messerstecher zu tun hatte.«

»Yossi, ich möchte, dass du in den nächsten zwei Tagen die Jungen der Parkour-Gruppe überprüfst. Konzentriere dich nur auf die, die auch im arabischen Jugendzentrum aktiv waren.«

Yossi legte seinen Kopf in den Nacken. »Das sind über dreißig Jungen …«

»Ich weiß. Aber das hätten wir schon lange machen müssen. Ich dachte bisher, dass wir sozusagen von der anderen Seite auf den Täter stoßen«, verteidigte Assaf sein Vorgehen, »aber es hilft alles nichts. Du musst jeden Einzelnen genau unter die Lupe nehmen.«

»Jetzt rächt es sich, dass die uns so viel Personal gestrichen haben. Nach dem Motto: Die Polizei ist ja nicht so wichtig, Hauptsache, die Siedler werden gut geschützt.«

Der Kommissar nickte. »Wenn du willst, nimm Shai Sharoni mit. Ich kläre das mit Wieler.«

»Sharoni? Den jungen, neuen?«, fragte Yossi skeptisch.

»Bei dem merken sie nicht, wenn er in ihrer Abteilung fehlt.« Assaf grinste. Dann sagte er an Zipi gewandt: »Findest du bis morgen früh heraus, ob Teichman an der Yeshiva war oder nicht?«

»Für dich doch immer, Motek. Ich rufe da gleich noch einmal an.«

Als Assaf und Yossi sich am nächsten Morgen auf den Weg zur Wohnung von Josh Teichman machten, wussten sie bereits, dass er 1999 ein Jahr lang die besagte Yeshiva in Antwerpen besucht hatte, bevor seine Eltern mit ihm wieder in die USA gezogen waren. Damit stieg die Wahrscheinlichkeit, dass Teichman unter den missbrauchten Jungen war. Sie hatten den ehemaligen Vorbeter des Rabbiners vormittags angerufen, aber festgestellt, dass Teichman nicht in der Gemeinde in Jaffa war, sondern sich nach Angaben einer seiner Mitarbeiter zu Hause befand. Also waren sie nach Bnei Brak gefahren, mitten in das orthodoxe Vorstadtviertel Tel Avivs.

Yossi manövrierte den Polizeiwagen durch die engen Gassen, in der nicht wenige Häuser regelrecht baufällig aussahen und eine Sanierung bitter nötig gehabt hätten. Die meisten Mehrfamilienhäuser waren in dem gleichen Baustil errichtet wie der Rest der Gebäude in Tel Aviv. Nur, dass in Bnei Brak sämtliche Balkone verschlossen und überdacht waren. In dieser kinderreichen Gegend zählte jeder Quadratmeter. Selbst die kleinsten Hausvorbauten wurden als Wohnraum genutzt. Die Fenster waren klein und vergittert. Man sah kaum Klimaanlagen, die sonst im Rest der Stadt überall an den Häuserwänden klebten und so das Stadtbild prägten. An den meisten Gebäuden hing frisch gewaschene Wäsche, die, dominiert von den Farben Schwarz und Weiß, in dem leichten, heißen Westwind flatterte. Assaf entdeckte immerhin ein paar pink- und orangefarbige Handtücher, die einen Hauch von Heiterkeit in die vorherrschende Tristesse zu bringen versuchten.

An jeder zweiten Ecke befand sich eine Synagoge, eine Yeshiva, ein Kollel oder alles zusammen. An den Türen davor schien sich das Leben zu sammeln. Männer jeden Alters rauchten hastig eine Zigarette zwischendurch oder führten ihre in den Lehrstunden begonnenen Debatten weiter. Sie fuhren an kleinen Bäckereien und Fleischereien vorbei, in denen es zwei Eingänge gab. Einen für Frauen und einen für Männer. An den meisten Bushaltestellen hingen keine Werbeplakate, und wenn doch, dann zeigten sie entweder nur Männer oder waren abgerissen worden. Auf den kleinen Nebenstraßen gab es niemanden, der ohne Kippa lief. Die meisten jedoch trugen schwarze Anzüge und versteckten ihre ernsten, nachdenklichen Gesichter unter großen Hüten. Aber vor allem schienen die Bürger von Bnei Brak viel zu warm angezogen für diese Hitze. Das war aber auch kein Wunder, denn überall hingen große Schilder, die zu einem »züchtigen« Bekleidungsstil aufforderten. Und das bedeutete vor allem für Frauen langärmlige Kleidung, auch wenn die Sonne erbarmungslos mit 38 Grad auf die orthodoxen Straßen schien.

Josh Teichman wohnte in einem der neueren Häuser an der Ecke, an der sich die beiden Straßen Rashi und Ba'al Shem Tov trafen. Das Gebäude machte einen viel besseren Eindruck als all die Häuser, die sie auf dem Weg hierher in dem Viertel gesehen hatten. Der Eingangsbereich war weitläufig, es gab sogar einen Fahrstuhl. Die beiden Polizisten entschieden sich für die Treppe. Auf dem Weg nach oben sahen sie sich aufmerksam in dem hellen Hausflur nach der richtigen Wohnung um.

Nach kurzer Zeit entdeckten sie das Apartment mit der Nummer sieben. Assaf drückte zweimal kurz auf die Klingel. Teichman öffnete die Tür so schnell, als hätte er dahinter auf sie gewartet. Der junge Mann mit den rotblonden Haaren hatte ein extrem blasses Gesicht, und Assaf konnte nicht ausmachen, ob Teichman immer so aussah oder ob der Vertraute des Rabbiners krank war. Er bat die beiden Polizisten herein und führte sie in das Wohnzimmer, wo er sie auf dem Sofa Platz nehmen ließ. Der Raum war recht spärlich eingerichtet. Über der Tür hing das gleiche Bild von dem gelehrten Rabbiner und seinem Schüler, das Assaf bereits in der Wohnung des Rabbiners in Bet Schemesch gesehen hatte. Ansonsten waren die Wände kahl. Neben dem Sofa befand sich eine Art Spielecke, in der, verstreut auf einer dunkelblauen Decke, bunte Spielsachen lagen. Von den Kindern schien aber keines zu Hause zu sein, denn in der Wohnung herrschte Totenstille.

Teichman rückte nervös seine schwarze Kippa zurecht, die er mit einer kleinen Spange an den dünnen Haaren befestigt hatte. »Was kann ich für euch tun?«, fragte er schließlich auf Englisch.

»Wie du weißt, ermitteln wir im Mordfall an dem Rabbiner Zvi Ben Avraham«, begann Assaf.

»Zichrono livracha, sein Andenken sei gesegnet«, warf der religiöse Mann ein.

»Mein Kollege hat ja schon vor einer Weile mit dir über deine Beziehung zu dem Rabbiner gesprochen. Du warst sein Chasan und wirst jetzt die Gemeinde übernehmen?«

»Das ist richtig.«

»Wir sind bei den Ermittlungen auch darauf gestoßen, dass der Rabbiner zwischen 1997 und 1999 an einem Kollel in Antwerpen gelernt hat«, fuhr Assaf fort, »Du warst zu der Zeit ebenfalls an einer Yeshiva, die ganz in der Nähe lag.«

»Dort bin ich dem Rebbe zum ersten Mal begegnet.«

»Rabbi Avraham war in einem Kollel, du in der Yeshiva. Wie habt ihr euch kennengelernt?«

»Die Yeshiva war an ein Internat angeschlossen, meine Eltern haben eine Weile in Brüssel gelebt und wollten, dass ich auch dort die religiöse Ausbildung, die ich zu Hause in den USA angefangen hatte, weiterführe. Das ging nur in einem Internat.«

»Und wie hast du den Rabbiner kennengelernt?«, wiederholte Assaf seine Frage.

»Die Studenten des Kollels haben manchmal auf uns aufgepasst.«

»Sie haben auf euch aufgepasst …«, wiederholte Assaf skeptisch. »Zwei Jahre später wurde bekannt, dass 1999 mehrere Jungen an der Yeshiva missbraucht wurden. Einer der ehemaligen Schüler machte einen Film über die beiden Kollel-Studenten, die sich an den dreizehn-, vierzehnjährigen Jungen vergangen hatten.« Assaf sah Josh Teichman lange an, aber der Mann wich seinem Blick aus. »Hast du diesen Film gesehen?«

Der Mann schüttelte heftig den Kopf.

Als er nichts weiter sagte, fuhr der Kommissar fort. »Joshua, wir haben einen Ordner auf dem Laptop des Rabbiners gefunden, der Bilder von Yeshiva-Schülern enthält. Bilder, auf denen sie keine Kleidung trugen. Einer der Ordner trug den Namen Joshua. Und der Junge, den wir auf den Bildern gesehen haben, hatte eine erstaunliche Ähnlichkeit mit dir.« Als Josh Teichman weiter schwieg, fügte Assaf schließlich hinzu: »Vielleicht ist Missbrauch nicht das richtige Wort. Aber dich und den Rabbiner verband eine besondere Beziehung. Ist das richtig?«

Teichman nickte zögerlich. »Er hat mich besonders oft besucht.«

»Weil er dich besonders mochte?«, fragte der Kommissar vorsichtig.

»Kommissar Rosenthal, ich bin nischt a meshugener. Ich visn …«, verfiel der Mann ins Jiddische.

»Was weißt du?«, fragte Yossi, der im Gegensatz zu Assaf einige Brocken der Sprache verstand.

»Dass das nicht normal war.«

»Aber du hast den Kontakt zu Zvi Ben Avraham trotzdem aufrechterhalten und bist sogar nach Israel gezogen.« Der Kommissar konnte sein Unverständnis kaum verbergen.

»Das hatte nichts mit Rabbi Avraham zu tun. Ich bin nach Israel gekommen, weil ich hier an einer Yeshiva selbst lehren sollte.«

»Und dann hast du den Rabbiner wiedergetroffen?«

Teichman nickte.

»Und plötzlich war alles so wie früher«, sagte Yossi einfühlsam, »Und als der Rabbiner dir angeboten hat, sein Chasan zu werden, konntest du nicht anders als zusagen.«

»Es war eine Ehre, dass er mich gefragt hat«, sagte der Mann leise und wickelte nervös seine Schläfenlocken um den Finger.

»In Antwerpen hat der Rabbiner mehrere Kinder missbraucht. Weißt du, ob der Rabbiner auch in Israel damit weitermachte?«, wollte Assaf wissen.

»Wir waren doch keine Kinder mehr. Wir hatten ja schon die Bar Mizwa absolviert. Damit ist man mündig, erwachsen und verantwortlich für seine Taten«, sagte Josh Teichman mechanisch, ganz so, als hätte er sich sein ganzes Leben lang mit dieser Antwort beruhigt. Vielleicht war es auch der Rabbiner selbst, der ihm diese zynische Erklärung eingebläut hatte.

»Aber mit dreizehn ist man doch noch nicht erwachsen. Ihr wart Schutzbefohlene, und Zvi Ben Avraham hat das ausgenutzt«, platzte es aus dem Kommissar heraus.

»Er war schwach. Sein jetzer rah, der böse Trieb, hatte für wenige Momente über ihn gesiegt. Er bereute seine Taten zutiefst«, erklärte Josh Teichman mit weinerlicher Stimme.

»Hat er dich deswegen zu seinem Vorbeter ernannt? Um wiedergutzumachen, was er dir angetan hat?«

»Er hat ihn zu seinem Vorbeter gemacht, weil Joshua ausgesprochen klug ist und sich den Studien mit voller Hingabe widmet«, klang plötzlich eine Frauenstimme durch den Raum.

KAPITEL 17

Assaf, Yossi und Josh Teichman drehten sich zeitgleich um. In der Wohnzimmertür stand eine junge, gutaussehende Frau von etwa Mitte zwanzig. Sie trug einen langen, braunhaarigen Bob, der ganz sicher nicht aus ihren echten Haaren bestand. Ihre Augen funkelten die Polizisten böse an.

»Ich nehme an, du bist die Frau von Joshua? Mein Name ist Assaf Rosenthal, das ist mein Kollege Yossi Hag. Wir sind von der Polizei.«

»Ja, das ist meine Frau Miriam«, erklärte Josh Teichman zerstreut. Man sah ihm deutlich an, dass ihn die ganze Situation überforderte. »Entschuldigt mich bitte kurz«, sagte er schließlich und verließ fluchtartig den Raum.

Assaf und Yossi sahen einander ratlos an.

Miriam Teichman kam näher und setzte sich auf den Sessel, von dem ihr Mann soeben aufgesprungen war. »Kann ich euch in der Zwischenzeit weiterhelfen?«, fragte sie betont freundlich und zeigte beim Lächeln ihre strahlend weißen, perfekten Zähne.

»Ich bin mir nicht sicher«, erwiderte der Kommissar zögernd. »Wir haben eigentlich mit deinem Mann über sein Verhältnis zu dem ermordeten Rabbiner gesprochen.«

»Und es interessiert euch nicht, wie ich zu dem Mann stand?«, fragte sie geradeheraus. Dabei sah sie dem Kommissar direkt in die Augen.

»Doch, natürlich«, stotterte Assaf über die forsche Art der Frau irritiert.

»Ich habe ihn nicht besonders gemocht. Natürlich ist es furchtbar, wie er gestorben ist. Das hat niemand verdient. Aber Joshua wird ein wunderbarer Rabbiner an seiner Stelle werden. Er hat so ein gutes Herz.«

»Du weißt, wie sich der Rabbiner und Joshua kennengelernt haben?« Assaf sah die Frau fragend an.

»Ich kenne die besonderen Umstände.«

»Hat er sich dir anvertraut?«

»Mein Mann hat seit jeher mit regelmäßigen Panikattacken zu kämpfen. Sagen wir so, ich weiß, wer daran die Schuld trägt.«

»Sind Panikattacken die einzigen Symptome?«, fragte Yossi. Er lehnte sich dabei etwas vor, so dass ihn die Frau besser sehen konnte.

Miriam Teichman überlegte kurz und sagte schließlich mit fester Stimme: »Von nun an wird es ihm hoffentlich besser gehen.«

»Entschuldige, wenn ich das frage, reine Formalität, aber wo warst du an dem Tag der Demonstration?« Assaf konnte nicht anders, als so vorsichtig und höflich zu fragen. Irgendetwas an der Frau schüchterte den Kommissar geradezu ein.

»Natürlich. Ich verstehe, dass du das fragen musst. Ich war in meinem Laden.«

»Was für ein Laden?«

»Ich führe einen Laden für Sheitel. Oder wie ihr sagen würdet: Perücken. An dem Vormittag hatte ich eine Wagenladung Kundinnen im Geschäft, die alle bestätigen können, dass ich da war.«

»Wo ist dein Laden?«

»Hier in Bnei Brak, nur ein paar Straßen weiter. Ich komme gerade von dort.«

Assaf sah die Frau nachdenklich an. Wahrscheinlich hatte sich in dem kleinen Schtetl wie ein Lauffeuer verbreitet, dass zwei Polizisten bei der Familie Teichman aufgetaucht waren, und daher war Miriam Teichman schnell nach Hause geeilt.

In dem Moment kam Josh Teichman zurück in das Wohnzimmer. Er schien sich das Gesicht gewaschen zu haben. An seiner Stirn hingen noch ein paar Wassertropfen. Miriam Teichman sah ihren Mann an. Selbst wenn sie wollte, könnte sie ihm die Tropfen nicht abwischen. »Habt ihr noch weitere Fragen?«, sagte sie schließlich in Richtung der beiden Polizisten.

»Joshua, kennst du die anderen Jungen von den Fotos? Moshe, Samuel, Jonathan oder David? Lebt irgendeiner von denen auch in Israel?« Assaf sah den Mann eindringlich an.

Teichman schüttelte den Kopf. »Davon weiß ich nichts.«

Miriam Teichman erhob sich von dem Sessel. »Wenn ihr dann keine weiteren Fragen habt, würden wir das Gespräch gerne beenden«, sagte sie kühl. »Unsere Kinder müssen aus dem Kindergarten abgeholt werden. Das Leben geht ja schließlich weiter.«

»Was, wenn der Rabbi auch in Israel weiterhin Jungen missbraucht hat? In seinen Jugendgruppen zum Beispiel?«, fragte Assaf, als sie wieder im Wagen saßen. Ihm fiel die seltsame Reaktion von Malek Abu Najib ein, als er ihn nach dem Rabbiner gefragt hatte. Damals konnte sich Assaf keinen rechten Reim darauf machen. Was, wenn ...?

»O Gott, meinst du, der hat deswegen überhaupt nur diese Gruppen gegründet?«, unterbrach Yossi seinen Gedanken und sah ihn kurz entsetzt an, bevor er wieder auf die Straße schaute.

»Ich habe keine Ahnung. Ich weiß gar nichts mehr. Wir sind ewig diesem Immobiliengeflecht nachgerannt, und am Ende war das alles umsonst. Das ärgert mich, verdammt noch mal.«

»Aber Schlomo hat doch so lange gebraucht mit der Auswertung. Was hätten wir währenddessen machen sollen? Rumsitzen und Däumchen drehen? Außerdem liefern diese Immobiliengeschäfte, in die der Rabbiner verwickelt war, ja durchaus Mordmotive.«

»Und dann die Sache mit Jimi Palmer. Gibt es zwei Mörder? Oder wusste Palmer womöglich von den Neigungen seines Vaters? Mann, der Fall fliegt uns gerade komplett um die Ohren.«

»Assaf, ich werde jetzt die Parkour-Jungen überprüfen. Und dann ...« Er führte seinen Satz nicht zu Ende, ein anderer Autofahrer hatte ihm die Vorfahrt genommen, und Yossi musste unter wütendem Hupen ausweichen.

»Lass uns damit am besten jetzt gemeinsam anfangen. Ich werde als Erstes einmal mit Malek Abu Najib sprechen. Und morgen fahre ich nach Jerusalem.«

Am nächsten Tag, direkt nach dem gemeinsamen Mittagessen mit Yossi, bei dem sie ihre bisherigen Vernehmungen mit einigen Jugendlichen der Parkour-Gruppe resümiert hatten, fuhr Assaf nach Jerusalem. Bisher war nicht viel bei den Befragungen herausgekommen. Malek Abu Najib hatten sie gar nicht erst angetroffen, und die anderen arabischen Jugendlichen waren den beiden Polizisten gegenüber nicht besonders gesprächig gewesen. Dass es so laufen würde, war dem Kommissar auch vorher klar gewesen und einer der Gründe, warum er gehofft hatte, dass sie nicht jeden einzelnen der Jungen überprüfen mussten. Was ihn besonders wütend machte, war die Tatsache, dass sicherlich jeder von ihnen genau Bescheid wusste. Über die Einbrüche beim Rabbiner und bei Mary Palmer. Und wenn der Rabbi in Jaffa ebenfalls Jungen missbraucht hatte, dann ganz sicher auch darüber. Aber sie waren so gesprächig wie Mitglieder der Cosa Nostra, und so stießen Assaf und sein Kollege, wohin sie sich auch drehten, auf meterhohe Mauern des Schweigens. Diese fruchtlosen Befragungen zermürbten ihn, und auch wenn es vielleicht nicht fair war, Assaf war froh, dass Yossi sich darum kümmern würde. Sein Kollege wiederum war beruhigt, dass er nicht mit nach Jerusalem fahren und sich dort die Details von der Sonderkommission im Fall der missbrauchten Kinder anhören musste. Alles in allem hatten sie sich also gut arrangiert.

Da sich das Hauptquartier der Polizei in Ost-Jerusalem befand, fuhr Assaf auf der Landstraße 443 in die Hauptstadt. Die Straße verlief östlich von Modi'in und führte stellenweise durch das Westjordanland. Sie war der schnellste Weg, um von Tel Aviv nach Jerusalem zu kommen, vor allem, wenn man in die Altstadt oder in den Ostteil gelangen wollte. Die wenigsten Touristenbusse jedoch machten von der Fernstraße Gebrauch. Zu seltsam sah es um sie herum aus. Sie war eine Strecke im Nirgendwo, zwischen hohen Kalksteinmauern und Stacheldrahtzäunen eingeklemmter Beton, und nur selten konnte man hinter all den Mauern und Zäunen die atemberaubende Landschaft des Westjordanlandes mit ihren saftig grünen Hügeln erkennen. Assaf, der einen Teil seiner Militärzeit in der West Bank verbracht hatte, waren die Straße und ihre Schilder vertraut. Die palästinensischen Dörfer Bayt Ghur al-Foqa, Bayt Ghur al-Tahta, das Kalandia-Flüchtlingslager, die hohen Häuser von Ramallah und die jüdische Siedlung Giv'at Ze'ev. Der Unterschied zu damals war, dass sich in den Jahren der zweiten Intifada kein ziviler Wagen aus Israel auf diese Straße getraut hätte. Lediglich schwere Militärjeeps, in ihnen bis auf die Zähne bewaffnete Soldaten, waren die Strecke entlang gerollt.

Der Kommissar passierte einen streng bewachten Checkpoint und folgte der Straße in Richtung Jerusalem Zentrum. Nun wurde es um ihn herum lebendiger, und schnell befand er sich im Herzen Ostjerusalems. Das Polizeiquartier lag am Rande des arabischen Stadtteils Sheikh Jarrah, das zu dem Teil der Stadt gehörte, den die Palästinenser als Hauptstadt ihres Staates beanspruchten. Assaf fuhr an einem palästinensischen Sammeltaxi, laut Schild auf dem Weg nach Jenin, vorbei und steuerte den Wagen weiter zum Polizeigebäude auf dem Kiryat HaMemshala. Der moderne Gebäudekomplex lag auf dem Platz zwischen Moscheen und alten arabischen Gebäuden wie ein UFO, das aus Versehen im falschen Land gelandet war. Befürworter der Teilung Jerusalems argumentierten, dass sich der Ostteil der Stadt sowieso fast komplett in arabischer Hand befand, das waren jedoch Argumente, die der Kommissar nicht gelten ließ. Für ihn war das gesamte, vereinigte Jerusalem die Hauptstadt des jüdischen Staates, und wenn es nach ihm ging, sollte das auch so bleiben.

Assaf parkte den Wagen und lief ein paar Schritte zur Sicherheitskontrolle. Im Gegensatz zu ihrer Dienststelle in Tel Aviv war das hier eine Art Hochsicherheitstrakt, den nur sehr wenige Menschen von außen betreten durften. Da Assafs Freund Ehud Pery ihn jedoch angemeldet hatte, konnte der Kommissar die Sperren schnell passieren. Am Eingang empfing Pery ihn bereits mit offenen Armen. Nachdem er den Kommissar ausführlich in seiner Dienststelle herumgeführt hatte, gingen die beiden Männer in Perys Büro. Bevor sie sich hinsetzten, blieben sie einen Moment lang vor den großen Fenstern in dem Raum stehen. Der Ausblick war fantastisch. Vom achten Stock aus überblickten sie einen weiten Teil des Westjordanlandes und konnten bis nach Jericho sehen.

»Und du arbeitest jetzt also im Kommissariat für Sexualdelikte. Da hast du dir ja eine schlimme Abteilung ausgesucht«, meinte Assaf schließlich, nachdem Perys Sekretärin sie mit Kaffee und Kuchen versorgt hatte.

»Das ist irgendwie so gekommen. Ich weiß eigentlich auch nicht, wie ich ausgerechnet hier gelandet bin.«

»Das muss doch furchtbar anstrengend sein. Um was für Angelegenheiten kümmerst du dich denn so?«

»Ich habe weniger mit den akuten Missbrauchsfällen zu tun, sondern verfolge den Missbrauch von Kindern im Internet. Ich bin sozusagen einer von den Cybercops.« Beim letzten Wort grinste Ehud Pery.

»Cybercops. Ihr sucht also nach Kinderpornografie im Internet?«

»Im Prinzip schon, natürlich vor allem solche Seiten und Chats, die von Israelis besucht oder sogar aus dem Land betreut werden.«

»Ich kann mir gar nicht vorstellen, dass es da so viele gibt«, sagte Assaf verwundert.

»Oh, da irrst du dich. Ein Großteil des Materials stammt zwar von Servern in den USA und Russland, aber unter den rund 13 000 Webseiten, die im vergangenen Jahr allein von der Organisation ›Internet Watch Foundation‹ lokalisiert wurden, befanden sich auch unzählige Webseiten mit dem Ländercode.ps.«

»Was?« Der Kommissar sah seinen Kollegen überrascht an. »Ps sind doch die palästinensischen Autonomiegebiete?«

»Genau. In den letzten zwei Jahren beobachten wir daneben einen Anstieg von Hacker-Aktivitäten. Ganz normale legale Webseiten werden genutzt, um die verbotenen Inhalte zu verbreiten. Daneben gibt es Pornoseiten, die mit einem speziellen URL-Code plötzlich Videos und Bilder von Kindern zeigen. All diese verschiedenen Plattformen versuchen wir, nachzuverfolgen«, erklärte Ehud, während er ein Stück Kuchen in die Hand nahm und herzhaft abbiss.

»Die berühmte Stecknadel im Heuhaufen …«

»Absolut. Das ist eine gigantische Maschinerie, in der es um viel Geld geht.«

»Wie alt sind die Opfer so?«, wollte Assaf wissen.

»Auf den Seiten und Materialien, die wir finden, sind gut 75 Prozent der Kinder zehn Jahre und jünger. Siebzig Prozent der Bilder und Videos zeigen sexuelle Aktivitäten.«

»Was bedeutet das?«

Pery legte den Kuchen auf den Teller zurück und wischte sich mit einer Serviette den Mund ab. »Es gibt Bilder von Kindern, die sexuelle Handlungen an sich selbst vornehmen oder mit anderen Kindern sexuell interagieren. Aber auch Bilder von sexuellen Übergriffen auf Kinder durch Erwachsene. Da wird dann Geschlechtsverkehr mit kleinen Mädchen und Jungen gezeigt, anal, oral, manchmal spielen auch Tiere eine Rolle. Zehn bis zwanzig Prozent der User sind Missbraucher. Das heißt, sie schauen nicht nur die Bilder an, sondern werden auch selbst aktiv.« Er griff wieder nach seinem Kuchen.

»Was sind das für Menschen?«, fragte Assaf, der nicht einmal daran denken konnte, jetzt etwas zu essen.

»Die Täter kommen aus allen Schichten. Gerade im Internet fühlen sie sich hinter ihren gefakten Identitäten sicher. Wir haben den alleinstehenden Mann, der noch bei seiner Mutter wohnt, genauso wie den gutbürgerlichen Familienvater. Und auf nicht wenigen Bildern sind auch Frauen zu sehen, erst vor kurzem bin ich auf dieses Foto hier gestoßen.« Kommissar Pery klickte kurz auf seinem Bildschirm hin und her und öffnete ein Bild, das eine erwachsene Frau zeigte, die sich mit gespreizten Beinen auf einem Bett räkelte. Zwischen ihren Schenkeln lag ein etwa fünfjähriger Junge. »In diesem speziellen Fall konnten wir den User noch nicht finden. Das dauert manchmal Monate.«

Assaf atmete tief ein. »Ich weiß nicht, wie du das aushältst, achi. Mich macht das total fertig.«

»Einer muss es ja machen.«

Die beiden Kommissare sahen sich einen Moment schweigend an. Schließlich kamen sie auf den aktuellen Fall zurück, in den auch der Rabbiner verwickelt war.

»Das passiert natürlich schon, dass Orthodoxe in Missbrauchsfälle verwickelt sind«, stellte Ehud sachlich fest.

»Allerdings bin ich dagegen, das an die große Glocke zu hängen. Auf der Welt gibt es schon genug Menschen, die unsere Rabbiner als Kinderschänder bezeichnen.«

»Da hast du recht«, pflichtete Assaf ihm bei.

»Hast du mitbekommen, was allein in Deutschland vor ein paar Monaten los war? Da wollten sie die Beschneidung verbieten. Was da für vulgäre Kommentare über die kinderblutsaugenden Rabbis gemacht wurden! Widerlich.«

»Wie damals im Mittelalter«, kommentierte der Kommissar kopfschüttelnd.

»Eben. Aber natürlich kommen Kinderschänder aus allen Bereichen der Gesellschaft. Hier in Israel sind eben auch Rabbiner darunter. Und über die wird dann geredet, nicht über den Durchschnittsbürger.«

»Habt ihr denn schon eine Spur, wer hinter der Webseite steckt, die der Rabbiner besucht hat?«

»Wir haben sie erst einmal unter Beobachtung genommen. Wenn ich nicht hier gemütlich bei Kaffee und Kuchen sitze, wühle ich mich durch Chatprotokolle, bei denen dir schlecht wird.« Ehud Pery verzog sein Gesicht zu einer Grimasse.

»Ja, das hat mein Chef von der Spurensicherung schon angedeutet.«

»Im Moment haben wir ein paar Nutzer herausgefiltert. Einen Professor, einen Journalisten und einen Bauarbeiter. Zwei Juden und einen Araber, wenn du es genau wissen willst. Wir sammeln jetzt fleißig Informationen, und dann werden wir in den nächsten Tagen zugreifen und alles sicherstellen, was wir bei denen finden können. Manchmal wird der Missbrauch auch in den Wohnungen der Täter durchgeführt und aufgezeichnet. Da suchen wir nach Spuren.« Pery überlegte einen Moment und fügte dann hinzu: »Von deinem Rabbiner haben wir nicht viel gefunden. Kann sein, dass er die Seite erst seit kurzem nutzte.«

»Er hat selbst auch Fotos von Jungen in einer Yeshiva gemacht. Und hier in Israel hat er mehrere arabische Jugendzentren betreut.«

»Dann würde ich da nach den Opfern suchen.«

Assaf nickte nachdenklich. »Aber ich verstehe das nicht. Der Rabbi war ein Lebemann, bevor er fromm wurde. Er hat einen unehelichen Sohn und ist seit über zwanzig Jahren verheiratet.«

»Nicht alle Männer, die Kinder missbrauchen, sind Pädophile im engen Sinn. Im Gegenteil, viele Pädophile vermeiden reale sexuelle Kontakte zu Kindern. Kindesmissbrauch wird zu neunzig Prozent von Tätern ausgeübt, deren sexuelle Präferenz Erwachsenen gilt.«

»Wieso machen die das?«

»Kinder sind leichter verfügbar. Manchmal geht es um Macht, manchmal leiden die Täter unter psychischen Krankheiten. Oft gibt es eine Lehrer-Schüler-Beziehung zwischen Täter und Opfer. Wir sprechen da von erotisierten pädagogischen Beziehungen. Das könnte auf euren Rabbiner zutreffen.«

»Angenommen, er hat auch hier in Israel Kinder oder Jugendliche missbraucht. Wie komme ich an die Opfer heran?«

»Das ist natürlich ein extrem schwieriges Unterfangen. Viele sind eingeschüchtert, manchmal reden sie erst dann mit der Polizei, wenn sie sich vorher bereits jemandem anvertraut haben.«

»Und wem würden sie von dem Missbrauch erzählen?«

»Jemandem, dem sie vertrauen oder der für sie verantwortlich ist. Eltern, Geschwister, manchmal auch Lehrer.
Meist sind es auch diese Personen, welche die Kinder dann
überzeugen auszusagen. Aber das kann dauern. Im Durch-
schnitt müssen die Kinder sieben Erwachsene ansprechen,
bis ihnen einer glaubt.«

Als Assaf wieder im Wagen saß, ließ er die Fenster herunter
und zog gleichmäßig atmend die Jerusalemer Luft ein. Auf
dem Berg war es angenehmer als am Mittelmeer. Die Luftfeuchtigkeit war nur halb so hoch, und es wehte sogar ein
frischer Wind, den er sich nun mit geschlossenen Augen
um die Nase wehen ließ. Der Kommissar brauchte einen
Moment, um all die Informationen, die auf ihn eingepras-
selt waren, zu verarbeiten. Der Fall machte ihm zu schaffen, und das nicht nur, weil sein Chef Chaim Wieler, seit
bekannt geworden war, dass der Rabbiner Jungen missbraucht hatte, ihm noch mehr Druck machte. Er hatte
kaum noch Energie, den Menschen zu finden, der auf den
Rabbiner eingestochen hatte. Denn je mehr Zeit er damit
verbrachte, die Lebensumstände des Opfers kennenzulernen, desto deutlicher wurde, dass das Opfer eigentlich ein
Täter war. Assaf erwischte sich sogar bei dem Gedanken,
dass es vielleicht ganz gut war, dass jemand dem Treiben
des sogenannten Rabbiners ein Ende gesetzt hatte.

Er startete den Wagen und ließ ihn langsam aus der Park-
lücke rollen. Er fuhr durch die Hauptstadt, und als er einige
Minuten später ein Schild passierte, das den Weg nach Bet
Schemesch anzeigte, folgte er diesem spontan, anstatt auf
direktem Wege nach Tel Aviv zurückzufahren.

Knapp vierzig Minuten später saß er im Wohnzimmer der Rebbezin. Er wusste selbst nicht ganz genau, was er dort wollte. Was er die Frau des Rabbiners fragen könnte oder was sie sagen sollte, das ihn beruhigt hätte. Vielleicht wollte er sich nur vergewissern, dass sie nichts von den perversen Präferenzen ihres Mannes gewusst hatte.

»Was kann ich für dich tun, Kommissar Rosenthal?«, fragte Sara Ben Avraham leise, während sie sich hinsetzte.

»Wir haben den Computer deines Mannes gefunden und sind dort auf einige schockierende Dateien gestoßen.«

Die Frau erstarrte einen kurzen Moment lang. Dann nickte sie leicht.

»Du weißt Bescheid?«

»Meine Schwester rief mich vorhin an. Auch wenn es uns eigentlich nicht erlaubt ist, hat wohl irgendjemand Nachrichten im Internet gelesen. Und als dort von …«, sie zögerte bei der Formulierung, »einem Skandal die Rede war, in den auch ein kürzlich verstorbener Rabbiner verwickelt sei, habe ich geahnt, dass es um Zvi gehen muss.« Sara Ben Avraham schaute auf den Boden. Es war ihr spürbar unangenehm, über das Thema zu sprechen.

Assaf beobachtete die Frau nachdenklich. Er hatte nicht gewusst, dass bereits Informationen über die Sache in die Medien gedrungen waren. Der Kommissar war in den letzten Tagen so intensiv mit dem Fall beschäftigt gewesen, dass er nicht einmal dazu gekommen war, eine Zeitung zu lesen.

»Hast du es vorher schon geahnt? Ist dir einmal etwas aufgefallen?«

Sie schüttelte heftig den Kopf. Schließlich sagte sie mit brüchiger Stimme: »Zvi gehörte für mich zu den frommmsten, liebsten, besten Menschen, die ich kannte. Er hat sein Leben der Tora gewidmet. Und plötzlich soll er …« Sie stockte.

»Hat er viel Zeit mit den Jugendlichen verbracht?«

»Er hat ihnen doch geholfen. Das waren Kinder, um die sich sonst niemand gekümmert hat.«

Assaf hatte das Gefühl, ihre Worte schnürten ihm den Hals zu. Er atmete kurz tief ein, bevor er weiter fragte: »Hat er mal einen Jungen besonders erwähnt? Von ihm erzählt?«

Die Rebbezin hob abwehrend die Hände. »Er hat sich doch nur diese Bilder angesehen. Das heißt nicht, dass er auch in Wirklichkeit so etwas gemacht hat.«

»Wir wissen, dass dein Mann auch selbst Kinder missbraucht hat. Jungen von der Yeshiva, als er in Antwerpen war.«

Sie sah den Kommissar mit weit geöffneten Augen an. »Das kann nicht sein.«

»Unter den Jungen war auch Josh Teichman«, fügte Assaf hinzu.

»Joshua?« Sara Ben Avraham biss sich auf die Unterlippe. »Das kann nicht sein«, wiederholte sie.

»Sara, ich muss von dir wissen, ob dir irgendwann irgendetwas aufgefallen ist? Irgendein Junge, der einmal bei euch zu Hause war. Oder von dem Zvi erzählt hat.«

»Nein. Ich habe nie wirklich einen der Jugendlichen kennengelernt, die Zvi unterrichtet und betreut hat. Wenn überhaupt, habe ich sie nur von Weitem gesehen. Ich kenne nicht einmal ihre Namen.« Sie schlug die Hände vor ihr Gesicht. »Joshua war wie ein Sohn für meinen Mann«, sagte sie schließlich. »Wie ein Sohn …« Sie schaute den Kommissar an, es war das erste Mal, dass sie seinem Blick nicht auswich.

»Das tut mir leid.« Assaf wusste nicht, was er sonst sagen sollte. Er wartete einen Moment ab, ob die Rebbezin noch etwas von sich aus äußern würde. Als sie ihn nur stumm ansah, fragte er schließlich: »Ist dir sonst irgendetwas aufgefallen? Vielleicht auch erst nach dem Tod deines Mannes?«

Sie überlegte kurz. »Vor einigen Tagen bekam ich einen Anruf. Von einer jungen Frau namens Ifat. Sie fragte mich, wie es mir geht.«

»Ifat?« In Assafs Kopf überschlugen sich die Gedanken. »Aber du hast doch sicher viele Beileidsanrufe bekommen. Warum erinnerst du dich ausgerechnet an diesen?«

»Weil sie nicht angerufen hatte, um ihr Beileid auszusprechen. Meinen Mann erwähnte sie mit keinem Wort. Sie schien nur sicherstellen zu wollen, dass mit mir alles okay ist.«

KAPITEL 18

Als Assaf im Sourasky-Krankenhaus ankam, dämmerte es bereits. Er wusste, dass Ifat Abu Najib Nachtschicht hatte und er sie ganz sicher an ihrem Arbeitsplatz antreffen würde. Sie war erst gestern wieder zur Arbeit zurückgekehrt. Assaf vermutete, dass sie sich absichtlich für die Nachtschichten einteilen ließ, um ihrem Mann Ahmad so wenig wie möglich zu begegnen. Auf dem Weg hierher hatte er mit Yossi telefoniert. Sein Kollege war mit der Parkour-Gruppe nicht wirklich weitergekommen. Von den Jungen, mit denen er bereits gesprochen hatte, hatten die meisten ein Alibi. Sowohl für den Mord als auch für die Einbrüche. Auf die Frage nach einem potentiellen Missbrauch reagierten sie überrascht oder gaben vor, völlig ahnungslos zu sein.

Tief in Gedanken versunken, ging Assaf den schmucklosen Gang zur Station für Innere Medizin entlang. Am Informationstresen angekommen, fragte er nach Ifat. Kurze Zeit später kam die junge Frau, und sie gingen gemeinsam in eines der Schwesternzimmer.

»Wie geht es dir?«, fragte der Kommissar, nachdem die Krankenschwester die Tür hinter sich verschlossen hatte. Man konnte die Spuren ihrer Verletzungen noch immer deutlich erkennen. Ihre Oberlippe war noch immer leicht angeschwollen, und unter ihrem rechten Auge schimmerte ein Veilchen.

»Besser. Dank dir.«

»Hast du mit Boaz gesprochen?«

Sie nickte zögerlich.

»Und?«

»Ich will mich scheiden lassen. Die Kollegen von deinem Freund werden mir helfen.« Ifat blinzelte den Kommissar an. Sie sah fast ein wenig stolz aus.

»Gut.« Assaf nickte ihr zu. »Ich bin allerdings wegen etwas anderem hier.«

»Weswegen denn?« Sie sah ihn besorgt an.

»Ich glaube, dass der Rabbiner Jungen aus dem Jugendzentrum missbraucht hat«, sagte der Kommissar geradeheraus. »Vielleicht sogar Malek.«

»Ich ... ich ...«, stotterte sie. »Das kann nicht sein. Wie kommst du darauf?«

»Warum hast du bei Sara Ben Avraham angerufen und sie gefragt, wie es ihr geht?«

Ifat sah ihn überrascht an. Sie öffnete leicht den Mund und schien wie erstarrt, seine Frage hatte ihr förmlich die Sprache verschlagen. Erst nach einigen Sekunden antwortete sie zögernd: »Sie hat mir leidgetan.«

»Du wusstest von dem Missbrauch.« Assaf sah die Frau eindringlich an.

»Nein!«

»Warum hast du sie dann angerufen?«

»Weil ihr Mann gestorben war. Sie tat mir eben leid«, wiederholte Ifat Abu Najib trotzig.

»Wurde Malek auch missbraucht? Du musst mir die Wahrheit sagen!«

Sie schüttelte den Kopf. »Ich weiß es wirklich nicht«, sagte sie mit weinerlicher Stimme.

Als sich plötzlich die Tür öffnete und eine weitere Krankenschwester das Zimmer betrat, nutzte Ifat die Möglichkeit, der Situation zu entfliehen. »Ich muss jetzt wirklich weitermachen«, sagte sie so laut, dass ihre Kollegin es auch hörte. Als sie aufstand, beugte sie sich zu dem Kommissar herüber und flüsterte: »Assaf, ich kann dir wirklich nicht helfen. Es tut mir leid.«

Zwei Tage purer Ereignislosigkeit vergingen. Nichts bewegte sich, nichts regte sich. Irgendjemand schien den Pauseknopf an ihrem Film gedrückt zu haben. Der Kommissar hatte mehrmals versucht, Ifat und Malek Abu Najib zu erreichen, aber die beiden waren wie vom Erdboden verschluckt. Als er im Krankenhaus anrief, sagte man ihm, dass Ifat seit zwei Tagen nicht mehr bei der Arbeit erschienen war. Genau seitdem er sie dort aufgesucht hatte. Auch sein Freund Boaz und dessen Kollegen von der Frauenhilfsorganisation hatten nichts von Ifat Abu Najib gehört. Assaf machte sich ernsthaft Sorgen, dass ihr etwas zugestoßen sein könnte. Chaim Wieler rief mittlerweile im Stundentakt bei ihm an, was gar nicht seine Art war, denn normalerweise überschüttete der Chef seinen Lieblingskommissar geradezu mit Vertrauen. Assaf konnte sich die Aufregung nur damit erklären, dass Wieler von irgendwelchen Stellen unter Druck gesetzt wurde. Natürlich, sie hatten immerhin Jimi Palmers Geständnis, dass er seinem Vater über Wochen Arsen ins Essen gemischt hatte. Aber Palmer bestritt vehement, etwas mit dem Messerangriff auf den Rabbiner zu tun gehabt zu haben, und es gab schlichtweg keinen Grund, daran zu zweifeln. Die Sondereinheit um Ehud Pery hatte für die nächsten Tage mehrere Zugriffe vorbereitet, die für Aufmerksamkeit sorgen würden. Vielleicht machte der Täter dann einen Fehler. Bis dahin versuchten sie, ruhig zu bleiben und bei ihren Befragungen der arabischen Jugendlichen für möglichst wenig Aufsehen zu sorgen. Diese Tingelei führte sie jedoch nicht weiter, sie stießen überall nur auf hohe Mauern des Schweigens. Genauso wie die Charedim vertrauten die Araber der Polizei nicht. Auch sie regelten ihre Angelegenheiten lieber unter sich.

Insgesamt traten sie fürchterlich auf der Stelle. Und doch war sich Assaf aus irgendeinem Grund sicher, dass etwas auf sie zukam und sie nur geduldig darauf warten mussten. Dieses Gefühl erinnerte ihn an seine ersten Monate als Offizier. Damals war er in einer Einheit im Libanon stationiert gewesen. Mitten in Feindesgebiet. Wochenlang durften sie ihre Stiefel immer nur ein paar Sekunden zum Duschen ausziehen. Den Rest der Zeit klebten die schweren Schuhe an ihnen wie Kaugummi. Die Idee dahinter war, dass sie allzeit bereit sein sollten. Und so hatte Assaf wie ein Raubtier auf der Lauer auf den Angriff gewartet, während die Blasen an seinen Füßen immer größer wurden und sein ganzer Körper kribbelte – dieses besondere Kribbeln, das durch das Gefühl der Erwartung verursacht wurde. Es war die innere Melodie zu der berühmten Ruhe vor dem Sturm, die auch jetzt wieder durch seinen Körper klang. Ihnen fehlte immer noch ein wesentliches Stück in dem Puzzle. Und Assaf begann langsam zu ahnen, welches Stück das war.

Als Gili am Donnerstag aus der Schweiz zurückkehrte, machte sich der Kommissar nachmittags auf den Weg zu ihr. Eigentlich hatte er nur vorgehabt, seine Sachen abzuholen, aber dann freute er sich plötzlich doch sehr darauf, sie zu sehen. Es kam ihm seltsam vor, dass sie so viel Zeit miteinander verbracht hatten und dann von einem Tag auf den anderen nicht nur ihr gemeinsames Leben vorbei war, sondern auch jeder aus dem Leben des anderen geradezu verschwand.

Die Begrüßung mit seiner Exfreundin fiel allerdings anders aus, als der Kommissar sich das vorgestellt hatte. Als sie die Tür öffnete, hing sie aufgeregt gestikulierend am Telefon. Sie warf ihm nur kurz einen Luftkuss zu und deutete an, dass er in der Küche auf sie warten sollte. Aus dem Gespräch entnahm er, dass sie irgendeinem Journalisten ein Interview gab. Immerhin erfuhr er so indirekt, wie die Ausstellung gelaufen war. Der Kommissar füllte kaltes Wasser in eine Karaffe und setzte sich an ihren Küchentisch. Dort starrte er die Wand an. Durch seinen Kopf schwirrten Gedanken wie Heuschreckenschwärme. Wenn Jimi Palmer den Angriff auf seinen Vater bei der Friedensdemo nicht in Auftrag gegeben hat, wer war es dann? Welche Verbindung gab es, die er bisher vielleicht noch nicht gesehen hat? Wo befanden sich Ifat und Malek Abu Najib? War Malek von dem Rabbiner missbraucht worden?

Assaf ließ den Kopf in seine Hände sinken, er wurde noch verrückt. Nach ungefähr zwei Minuten griff er, um sich ein wenig abzulenken, nach dem El-Al-Magazin, das Gili aus dem Flieger mitgebracht hatte. Sie liebte diese Flugmagazine, warum, hatte der Kommissar nie verstanden. Während er versuchte, mitzuhören, was Gili dem Journalisten voller Euphorie erzählte, blätterte er lustlos durch das Journal. Er überflog einen Artikel über Rom, einen über Thailand. Das Entertainment-Programm an Board zeigte den Film »Secretariat«, eine wahre Geschichte über ein

US-amerikanisches Rennpferd. Er schaute sich die Weltkarte an, auf der alle Flüge der israelischen Linie eingezeichnet waren. Dann die Werbung, noch mehr Werbung. Plötzlich hielt der Kommissar inne. Er blätterte zurück und starrte gebannt auf eine Anzeige. Sie warb für eine besondere Kette. Eine Kette mit einem großen glitzernden Herzanhänger, wie er ihn schon einmal gesehen hatte. Der Clou war, dass sich in dem mit vielen kleinen Strasssteinen besetzten Herz, praktisch unsichtbar, ein USB-Stick verbarg.

Als Gili Deutsch kurze Zeit später endlich ihr Gespräch beendet hatte, war Assaf bereits verschwunden.

»Und? Was habt ihr gefunden?«, fragte der Kommissar ungeduldig, der hinter Schlomo Malul und seinen zwei Kollegen aufgeregt hin- und hertigerte.

»Rega! Hör auf mich zu stressen!«, erwiderte der Chef der Spurensicherung unwirsch.

»Mann, ihr braucht aber auch ewig. Seit einer Stunde starrt ihr nun schon auf den Bildschirm.«

»Hol mir mal Tamir aus der dritten Etage«, befahl Schlomo, ohne Assaf anzusehen.

»Tamir Roshfeld? Wieso der jetzt?«

»Weil der sich mit Finanzen und Controlling auskennt.«

Kurze Zeit später kam der Kommissar mit dem Kollegen Tamir Roshfeld im Schlepptau wieder zurück in Schlomos Büro. Die beiden diskutierten eine Weile angestrengt, und Assaf nutzte die Zeit, um schnell ein Avocado-Sandwich zu essen, das ihm Zipi, die geradezu magisch immer zu wissen schien, was den Kommissar beruhigen würde, vorbeigebracht hatte.

Gerade als Assaf den letzten Bissen herunterschluckte,

winkte Schlomo Malul ihn zu seinem Schreibtisch heran. »Also wenn ich, wenn wir das richtig interpretieren, befinden sich auf dem Stick sämtliche Informationen zur Abwicklung von irgendwelchen Immobiliengeschäften. Unter anderem geht aus den Transaktionsprotokollen hervor, dass das Geld, das die muslimische Gemeinde an den Rabbiner gezahlt hat, ursprünglich von einem iranischen Investor stammt. Dieser hat die Kohle stückchenweise erst in die Türkei überwiesen, von dort ging das Geld nach Gaza, von Gaza auf das Konto der Gemeinde von Mansour und von dort auf das britische Konto, das auf Mary Palmers Namen lief.«

Assaf schüttelte ungläubig den Kopf. »Warum haben die das Geld so hin und her geschoben? Und nicht direkt vom Iran nach Großbritannien überwiesen? Wäre das nicht viel einfacher gewesen?«

»Seit den Sanktionen und Embargos, mit denen der Iran belegt wurde, ist das wahrscheinlich gar nicht mehr so leicht«, kommentierte Tamir Roshfeld nachdenklich.

»Auf jeden Fall wird sich der Shabak oder Shin Bet oder der Mossad, einer von unseren geheimen Jungs, dafür interessieren.« Schlomo klopfte dem Kommissar anerkennend auf die Schulter. »Wie bist du denn überhaupt darauf gekommen, dass die Unterlagen bei Mary Palmer sind?«

»Als wir nach dem Einbruch zu ihr gefahren sind, ist mir ihre Kette aufgefallen. Und dann habe ich in einer Magazinwerbung entdeckt, dass sich in dem Anhänger ein USB-Stick verbirgt. Ich nehme an, die Einbrecher haben nach diesen Unterlagen gesucht. Oder eben nach dem Datenträger. Aber verdammt, uns bringt das ja gar nicht weiter. Dass der Rabbi über diese Unterlagen verfügte, ist ja kein Grund, ihn zu ermorden …«

»Vielleicht hat er Mansour damit erpresst?«, gab Schlomo zu bedenken.

»Vielleicht, vielleicht. Ach!«, rief Assaf genervt. »Ich werde noch verrückt mit diesem Rabbiner!«

Der Kommissar ging langsam in sein Büro zurück. Draußen war es mittlerweile dunkel geworden, und er konnte jetzt genauso gut nach Hause gehen. Als er den dritten Stock passierte, sah er, dass in Anats Büro noch Licht brannte, aber Assaf lief die Treppe weiter herunter. Sie würde schon zu ihm kommen, wenn sie so weit war. Er lief zu seinem Roller, und gerade als er sich hingehockt hatte, um das Schloss zu öffnen, klingelte sein Handy in der Hosentasche. Der Kommissar zog das Gerät unbeholfen aus der engen Hose und brummte eine Begrüßung in den Hörer. Am anderen Ende herrschte Stille.

»Hallo?«, fragte Assaf wütend. Er hatte jetzt wirklich keine Lust auf solche Spielchen.

»Kommissar, hier ist Malek. Du musst sofort kommen. Ahmad hat ... und Ifat ist ... Sie ist schwer verletzt. Ich weiß nicht, was ich tun soll ...«, stammelte der Junge aufgeregt.

»Ruf einen Krankenwagen und rühr dich nicht vom Fleck! Wo seid ihr?«

Malek erklärte ihm aufgeregt, dass er und Ifat sich in einem der Hangars am Hafen in Jaffa befanden. »Der mit der blauen Tür.«

Der Kommissar war die ganze Zeit davon ausgegangen, dass sich Ifat Abu Najib in einem Frauenhaus versteckt hielt. Was machte sie stattdessen auf dem Hafengelände? Assaf sprang schnell auf seinen Roller und raste los, eine riesige Staubwolke hinter sich herziehend. Wenige Minuten später erreichte er das Hafengelände. Er parkte direkt vor der Halle mit der blauen Tür, die Malek ihm beschrieben hatte. Es war eine der Hallen, in denen die arabischen Fischer ihre Ausrüstung verstauten. Es roch nach Fischabfällen und Diesel. Nicht weit von hier hatten gewiefte Investoren vor kurzem einen der Hangars ausgebaut und neu eröffnet. In den Restaurants, Bars und Galerien, die dort untergebracht wurden, tobte besonders abends das Leben, für das der Hafen Jaffas bekannt war. Aber hier am äußeren Ende des Geländes herrschte eine fast unheimliche Dunkelheit und Stille. Nur das leise Plätschern des Meeres im Hafenbecken und das Knarren der sich schaukelnd bewegenden Holzboote unterbrachen die Ruhe mit stoischer Gleichmäßigkeit.

Vor der eingezäunten Halle standen meterhohe Metallgerüste, auf denen Netze, Stricke und Säcke lagerten. Zwischen zwei Metallkonstruktionen hatte jemand eine Hängematte gespannt. Der Kommissar sah sich um, ob er in dem Metallzaun irgendwo ein offenes Tor entdecken konnte, musste aber enttäuscht feststellen, dass ihm wohl nichts anderes übrig blieb, als den Zaun hochzuklettern. Dieser war etwa drei Meter hoch und wegen seiner gefährlichen Spitzen, die wie kleine Dolche nach oben verliefen, nicht gerade leicht zu überqueren. Assaf krempelte entschlossen die Ärmel seines Hemdes hoch und sprang dann auf die erste Stange, die ganz unten über die vertikalen Gitter verlief. Von dort wollte er versuchen, sich Stück für Stück weiter hochzuziehen. Das Metall war von der salzigen Meeresluft ganz ölig. Zweimal rutschte der Kommissar kurz vor dem Ziel ab, beim dritten Mal schaffte er es endlich. So vorsichtig wie möglich hangelte er sich über die spitzen Enden und ließ sich dann langsam auf der anderen Seite des Zaunes heruntergleiten. Das Geräusch, das seine Hose dabei machte, gefiel ihm gar nicht. Rund zwei Meter über dem Boden sprang er deswegen ab und landete hart auf den Füßen. Er rückte seine Jericho im Hosenbund zurecht und lief ein paar Meter nach rechts. Der riesige Hangar lag wie ein Berg vor ihm, und nicht nur, dass er keine Ahnung hatte, wo genau sich Ifat und Malek befanden, er wusste auch nicht, wie er überhaupt in das Gebäude hineinkommen sollte.

Assaf versuchte, den Jugendlichen unter der Nummer zu erreichen, unter der Malek ihn vor ungefähr fünfzehn Minuten angerufen hatte. »Der gewünschte Gesprächspartner ist zurzeit nicht erreichbar, wird aber per SMS über ihren Anruf informiert«, sagte ihm eine teilnahmslose weibliche Stimme.

»Kus'emeck«, fluchte der Kommissar zurück.

Er ging ein paar Schritte auf den Hangar zu. Am Haupteingang des etwa zehn Meter hohen Gebäudes hing ein schweres Kettenschloss. Hier gab es kein Hereinkommen. Assaf lief mit großen hektischen Schritten um die Halle herum. Irgendwo und irgendwie mussten Ifat und Malek ja auch hereingekommen sein. Als er an die Rückseite des Gebäudes gelangte, entdeckte er im oberen Teil der Halle, in einer Art Giebel, eine große Öffnung. Das Loch war groß genug, um durchzuschlüpfen. Um dorthin zu kommen, musste er allerdings die Metallgerüste hochklettern, die auch hier herumstanden und mit unzähligen, zum Teil unidentifizierbaren Gegenständen zugestellt waren. Unbeholfen stieg der Kommissar auf die erste Etage der Konstruktion, die wie ein überdimensional großes Metallregal von Ikea aussah. Es gestaltete sich mühsam, in der Dunkelheit über all die Sachen und Gegenstände zu klettern, die hier herumlagen.

Gerade als Assaf zum nächsten Stock weiter hochsteigen wollte, bemerkte er, dass sich die Quasten seines linken Schuhs in einem Fischernetz verheddert hatten. Er schüttelte den Fuß und versuchte, mit den Händen das Netz von den Tasseloafer zu befreien. Seine stockdüstere Umgebung machte das Unterfangen nicht einfacher, und Assaf wünschte sich in diesem Moment sehnlichst eine kleine Taschenlampe herbei. Stattdessen nahm er kurzerhand sein iPhone in den Mund. Das Metall knirschte unangenehm an seinen Zähnen, er hatte Mühe, das gar nicht so leichte Gerät festzuhalten. Aber immerhin schenkte ihm das beleuchtete Display etwas Helligkeit. Vorsichtig zog der Kommissar die Quasten aus dem Netz. Dann kletterte er weiter. Nach unendlich anstrengenden Sekunden, die ihm wie Minuten vorkamen, erreichte er endlich das Loch im oberen Giebel.

In der Halle herrschte ebenfalls Dunkelheit, und Assaf konnte nicht einmal erkennen, was sich hinter der Öffnung befand. Wiederum leuchtete er mit seinem Smartphone den Weg und sah nun, dass sich in dem Hangar ein fast identisches Gerüst wie davor befand. Er würde also auf dem gleichen Weg hinuntergehen müssen, wie er hochgekommen war. Gerade, als er seinen Fuß auf die oberste Regaletage setzen wollte, sah er eine Art Lastenzug, an dem ein großer, verrosteter Haken hing. Der Zug führte in die Mitte der Halle hinein, und Assaf vermutete, dass er irgendwo näher am Boden enden würde. Der Kommissar zögerte einen Moment. Klettern oder Lastenzug? Er entschloss sich für den vermeintlich schnelleren Weg, zog sein Hemd aus und wickelte es zweimal um den Haken herum. Bekleidet nur noch mit einem weißen Feinripp-Unterhemd sprang Assaf mit Schwung an den großen Haken. Dabei zog er die Beine an und klemmte seine Füße um das schwere Seil, mit dem er sich nun langsam in Richtung Boden bewegte. Meter für Meter nahm der Zug an Fahrt auf, und schließlich raste der Kommissar mit einer ziemlichen Geschwindigkeit, an das Seil geklemmt wie ein Affe im Dschungel, durch den Hangar.

Als der Lastenzug an sein Ende gelangt war, ließ er sich, bevor das Seil zurückfederte, einfach fallen. Er wusste nicht, wie hoch in der Halle er sich noch befand, aber er hatte das Gefühl, dass es nicht mehr allzu hoch in der Luft sein konnte. Trotzdem stürzte er bei der Landung und schürfte sich die rechte Hand auf. Er drückte kurz seine Lippen auf die brennende Wunde, dann leuchtete er sich mit dem Smartphone seinen weiteren Weg. Der Kommissar konnte sein Glück kaum fassen, als er ganz in der Nähe eine große Petroleumlaterne fand. Glück auch, weil Assaf immer eine kleine Streichholzschachtel dabei hatte. Er kramte hektisch in seiner Hosentasche nach der Box. Dann drehte er den Schalter an der Laterne um und hielt das brennende Streichholz in die kleine Öffnung.

Nach einer Weile entzündete sich die Flamme, und Assaf griff nach dem Henkel. Mit der Lampe in der Hand drehte er sich einmal um 360 Grad. Nicht weit von ihm lagen mehrere schmale Gänge. Er vermutete, dass sich dort wahrscheinlich die Zimmer befanden, in denen die Fischer ihre persönlichen Gegenstände unterbrachten. Assaf lief in den ersten Gang hinein und rief Maleks Namen. Seine Stimme verhallte in der Tiefe des Hangars.

Nach einer Weile hörte er den Jungen zurückrufen. »Wir sind hier hinten. Im zweiten Zimmer von hinten, kurz vor der Wand.«

Wie auf Befehl rannte der Kommissar den Gang in Richtung Außenwand entlang. Ein paar Meter weiter entdeckte er Blutspuren auf dem Fußboden. Sie liefen allerdings in einen weiteren Gang, der rechts abging.

»Malek?«, rief Assaf erneut.

In dem Moment kam der Junge ihm entgegen gelaufen. Er winkte aufgeregt. »Hier hinten, hier hinten sind wir.«

Der Kommissar lief zu ihm und folgte dem Jungen. In einem ungefähr acht Quadratmeter kleinen Raum standen ein Bett, ein Schreibtisch und eine kleine Lampe. Auf dem Bett lag Ifat Abu Najib, sie schien das Bewusstsein verloren zu haben. Ihr Gesicht war geschwollen, und sie sah noch schlimmer aus als beim letzten Mal, als Assaf sie gefunden hatte. Der Kommissar drehte sie vorsichtig auf die Seite. Er entdeckte eine große Wunde, die an ihrem Hinterkopf klaffte.

»Hast du den Krankenwagen gerufen?«, fragte er den Jungen, der hinter ihm stand.

»Ja, aber die finden uns doch hier nie. Kommissar, ich habe … Ich wollte Ifat verstecken, aber Ahmad hat uns gefunden. Und ich wusste nicht, was ich tun soll. Er schlug immer weiter auf sie ein …«

»Wo ist er jetzt?«

»Ich weiß es nicht, er ist abgehauen, nachdem ich …« Malek sah ihn ängstlich an.

»Nachdem du was?«, fragte Assaf und fasste den Jungen an die Schulter.

»Ifat ist hingefallen, er hat auf sie eingetreten. Und ich

hatte ein Messer ...« Er schnappte nach Luft. »Damit habe ich auf ihn eingestochen.«

Daher also die Blutspuren im Gang. »Malek«, sagte Assaf eindringlich, während er sich zu ihm umdrehte, »gibt es hier irgendwo noch einen anderen Eingang als das Loch im Giebel?«

»Ja, da hinten ist eine kleine Tür. Ich habe einen Schlüssel.«

»Dann gehst du die jetzt öffnen, und wenn der Krankenwagen kommt, führst du die Ärzte hierher.«

»Ich kann Ifat nicht alleine lassen«, schluchzte der Junge.

»Ich bleibe bei ihr und passe auf sie auf.«

Malek nickte zögernd und rannte los. Im Türrahmen drehte er sich noch einmal kurz zum Kommissar um. »Ich wollte das nicht.«

»Ich weiß. Jetzt lauf!«, rief Assaf ihm zu, bevor die Dunkelheit den Jungen verschluckte.

Der Kommissar drehte sich zu Ifat. Er sprach die Frau leise an. Am meisten machte ihm die große Platzwunde an ihrem Kopf Sorgen. Er sah sich um, vielleicht gab es hier irgendwo einen Verbandskasten oder etwas, womit er die Blutung stoppen konnte.

Assaf suchte hastig den Schreibtisch ab. Dann das kleine Metallschränkchen, das neben dem Tisch stand. Gerade als er die unterste Schublade öffnen wollte, fiel sein Blick auf einen schwarzen Rucksack, der unter dem Tisch abgestellt worden war. Der Kommissar hielt inne. Irgendwo hatte er diesen Rucksack schon einmal gesehen. Er drehte sich kurz zu Ifat um, sie hatte die Augen geschlossen und atmete schwer. Assaf schaute zurück zu dem Rucksack. Dann zog er langsam den Reißverschluss auf. In der Tasche lag das blutverschmierte Messer, mit dem Malek Ahmad angegriffen hatte. Der Kommissar nahm es vorsichtig mit einem Stück Zeitung aus dem Rucksack und betrachtete es. Es gab keinen Zweifel. Horngriff. Hochglanzpolierte Edelstahlklinge. 33 Zentimeter lang. Frank-Beltrame-Springmesser. Die Worte von Schlomo Malul klangen in seinem Kopf nach. Es war das Messer, mit dem der Rabbiner erstochen worden war. Und der Kommissar war alles andere als überrascht.

KAPITEL 19

Als die Sanitäter kurze Zeit später den Gang entlang gelaufen kamen, hatte Assaf Ifat sein Unterhemd auf die Wunde gedrückt und stand nun mit nacktem Oberkörper neben der Verletzten. Der seltsame Aufzug konterkarierte die Worte, mit denen der Kommissar die Einsatzkräfte begrüßte: »Mein Name ist Assaf Rosenthal. Ich bin Kommissar der Mordkommission.« Aber glücklicherweise stellten die Mediziner keine Fragen.

Assaf folgte dem Krankenwagen mit dem Roller und erreichte das Krankenhaus fast gleichzeitig mit den Einsatzkräften. Die Ärzte führten Ifat Abu Najib in einen der Räume, und der Kommissar blieb mit Malek vor der Tür zurück. Der Jugendliche sah völlig verängstigt aus. Seine Hände zitterten, Tränen liefen über seine Wangen.

»Es wird alles gut. Die Ärzte kümmern sich jetzt um Ifat, und bald ist sie wieder gesund«, versuchte eine Krankenschwester den Jungen zu beruhigen.

Doch Malek schniefte und schluchzte nur noch heftiger.

Assaf beobachtete die Szene schweigend. Die Lösung hatte die ganze Zeit vor seiner Nase gelegen. Und obwohl er es instinktiv geahnt hatte, war er der Vermutung nicht gefolgt. Stattdessen hatte er sich wochenlang im Kreis gedreht, wie ein Dreidel an Chanukka. »Gibt es hier eine Art

Ruheraum, in den wir gehen können? Du siehst ja, der Junge ist völlig fertig«, sagte der Kommissar schließlich an die Krankenschwester gewandt.

Sie zeigte auf das Ende des Ganges. »Der Raum dahinten ist leer. Ich passe auf, dass euch niemand stört.«

Assaf führte Malek in das Zimmer. Dann schloss er die Tür hinter sich. Er schob den Jugendlichen auf einen Stuhl und drückte ihm einen Stift in die rechte Hand. »Schreib mir die Telefonnummer von Ahmad auf. Dann können wir besser nach ihm fahnden.«

Malek sah ihn kurz irritiert an, schließlich führte er den Stift von der rechten in die linke Hand und begann, die Zahlen zu notieren.

Als er fertig war, nahm der Kommissar ihm den Stift wieder aus der Hand und sagte ruhig: »Malek, wir müssen jetzt darüber sprechen, was du mit dem Messer noch getan hast.«

»Was meinst du?« Malek blinzelte ihn ängstlich an.

»Du hast den Rabbiner erstochen. Und ich möchte wissen, warum.«

Der Junge zuckte zusammen. Einen Moment lang schien er zu überlegen, ob es eine Möglichkeit gab zu flüchten. Aber der Kommissar hatte sich so platziert, dass er die Tür blockierte. Wer hier rein oder raus wollte, musste an ihm vorbei. Malek starrte an die Wand hinter ihm und kniff die geröteten Augen auf und zu. Mit einer fahrigen Handbewegung strich er sich über die Nase.

»Ich weiß«, sagte Assaf schließlich, »dass der Rabbiner sich den Jungen in der Gruppe gegenüber nicht immer normal verhalten hat.«

Malek starrte ihn ausdruckslos an.

»Er hat Jungen missbraucht. Schon seit vielen Jahren.«
Der Kommissar schien einen Moment zu überlegen, dann
fügte er vorsichtig hinzu: »War das auch bei dir so?«

Malek nickte zögernd. Dann schien auch der letzte
Damm zu brechen. Die Tränen liefen ihm nur so über die
Wangen. Erst nach einer ganzen Weile schien er sich etwas
zu beruhigen.

Assaf sah ihn aufmunternd an. »Erzähl es mir.«

»Rabbi al ab«, begann er schluchzend. »So sollten wir
ihn nennen. Rabbi und Vater. Er hat gesagt, dass er wie ein
Vater zu uns sein will und wir mit allen Sorgen und Proble-
men zu ihm kommen können.« Malek wischte sich entschlossen eine Träne weg. »Am Anfang stimmte das auch.
Er war immer für mich da. Er hat mir zugehört und mir geholfen ... ich hatte in der Schule Probleme mit dem Lesen,
also hat er Lesen mit mir geübt. Ich hatte Probleme mit der
Rechtschreibung. Also haben wir gemeinsam Lieder geschrieben, die ich dann mit Sami gerappt habe. Er war wirklich immer für mich da.«

»Was ist dann passiert?«, fragte Assaf vorsichtig, als Malek nicht mehr weitersprach.

»Eines Tages ...«

»Wann?«

Malek überlegte kurz. »Ich war gerade zwölf geworden.
Da hat er mich gefragt, ob ich ihm helfen könnte.«

»Wobei?«

»Wir haben ein Regal in seiner neuen Wohnung aufgebaut oder so was. Ich weiß es gar nicht mehr genau. Aber
vor allem haben wir gespielt.« Malek stockte.

»Was habt ihr gespielt?«

»Fangen, verstecken. Seine Wohnung war groß. Und bei

mir zu Hause … mein Vater, als er noch lebte … er war nicht so nett wie Onkel Said.«

»Du warst froh, dass du bei dem Rabbiner Zeit verbringen konntest?«

»Genau«, sagte der Jugendliche und atmete geräuschvoll ein. »Wir hatten ein Spiel, das wir immer wieder gespielt haben. Er hat mich gekitzelt, und ich gewann das Spiel, wenn ich nicht zuckte.«

»Wo hat er dich gekitzelt?«

»Anfangs nur am Bauch und unter den Armen manchmal. Ich habe aber nie gezuckt. Ich wollte ihm beweisen, dass ich stark war. Und ich wollte ja gewinnen.«

Der Kommissar lächelte ihn verständnisvoll an. »Hast du einen Preis bekommen, wenn du gewonnen hast?«

»Na klar.«

»Was hat der Rabbi dir gegeben?«

»Schokoriegel, Spielzeug, einmal sogar ein FC-Barcelona-Trikot.«

»Du magst Barca? Das ist auch mein Lieblingsverein!«

»Wirklich?« Maleks Miene hellte sich kurz auf. »Wer ist dein Lieblingsspieler?«

»Messi.«

Er nickte. »Meiner auch.«

»Wie lange ging das so, dass du und der Rabbi, ähm, Fangen gespielt habt?«

»Ich weiß nicht. Ein paar Wochen vielleicht.«

»Hast du viel Zeit bei ihm verbracht?«

»Meistens nachmittags, abends. Manchmal habe ich dort auch geschlafen. Auf dem Sofa.«

»Wussten deine Eltern davon?«

Er schüttelte den Kopf. »Sie mochten den Rabbi nicht.

Also habe ich ihnen gesagt, dass ich bei Sami penne. Da haben sie nicht weiter gefragt.«

»Was ist dann passiert?«

»Eines Tages sagte er, dass wir neue Regeln für unser Spiel brauchten. Weil es ja sonst langweilig wird und weil ich so gut darin geworden war, nicht zu zucken.«

»Wie sahen die neuen Regeln aus?«

Malek zögerte zu antworten.

»Es ist okay. Du kannst es mir erzählen.«

»Er hat mich da unten gekitzelt.« Der Junge zeigte mit dem Kopf auf seinen Schritt. »Aber auch so habe ich gewonnen«, sagte er dann schnell. »Selbst als er mich mit dem Mund dort gekitzelt hat. Ich habe nicht gezuckt. Aber ich fand es eklig.«

»Das verstehe ich gut.«

»Ich habe das dem Rabbi auch gesagt, dass ich das nicht will.«

»Und was hat er gesagt?«

»Er hat einfach weitergemacht.« Malek zuckte mit den Schultern.

»Hat er noch andere Sachen gemacht?«

»Irgendwann wollte er, dass ich sein Ding in den Mund nehme. Da bin ich abgehauen.«

»Und was ist dann passiert?«

»Er hat mir gesagt, dass ich niemandem davon erzählen soll, sonst sagt er meinem Vater, dass ich es wollte.«

Der Kommissar seufzte und starrte eine Weile regungslos an die Wand. Bevor er weiter sprechen konnte, schüttelte er sich fast unmerklich, so als könne er das eben Gehörte abschütteln. »Warst du danach noch einmal in seiner Wohnung?«

»Er hat nie wieder ein Wort mit mir gesprochen!«, sagte Malek böse.

Assaf dachte angestrengt nach. Der Rabbi hat seine Zweitwohnung also genutzt, um Jungen zu missbrauchen. Und wenn sie sich wehrten, hat er sich wahrscheinlich einfach einen neuen gesucht. »Weißt du, ob der Rabbiner das auch mit anderen Jungen gemacht hat?«

Malek nickte schnell. »Das war es ja eben.«

»Was meinst du damit?«

»Vor ein paar Monaten habe ich ihn mit einem Jungen in seine Wohnung gehen sehen. Der war sogar noch kleiner als ich damals.«

»Kanntest du den Jungen?«

»Na klar.«

»Verrätst du mir seinen Namen?«

»Yassir ...« Malek stockte. »Yassir Shahid.«

»Wie alt ist Yassir?«

»Er ist tot.«

»Woran ist er gestorben?«, fragte Assaf überrascht.

»Er hat sich geschlitzt.«

»Was heißt das? Hat er sich die Pulsadern aufgeschnitten?«

»Genau. Und dann ist er verblutet. Wie ein Tier.«

»Wann war das?«

»Vor zwei Monaten.«

»Wie alt war Yassir?«

»Ich weiß es nicht genau, zwölf, dreizehn.«

»Hast du den Rabbiner deswegen erstochen? Um Yassir zu rächen?«

»Einer musste es machen«, sagte Malek fatalistisch. »Das wäre sonst ewig so weitergegangen.«

»Warum bist du nicht zur Polizei gegangen?«

Der Junge lachte verächtlich.

»Aber ich bin doch auch Polizist.« Assaf sah ihn fragend an.

»Du bist irgendwie anders.«

»Wieso?«

»Du hast Ifat geholfen, das hat vorher noch keiner gemacht. Und die Polizei war oft bei uns zu Hause. Die hat es einen Scheißdreck gekümmert, dass Ahmad sie schlägt.«

»Wieso war die Polizei oft bei euch?«

»Wegen Ahmad. Der hat ständig Ärger mit denen.«

»Du hättest zur Polizei gehen müssen«, sagte Assaf mehr zu sich selbst als zu Malek, dem dieser Hinweis nun auch nichts mehr nützte.

»Aber die helfen uns nicht. Wir sind doch nur Araber!«

Darauf wusste Assaf auch nichts zu sagen. Nach einer Weile fragte er weiter. »Wann hast du beschlossen, den Rabbi zu töten?«

»Ich weiß nicht genau«, antwortete Malek schulterzuckend. »Eines Abends kam Ahmad nach Hause, und ich habe beobachtet, wie er das Messer versteckt hat. Ich hatte Angst, dass er Ifat etwas antun würde, also habe ich mir das Messer geschnappt. Und dann bin ich plötzlich auf die Idee gekommen.«

»Welche Idee?«

»Den Rabbi umzubringen. Yassir zu rächen. Und für Gerechtigkeit zu sorgen. So steht es doch auch in der Tora.«

»Da steht: Du sollst nicht töten.«

»Du sollst nicht morden. Einen Kriminellen töten ist

etwas anderes.« Man merkte, dass Malek Lehrstunden bei einem Rabbiner erhalten hatte. Er wollte diskutieren und die Dinge von allen Seiten betrachten. Ausgerechnet.

»Warum hast du ihn bei der Friedensdemo erstochen? Vor so vielen Menschen? Warum nicht in einer abgelegenen Straße?«

Malek sah ihn fest an. »Ich wollte, dass es alle sehen.«

»Was?«

»Dass der Rabbiner böse war.«

»Indem du ihn in der Öffentlichkeit niederstichst?«

»Jeder sollte sehen, wie er fällt.« Er überlegte kurz. »Außerdem wollte ich den Leuten zeigen, dass diese Friedensdemonstrationen gar nichts bringen. Man sieht ja, wer dort mitmacht.«

Assaf sah Malek Abu Najib lange an. Der Junge schien während des Gesprächs geradezu erwachsen geworden zu sein. Sein Gesichtsausdruck hatte sich verändert und hatte nur noch wenig mit dem weinenden Kind von vorhin gemein. Assaf sah einen jungen, entschlossenen Mann vor sich, der die Dinge in seine eigenen Hände genommen hatte.

»Warum hast du dir ein Weihnachtsmannkostüm angezogen?«, fragte Assaf.

»Ich musste mich ja irgendwie verkleiden. Und ich fand das witzig. Dass ausgerechnet der Weihnachtsmann einen Rabbiner umbringt.«

Der Kommissar lehnte den Hinterkopf an die weiße Wand. Ihm fielen die Augen zu. Er hatte jegliches Zeitgefühl verloren. Es war vielleicht ein Uhr nachts, vielleicht auch schon vier Uhr morgens. Seine Uhr hatte er sich vor der Kletterei im Hafen in die Tasche gesteckt. Sollte sie dort bleiben. Es spielte sowieso keine Rolle, wie spät es war. Die Polizisten hatten Malek mitgenommen, er hatte keinen Widerstand geleistet. Assaf wusste, dass der Junge mit mildernden Umständen rechnen konnte. Die Tatsache, dass der Rabbiner ihn und wer weiß wie viele Jungen monatelang missbraucht hatte, würde das Urteil auf jeden Fall beeinflussen. Außerdem war Malek gerade einmal sechzehn Jahre alt. Natürlich war er damit strafmündig, aber er würde nicht die gleiche Strafe für einen Mord wie ein Erwachsener bekommen. Der Richter würde auch berücksichtigen müssen, dass der Rabbiner durch die Vergiftung bereits stark geschwächt war. Und trotzdem … Assaf kam das Ganze so schreiend ungerecht vor. Und das war das Problem. Die Angelegenheit rüttelte an seinen Grundfesten. Ein Mörder musste bestraft werden. Das sah das Gesetz vor, welches er vertrat. Es war seine Aufgabe, es durchzusetzen. Doch in diesem Fall fiel es ihm schwer. Hatte er deswegen so lange nicht sehen wollen, was direkt vor ihm lag? Assaf seufzte.

»Kommissar Rosenthal, Ifat Abu Najib ist aufgewacht. Du kannst jetzt mit ihr sprechen«, sagte eine Krankenschwester, die scheinbar aus dem Nichts aufgetaucht war.

»Beseder. Danke.« Assaf erhob sich schwerfällig. Bevor er das Krankenzimmer betrat, atmete er noch einmal tief ein und aus. Seine Schultern hoben und senkten sich, und er sammelte alle Kraft zusammen. Dann legte er seine Hand auf die Türklinke und drückte sie langsam herunter.

Ifat drehte den Kopf zur Tür, als der Kommissar den Raum betrat. Draußen dämmerte es bereits, und die aufgehende

Sonne zeichnete ihre Gesichtskonturen weich nach. Sie trug einen großen Verband um den Kopf, ihr Gesicht war mit kleineren Blutergüssen und Schrammen übersät.

»Wo ist Malek?«, fragte sie sofort, ohne den Kommissar zu begrüßen.

Assaf wusste nicht, wie er es ihr sagen sollte. In diesem Zustand, nach allem, was passiert war. Er setzte sich auf den Stuhl neben ihrem Bett und entschied sich für einen dienstlichen Ton. »Wir haben ihn mitgenommen. Er hat gestanden.«

»Nein!«, rief sie mit erstickter Stimme. »Nein, nein, nein. Nicht Malek. Er hat ihn nicht umgebracht.«

»Er hat auf ihn eingestochen«, erwiderte Assaf lauter, als er es wollte.

»Aber der Rabbi hat überlebt. Er ist erst hier im Krankenhaus verstorben.« Ifat wollte sich aufrichten, doch es gelang ihr nicht. »Er ist gestorben, weil ich ihm nicht geholfen habe«, flüsterte sie und ließ ihren Kopf auf das Kissen fallen. »Ich habe ihn umgebracht, nicht Malek.«

»Was redest du da?«

Ifat hob den Kopf. Dabei fiel ihr eine Haarsträhne ins Gesicht. Sie versuchte, sich die Haare aus dem Gesicht zu streichen, aber ihre Hände schienen ihr nicht zu gehorchen.

Der Kommissar stand kurz auf, ging einen Schritt an ihr Bett heran und klemmte die Strähne vorsichtig unter den Verband. Dann setzte er sich wieder hin. »Was meinst du damit, dass du ihn umgebracht hast?«, fragte er sie eindringlich.

Sie schaute ihn verzweifelt an. Es sah aus, als versuche sie zu weinen, aber aus irgendeinem Grund liefen ihr keine

Tränen aus den Augen. Vielleicht waren sie ihr schlicht abhanden gekommen. »In der Nacht, als der Rabbiner starb, hatte ich Dienst auf der Nebenstation.«

»Ja …«

»Ich bin zu ihm gegangen. Habe an seiner Tür gestanden und ihn einfach nur angestarrt. Wie er da lag, an all den Maschinen. Maschinen, die Menschen helfen sollen. Aber so einer hat doch keine Hilfe verdient.« Ihre Stimme wurde lauter. »So einer doch nicht!« Sie atmete kurz ein und aus. »Ganz friedlich lag er da. Einen Moment lang konnte ich kaum glauben, dass dies der Mann war, der Malek und Yassir …«

»Du wusstest Bescheid?«

»Malek kam zu mir, nachdem er auf den Mann eingestochen hatte. Ich habe ihn beruhigt und ihm eingetrichtert, dass wir niemandem etwas sagen dürfen. Er hatte es verdient – dieser Rabbiner.«

»Ihr hättet zur Polizei gehen müssen.«

»Dafür war es zu spät. Das größte Problem war, dass er den Angriff überlebt hatte. Meine einzige Sorge galt Malek. Ich hatte Angst, dass der Rabbi Malek erkannt hatte und aussagen würde, wenn er aufwachte. Uns hätte doch niemand geglaubt.«

»Was hast du getan?«, fragte Assaf ungerührt von ihrer Erklärung.

»Als ich da stand, schlug plötzlich eine der Maschinen Alarm. Sein Herz hatte ausgesetzt. Es war wie ein Geschenk Gottes. Ich sah mich kurz um, niemand sonst war in der Nähe. Also habe ich auf den Knopf gedrückt und bin gegangen.«

»Was für einen Knopf?«

»Manchmal lösen die Geräte fälschlicherweise Alarm aus, deswegen gibt es einen Schalter, mit dem man die Maschine lautlos stellen kann. Das Signal geht dann erst nach zwei, drei Minuten wieder los.«

»Und als der Alarm wieder losging, war es zu spät«, schlussfolgerte Assaf.

»Der Arzt kam und konnte nur noch seinen Tod feststellen. Ich habe ihn umgebracht.«

Assaf legte seinen Kopf in die Hände, dabei stieß er einen verzweifelten Seufzer aus, der aus seinem tiefsten Inneren zu kommen schien. Der erhängte, erschossene, ertränkte Tote, über den man in der Polizeischule lachte, war nun bittere Wirklichkeit geworden.

»Du musst mich festnehmen, nicht Malek«, redete Ifat auf ihn ein. »Ich habe ihn umgebracht.«

Der Kommissar hob den Kopf wieder. Er strich sich mit der Hand über seinen Bart. Schließlich stand er auf. »Malek braucht dich. Du bist alles, was er hat.«

Sie schien ihn gar nicht zu hören. »All die Qual, das Leiden, alles umsonst ...«, murmelte sie.

»Welches Leiden?«

»Ahmad hat herausbekommen, dass es Malek war, der den Rabbiner angegriffen hatte. Er drohte, ihn zu verraten, wenn ich ihn verlasse.«

Assaf nickte. Deswegen also. »Du hast ihn trotzdem verlassen. Oder was habt ihr in dem Hangar am Hafen gemacht?«

»Wir wollten weg. Nach Südamerika. Wir haben nur noch auf unseren Flug gewartet. Er wäre morgen früh gegangen.«

Assaf schaute die Frau noch einen Moment lang schweigend an, bevor er ging und die Tür vorsichtig hinter sich schloss.

Zu Hause angekommen fiel er voll bekleidet schwer in sein Bett und schloss die Augen. Nach nur wenigen Sekunden war er eingeschlafen.

KAPITEL 20

Es klingelte Sturm, und erst nachdem Assaf mehrere Sekunden verwirrt auf sein Handy gestarrt hatte, begriff er, dass es die Türklingel war, die ihn geweckt hatte.

»Rega, rega! Ich komme ja schon«, grummelte er, während er zur Tür eilte. Er trug noch immer dieselbe Kleidung wie gestern.

Yossi schoss wie ein Pfeil in seine Wohnung, nachdem Assaf die Tür geöffnet hatte. »Mann, wo bist du denn? Wir haben dich schon tausendmal angerufen. Du musst sofort kommen. Ahmad Abu Najib hat Gili entführt.«

Assaf schüttelte kurz den Kopf. Träumte er noch? War er mitten in seinem schlimmsten Albtraum aufgewacht?

Yossi schüttelte den Kommissar an den Schultern. »Wach auf! Gili ist in Ahmads Gewalt.«

Assaf hatte das Gefühl, eine hohe Welle erfasste ihn und zog ihm langsam den Boden unter seinen Füßen weg. Er war unfähig zu antworten, das Wasser zog ihn in die Tiefe, wirbelte ihn herum. Er hatte das Gefühl zu ertrinken. »Gili. Ahmad. Das verstehe ich nicht«, stotterte er schließlich, als das Meer in seinem Kopf ihn wieder ausspuckte.

»Als Gili sich umgehört hat, muss wohl irgendjemand das mitbekommen haben. Vielleicht ist Ahmad so auf sie aufmerksam geworden. Und in Jaffa ist bestimmt bekannt, dass sie deine Freundin ist.«

Der Kommissar schüttelte den Kopf.

»Wir haben heute Vormittag einen Anruf von ihm bekommen. Er will eine israelische Staatsbürgerschaft.«

»Fuck«, schrie Assaf. Jetzt war er wieder bei sich. Yossi atmete geradezu erleichtert auf.

»Haben wir irgendwelche Anhaltspunkte, wo sie sind?«

»Wann hast du das letzte Mal von ihr gehört?«, fragte Yossi gleichzeitig.

»Ich ...«, begann Assaf. Er biss sich auf die Unterlippe. »Wir sind nicht mehr zusammen. Aber ich war gestern bei ihr, bin aber gegangen, ohne mich zu verabschieden, als ich diese Anzeige mit der USB-Stick-Kette entdeckt habe.«

»Also, der Anruf ging bei uns um elf Uhr ein. Er wird sie heute Morgen entführt haben.«

»Habt ihr die Handys orten lassen? Wie hat Ahmad denn angerufen?«

»Wahrscheinlich über eine Telefonzelle an der Allenby Straße. Auf den Namen Ahmad Abu Najib ist auf jeden Fall kein Handy angemeldet. Vielleicht hat er eine Prepaid-Karte. Wir wissen es noch nicht. Gilis Handy konnte nicht über das Telefonnetz geortet werden. Wahrscheinlich ist es ausgeschaltet. Wir könnten aber eine GPS-Ortung anweisen.«

»Das wird nicht funktionieren. Gili hat ein uraltes Handy«, stellte Assaf fest. Er griff nach seinem Haustürschlüssel. »Habt ihr eine Fahndung nach ihm herausgegeben?«

»Läuft«, sagte Yossi, während sie die Wohnung verließen.

»Was hat er denn genau gesagt?«

»Ich spiele es dir auf dem Revier vor.«

Sie sprangen fast gleichzeitig in den Polizeiwagen und kamen fünfzehn Minuten später auf der Dienststelle an.

Zipi empfing den Kommissar mit einem besorgten Blick. »Tut mir leid, Motek, aber wir kriegen sie da bald heraus«, sagte sie aufmunternd.

Der Kommissar schüttelte den Kopf. »Ich darf gar nicht daran denken, was dieser Hurensohn ...« Er brachte den Satz nicht zu Ende und sah die Sekretärin verzweifelt an.

»Du musst jetzt einen kühlen Kopf bewahren. Nur so kriegen wir sie da heraus«, redete Zipi auf ihn ein.

Der Kommissar nickte. Dann versammelte er die Kollegen in seinem Büro. Am Tisch nahmen Yossi, Zipi, Assaf und der junge Shai Sharoni Platz, den Assaf für die Befragung der Parkour-Jungen aus einer anderen Abteilung angeheuert hatte. Gemeinsam hörten sie sich die Aufnahme des Anrufs an, den Ahmad Abu Najib um Punkt elf Uhr an das Polizeihauptquartier gerichtet hatte. Er sprach betont langsam, vielleicht, um seinen arabischen Akzent zu unterdrücken. »Mein Name ist Ahmad Abu Najib. Ich habe Gili Deutsch in meiner Gewalt. Sie ist die Freundin von Kommissar Assaf Rosenthal. Ich lasse sie frei, wenn ihr mir eine israelische Staatsbürgerschaft erteilt, eine Million Schekel bereitstellt und Straffreiheit garantiert. Ich melde mich heute Abend wieder.«

»Was denkt der sich denn? Dass wir ihm eine Staatsbürgerschaft und Geld geben und dann einfach vergessen, dass er jemanden entführt hat?« rief Shai Sharoni aus.

»Deswegen will er ja garantierte Straffreiheit«, murmelte Yossi.

»Woher wissen wir überhaupt, dass er sie wirklich in seiner Gewalt hat?«, fragte Shai weiter.

Der Kommissar ignorierte seine Frage und sah nachdenklich in die Runde. »Was sagt der Background-Check?«

»Ahmad Abu Najib ist Palästinenser, geboren und aufgewachsen in Nablus. Im Februar 2010 hat er Ifat, geborene Goren, geheiratet, seitdem lebt er in Israel. Im letzten Jahr ist er mehrmals polizeilich aufgefallen. Ein Raubüberfall, einmal Körperverletzung und dann natürlich die regelmäßigen Anrufe wegen häuslicher Gewalt«, sagte Zipi mit Blick auf einen Ausdruck, den sie vor sich auf den Tisch gelegt hatte. »Es wurde mehrmals versucht, ihn in die West Bank abzuschieben, aber ein vorläufiges Urteil des Obersten Gerichtshofes hat das verhindert.«

»Mit welcher Begründung?«

»Weil er mit einer Israelin verheiratet ist. Der Richter betonte in seinem Urteil das Recht auf ein Familienleben. Und sie kann als Israelin nicht in die West Bank einreisen. Aber dieses Urteil ist wohlgemerkt vorläufig.«

»Ich dachte, seit der Intifada gibt es ein Gesetz, dass es palästinensisch-israelischen Eheleuten verbietet, zusammen in Israel zu leben?«, fragte Yossi dazwischen.

»Eben. Deswegen ist das Urteil auch nur vorläufig. Wahrscheinlich wird es über kurz oder lang revidiert. Ahmad Abu Najib hat auch keinen Bürgerstatus. Er muss seine Aufenthaltsgenehmigung jährlich erneuern lassen«, erklärte Zipi konzentriert.

»Die haben ihm eine temporäre Aufenthaltsgenehmigung erneuert, obwohl er straffällig wurde?«, fragte Assaf ungläubig.

»Sämtliche Straftaten passierten in den letzten zehn Monaten. Wahrscheinlich würde man ihm die Genehmigung jetzt nicht mehr erteilen. Erst dann könnte man ihn abschieben.«

»Also wartet man im Moment eigentlich nur darauf, den

Mann abzuschieben, weil man das im Moment wegen irgendwelcher absurden Vorschriften nicht machen kann?«

»Das nehme ich an.«

Assaf dachte kurz nach. Die ganze Weglaufaktion von Ifat wäre damit unnötig gewesen. Früher oder später hätte man den Mann sowieso abgeschoben. Vielleicht war das der Frau gar nicht klar gewesen.

Schließlich sagte der Kommissar an seine Kollegen gewandt: »Zipi, du sprichst mit den Behörden, was wir Ahmad anbieten können. Shai, du kurvst mal ein wenig um die Allenby-Gegend herum. Ich denke vor allem an den Süden, dort wo die Allenby in die Ha Aliya übergeht. Schau dich um, ob sich da irgendwo ein leer stehendes Haus, eine Werkstatt, irgendwas befindet, wo er sie versteckt halten könnte. Wenn Ahmad von der Allenby aus angerufen hat, sind sie bestimmt irgendwo in der Gegend. Ich glaube nicht, dass er sie lange alleine gelassen hat. Und Yossi, wir fahren zu Gilis Wohnung und schauen uns da um. Bestimmt hat er sie in seine Gewalt gebracht, als sie aus dem Haus gekommen ist.«

In dem Moment, als sie aus dem Büro traten, stand Chaim Wieler vor der Tür. Sein Chef klopfte Assaf anerkennend auf die Schulter, und bevor der Kommissar zu Wort kam, setzte Wieler zu einer Lobesrede an. »Rosenthälchen, herzlichen Glückwunsch zum aufgelösten Fall. Du hast nicht locker gelassen, selbst nachdem klar war, dass der eigene Sohn versucht hatte, den Rabbiner zu vergiften. Jetzt haben wir auch den Messerstecher. Der Fall ist aufgeklärt.«

»Es ist etwas Furchtbares passiert.« Assaf berichtete Wieler von der Entführung.

»Bensona, Hurensohn«, kommentierte der Chef wütend.

»Assaf, brauchst du noch mehr Leute? Alles, was du willst.«
Wieler fasste den Kommissar mit beiden Händen an den
Schultern. »Wir kriegen Gili da raus. Der wird ihr nichts
antun, der braucht sie. Er will ja was.«

Drei Stunden später trafen sie sich wieder in Assafs Büro.
Sie wussten jetzt, dass ein Nachbar morgens vor Gilis Haus
ein verdächtiges Fahrzeug, in dem ein Mann saß, auf den
die Beschreibung Ahmads passte, beobachtet hatte. Die
Fahndung nach dem Fahrzeug, einem alten, roten Renault
Clio, war bereits herausgegangen. Assaf wusste, dass Gili
freitagmorgens gerne auf der Terrasse die Wochenendaus-
gabe der Haaretz las. Auf dem Weg zum Briefkasten musste
der Mann sie abgepasst haben.

»Was hast du gefunden?«, fragte Assaf an Shaï gerichtet.
»Irgendein verdächtiges Haus?«

Der junge Kollege schüttelte den Kopf.

»Also haben wir bisher nur den roten Renault als Anhaltspunkt«, resümierte Zipi, die in der Tür stehend zugehört hatte.

»Dann bleibt uns wohl nichts anderes übrig, als auf den
nächsten Anruf von Abu Najib und auf seine neuen Anweisungen zu warten«, sagte Yossi seufzend. Sie sahen einander ratlos an. In Assafs Kopf überschlugen sich die Gedanken. Er hatte das Gefühl, etwas Wichtiges vergessen zu
haben. Aber was nur? »Hast du mit den Behörden gesprochen?«, fragte er an Zipi gewandt.

Sie nickte. »Kannst du dir ja vorstellen.«

»Kein Entgegenkommen?«

Kopfschütteln. »Bisher nicht. Aber da ist das letzte Wort
noch nicht gesprochen.«

»Ich will noch einmal den Anruf von Abu Najib hören«, sagte Assaf plötzlich. Er und Yossi gingen gemeinsam in Yossis Büro.

»Mein Name ist Ahmad Abu Najib. Ich habe Gili Deutsch in meiner Gewalt. Sie ist die Freundin von Kommissar Assaf Rosenthal. Ich lasse sie frei, wenn ihr mir eine israelische Staatsbürgerschaft erteilt, eine Million Schekel bereitstellt und Straffreiheit garantiert. Ich melde mich heute Abend wieder«, echote die seltsam künstlich klingende Stimme von Ahmad Abu Najib durch das stille Büro.

Der Kommissar hatte gehofft, dass man eventuell irgendwelche Hintergrundgeräusche hören konnte. Aber da war nichts. Die Entführung war die Tat eines Wahnsinnigen. Assaf war schleierhaft, wie Abu Najib glauben konnte, dass man ihn damit davonkommen ließ. Aber so, wie manche Palästinenser versuchten, durch Hungerstreiks vor Botschaften ihre Ansprüche durchzusetzen, so versuchte Ahmad Abu Najib, durch diese Verzweiflungstat seine Existenz zu sichern.

Gerade, als Assaf beschlossen hatte, mit dem Roller noch einmal die Allenby samt der kleinen Seitenstraßen abzufahren, fiel es ihm plötzlich ein. Gilis Handy. Gilis altes Handy. Es ging immer an und aus. Der Kommissar rannte zurück zum Büro seiner Sekretärin.

»Zipi, sag denen, die sollen noch einmal versuchen, Gilis Handy zu orten«, schrie er schon im Flur.

»Aber, Assaf, wir haben es doch schon probiert. Das Handy ist aus.«

»Nein, du verstehst nicht. Gilis Handy ...«, rief er außer Atem, als er an Zipis Schreibtisch ankam. »Gilis Handy geht immer an und aus.«

Eine gute halbe Stunde später klingelte das Telefon des Kommissars.

»Kommissar Rosenthal,«, sagte eine ihm unvertraute Stimme, »wir haben das Telefon von Gili Deutsch tatsächlich orten können. Das Handy ist jetzt eingeschaltet, und wir konnten es über die umliegenden Sendemasten finden.«

Assaf atmete kurz auf. »Wo?«

»Das ist das Problem. Wir können sagen, dass das Telefon irgendwo zwischen der Schocken-Straße, Kibbuz Galuyot und Har Zion liegt. Genauer können wir es nicht bestimmen.«

In Assafs Kopf ratterte es. »In dem leer stehenden Industriegebiet?«

»Wahrscheinlich befindet sich das Handy irgendwo in einer der vier kleinen Straßen, die zwischen den Hauptstraßen liegen«, wiederholte der Mann mechanisch.

»Er könnte sich dort mit ihr in einem der leer stehenden Gebäude versteckt halten«, sagte der Kommissar und legte unvermittelt auf. »Zipi, ich brauche einen Stadtplan von Tel Aviv«, schrie er in ihre Richtung.

Die Sekretärin kam mit dem Plan angeeilt. Assaf breitete ihn auf dem Besprechungstisch aus. Um mehr Platz zu haben, fegte er die anderen Sachen kurzerhand mit dem Unterarm vom Tisch. Er schaute aufmerksam auf die Karte. Die Allenby-Straße ging in die Ha Aliya über, die durch das Studentenviertel Florentin führte. Aus dieser Straße wiederum wurde die mehrspurige Schocken-Straße. Assaf kannte sie ganz gut, denn dort hatte er seinen Roller gekauft. Rechts von der Schocken lagen vier Straßenzüge, angeordnet wie ein Rechteck, zwischen den großen Hauptstraßen versteckt. Er war noch nie dort gewesen, und auch Zipi kannte die Gegend nicht. Er wusste aber, dass sich dort früher einmal eine Art Industriegebiet mit vielen Werkstätten befunden hatte. Der Kommissar folgte den eingezeichneten Straßen mit dem Finger. Sie waren so klein, dass man sie nicht einmal mit Namen versehen hatte. Und so sahen sie ganz und gar wie ein vergessener Ort aus. Ein blinder Fleck im Auge der großen Stadt.

Die Umgebung war, soweit man sehen konnte, wie leergefegt. Die rechteckig angelegten Straßenzüge schlossen von allen Seiten hohe Häuserblöcke ein. Assaf lief in die erste der vier kleinen Straßen, die wie mit dem Lineal entworfen parallel nebeneinander lagen. Hinter ihm folgte langsam das Einsatzteam. Der Kommissar schaute sich ganz genau um. Alles, was er sah, versuchte er sich wie eine Fotografie in sein Gedächtnis einzuprägen. Um ihn herum lagen fünfstöckige Häuserreihen. Industriegebäude, ohne Fenster, versehen nur mit Luftklappen, die sich träge im leichten Westwind bewegten. Eine Welt aus Beton. Die Gegend sah aus, als wäre sie die Kulisse eines Endzeitfilmes.

Assafs Augen überflogen das Gelände. Es gab vier Treppenaufgänge an jeder Seite. Von dort gelangte man in die einzelnen Stockwerke. Vor dem Gebiet hatten sie bereits den roten Renault Clio gesehen, den ein Kollege auf Streife vor einigen Stunden entdeckt hatte, und der sie schlussendlich in dem Glauben bestärkt hatte, dass Ahmad Abu Najib Assafs Exfreundin Gili hier irgendwo gefangen hielt. Der Kommissar wies die Einsatzteams an, sich in den restlichen Gebäuden zu verteilen. Er selbst und mit ihm Yossi, Shai und ein Kollege, der sich ihm als Aleks vorgestellt hatte, be-

302

traten den ersten Treppenaufgang in dem Häuserblock. Assaf lief lautlos voran. Die Worte »Du verdammte Hure!«, die jemand an die weißen Fliesen im Treppenhaus gekritzelt hatte, und ein stechender Uringeruch begrüßten ihn im Hauseingang. Ungerührt davon lief der Kommissar langsam die Treppe hoch.

Auf der Zwischenetage befanden sich Toiletten, deren Türen sperrangelweit offen standen. Der Kommissar und die drei anderen Männer kontrollierten schnell und geübt die Räume. Dann nach einem kurzen »Check. Clear« liefen sie weiter in die erste Etage. Die Treppe mündete dort in einen langen, überdachten Gang, der auf der anderen Seite des Gebäudes entlanglief. Von diesem Gang gingen einzelne, garagenartige Parzellen ab, in denen Geschäfte früher ihre Werkstätten unterhalten hatten. Rechts zählte Assaf vier Eingänge, auf der linken Seite lagen ebenfalls vier große Stahltüren, die sich nach oben hin öffnen ließen. Gegenüber von ihnen befand sich ein weiteres Gebäude. Auf dem Dach sah Assaf kurze Schatten entlang huschen. Es waren Scharfschützen, die sich dort platzierten. Alle waren hoch konzentriert. Alle waren bereit. Zum Zugriff. Zu schießen. Was auch immer nötig war.

Am Ende der Straßenzüge stand die Sonne malerisch über Jaffa und begab sich langsam in Position für ihren Untergang.

Sie erreichten das oberste Stockwerk. Der Kommissar lief gemeinsam mit Yossi nach links. Shai und Aleks wies er an, die andere Seite des Ganges zu überprüfen. Er passierte einen Fahrstuhl, den man über zwei große Stahltüren öffnen konnte. Oben in den Türen befanden sich zwei runde, kleine

Fenster, die wie Gucklöcher in eine Welt ohne Licht aussahen. Der Kommissar öffnete die Türen, und nachdem er sichergestellt hatte, dass die Aufzugskabine leer war, lief er weiter. Die meisten Werkstätten waren verrammelt. Neben den schweren Türen mit den Handgriffen, die am unteren Rand angebracht waren, befanden sich auf jeder Seite Luftklappen. Wenn man diese etwas verstellte, konnte man einen Blick in die Räume erhaschen. In der ersten Parzelle waren die Wände der Halle mit Schaumstoff bespannt, der wohl Lärm dämmen sollte. So ähnlich, wie man es in Musikstudios sah. Vor einer Weile hatte Assaf mal gehört, dass hier in dieser Gegend geheime Sexpartys stattfanden. Diese Halle hier schien jedoch schon lange nicht mehr benutzt worden zu sein.

Der Kommissar lief zur zweiten Parzelle weiter, während Yossi bereits die beiden letzten Werkstätten inspizierte. Er schüttelte den Kopf. Assaf blickte zu den beiden anderen Kollegen. Auch sie bedeuteten, dass sie nichts gefunden hatten. Gemeinsam liefen sie ein Stockwerk hinunter. Wiederum gingen sie vom Treppenhaus auf den Gang, nun im vierten Stockwerk, der wie ein langer Balkon aussah. Beim Betreten des Ganges rutschte der Kommissar fast auf einem benutzten Kondom aus. Es gab hier also hin und wieder Besucher, überlegte er mit hochgezogenen Augenbrauen. Sie wiederholten das Prozedere von eben.

Plötzlich entdeckte Assaf, dass die Tür, die zu der letzten Werkstatt auf der Etage führte, einen Spalt weit offen stand. Er winkte Yossi herbei und klemmte dann vorsichtig seinen Fuß zwischen den Stahl. Langsam, um möglichst wenig Lärm zu verursachen, zog er die Tür auf. Die Dunkelheit im Inneren der Halle fand durch die einfallenden Sonnenstrahlen ein abruptes Ende. Assaf und Yossi gingen vorsichtig in die Halle herein. Der große, vollgestellte Raum war extrem unübersichtlich, und es kam dem Kommissar ein wenig vor, als liefen sie direkt in die Höhle des Löwen. Hochkonzentriert sondierten sie ihre Umgebung. Gerade als Assaf »Clear« rufen wollte, entdeckte er in der äußeren Ecke des Raumes eine Decke, unter der sich die regungslosen Konturen eines Menschen abzeichneten. Yossi hinter sich wissend, pirschte er sich langsam an die Person heran. Neben der Decke lagen zwei alte Matratzen. Der Gestank, der ihm aus der Ecke entgegenwehte, war widerwärtig.

Der Kommissar setzte behutsam einen Fuß vor den anderen. Yossi näherte sich derweil von der anderen Seite. Unter der Decke regte sich immer noch nichts. Plötzlich echote ein klirrendes Geräusch durch die leere Halle. Nicht sehr laut, aber doch laut genug, dass Assaf zusammenzuckte.

»Scheiße«, zischte sein Kollege. »Ich bin auf einen Löffel getreten.«

Neben den Matratzen raschelte es. Assaf machte einen schnellen Satz darauf zu und zog die Decke mit einer schwungvollen Bewegung hoch.

»Pamajite! Pamajite! Paschalusta, njet!«, schrie der Mann wie von Sinnen auf Russisch.

»Wir sind von der Polizei. Polizei«, schrie Assaf aufgeregt zurück.

»Polizje?« Der Mann hielt plötzlich inne.

»Da, da«, antwortete der Kommissar.

»Paschalusta. Njet«, fing er wieder an zu rufen und streckte ergeben die Arme hoch.

Assaf wechselte einen kurzen Blick mit Yossi. Der Mann

war eindeutig ein Junkie. Seine Arme waren über und über mit Einstichwunden bedeckt. Einige schienen sich böse entzündet zu haben. »Hol schnell Aleks. Vielleicht spricht er Russisch«, rief Assaf seinem Kollegen zu.

Einige Sekunden später kam Yossi, den Kollegen im Schlepptau, zurück in die Halle gelaufen.

»Wir suchen eine junge Frau mit roten, lockigen Haaren. Sie wurde von einem Mann entführt. Er ist circa ein Meter fünfundsiebzig groß und hat sehr dunkles Haar. Er ist Palästinenser und spricht Arabisch. Hast du ihn gesehen?«, übersetzte Aleks die Worte des Kommissars.

»Njet, njet«, sagte der Junkie abwehrend.

Das verstand auch Assaf. Er rannte ziellos durch die Werkstatt. »Fuck!«, schrie er aufgebracht. Dann trieb er seine Kollegen aus der Halle heraus. »Kommt Leute, weiter.«

Sie überprüften akribisch jede einzelne Parzelle. Als sie im ersten Gebäudeteil fertig waren, liefen sie in den Nachbaraufgang und machten dort weiter. Doch überall herrschte eine geradezu unheimliche Stille und Leere. Sie fanden nicht einmal eine Maus. Als der Kommissar kurz davor war, zu verzweifeln, hörte er über Funk, wie jemand aus dem Einsatzteam 3 plötzlich rief: »Wir haben etwas.«

Assaf rannte los. Die leere Straße hinter sich zurücklassend, gelangte er in die Parallelstraße. Dort, im dritten Gebäudeteil von links, ganz oben, sollten sich die Kollegen befinden. Er drehte schnell den Kopf. Eins. Zwei. Drei.

»Assaf, wir haben etwas im Fahrstuhl gehört. Klopfsignale, ganz schwach. Ich schicke jetzt einen Mann hinunter in den Schacht«, erklärte der Kollege von Einsatzteam 3.

»Ich gehe mit«, beschloss der Kommissar. Hinter ihm tauchte nun auch Yossi auf. »Ich auch«, sagte er schnell.

»Man kommt nur von hier oben in den Schacht hinein. An der Innenwand befindet sich eine Gitterkonstruktion, an der ihr herunterklettern könnt. Mein Kollege besorgt gerade ein paar Lampen.«

Assaf lehnte sich etwas in den Schacht hinein. Die Klopfgeräusche waren sehr schwach zu hören. Es klang, als würde jemand an ein Rohr klopfen. Zweimal kurz, zweimal lang.

Wie eine Raubkatze tigerte der Kommissar ungeduldig vor dem Eingang zum Fahrstuhl hin und her. »Ich will da jetzt runter. Da ist jemand. Ganz bestimmt.«

In diesem Moment kam endlich der Kollege mit drei Stirnlampen angelaufen. Gott im Himmel wusste, woher er die geholt hatte. Assaf zerrte sich die Lampe um den Kopf und begann dann ohne Zögern in den Aufzugsschacht zu klettern. Der junge Kollege und Yossi folgten ihm.

Die Funzel, die ihm an der Stirn klemmte, half jedoch nur wenig in dem stockdunklen Schacht. Vorsichtig tastete der Kommissar sich von einem Gitter zum nächsten. Der steile Abstieg war kräftezehrend. Hin und wieder versicherte er sich, dass die Kollegen ihm noch folgten. Mit jedem Meter, den er in den dunklen Schacht hinabstieg, wurde das Klopfsignal stärker. Zweimal kurz, zweimal lang. Nun hörte Assaf auch ein anderes Geräusch. Ein gedämpftes Murmeln. Oder Stöhnen. Er kletterte weiter beharrlich nach unten. Yossi hinter ihm hatte Mühe, dem Kommissar zu folgen. Ein paar Sekunden später wurde Assaf klar, was das für ein Geräusch war, das er hörte. Es klang, als würde jemand schreien wollen, der einen Knebel im Mund hatte.

»Gili? Gili?«, schrie Assaf aufgeregt. »Gili. Bist du hier?«
Klopf. Klopf. Gedämpftes Stöhnen.

Der Kommissar atmete kurz erleichtert auf. »Gili, wir sind auf dem Weg zu dir. Du kannst mir helfen, in dem du weiter klopfst. Klopf immer weiter, so können wir dich besser finden.«

Klopf. Sie hatte verstanden.

»Sie kann nicht mehr weit sein«, rief Yossi, »Wir müssten auch fast auf dem Boden des Schachts angekommen sein.«

Assaf nickte stumm. Gerade als er einen der hoffentlich letzten Gitterstäbe hinabkletterte, hörten sie plötzlich über sich ein Rucken.

»Jemand hat den Aufzug in Bewegung gesetzt«, brüllte der Kollege hinter ihm. Wie konnte das sein? Dort oben stand eine Einheit von Polizisten. Wer hatte plötzlich den Fahrstuhl betätigt, hämmerte es in Assafs Kopf.

»Assaf, wir müssen zurück. Wir müssen zurück!«, schrie Yossi aufgeregt, und seine Worte hallten im Schacht.

»Auf keinen Fall. Ich geh jetzt nicht zurück. Ich hol sie da jetzt raus. Dort oben stehen genügend Einsatzkräfte. Die sollen sich gefälligst darum kümmern, dass dieser verdammte Fahrstuhl nicht weiter hinunterfährt.« Er wartete nicht einmal auf eine Antwort, denn seine Füße ertasteten in diesem Moment endlich den lang ersehnten Fußboden. Schnell drehte Assaf den Kopf und begann seine Umgebung mit der Stirnlampe abzutasten. Als er sich fast einmal komplett um die eigene Achse gedreht hatte, entdeckte er Gili.

Sie war mit beiden Händen an ein schmales Rohr gefesselt. In ihrem Mund befand sich ein Stoffballen, der mit Paketband festgeklebt war. Ihre Augen waren mit einem hellen Tuch verbunden. Der Kommissar rannte auf sie zu. Als Erstes zog er die Augenbinde hoch. Dann griff er nach dem Armeemesser in der Seitentasche seiner Cargohose. Damit schnitt er schnell die Fesseln durch und löste den Knebel.

»O Assaf! Ich hatte solche Angst. Ich hatte solche Angst«, schrie Gili, als sie endlich wieder sprechen konnte.

»Ich hab dich«, sagte Assaf nur und zog sie behutsam in seine Arme.

EPILOG

Am Ende hatte Gili ihr altes Mobiltelefon gerettet, dachte Assaf, als er einige Tage später die Ereignisse noch einmal Revue passieren ließ. Ahmad Abu Najib hatte es ihr abgenommen und sofort ausgestellt. Er konnte natürlich nicht ahnen, dass das olle Ding ständig von alleine an und aus ging.

Die Entführung hatte sich in etwa so abgespielt, wie Assaf vermutet hatte. Ahmad Abu Najib hatte Gili morgens auf dem Weg zum Briefkasten abgepasst. Er hatte ihr ein in Chloroform getränktes Tuch auf das Gesicht gedrückt und sie dann in sein Auto gezerrt. Gili war irgendwann wieder zu sich gekommen. Aber da ihre Augen verbunden waren, hatte sie keine Ahnung gehabt, wo sie sich befand. Nach einer Weile hatte sie neben sich das Rohr ertastet und begonnen, dort zu klopfen. Zweimal kurz, zweimal lang. Damit hielt sie sich wach. Das war alles, woran sie sich erinnern konnte.

Ahmad Abu Najib selbst hatte sich wahrscheinlich ebenfalls irgendwo in dem Gebäude versteckt. Zumindest hatten sie in einer der Werkstätten relativ frische Essensreste und eine Colaflasche gefunden. Aber genau wussten sie es nicht. Ahmad Abu Najib konnten sie nicht befragen. Der Mann war ihnen entkommen. Und damit ging der Albtraum zumindest für dessen Frau Ifat weiter. Die Angst und

Ungewissheit, dass ihr gewalttätiger Mann wiederkommen könnte, quälte sie sehr. Assaf hatte versucht, Ifat damit zu beruhigen, dass Ahmad Abu Najib ziemlich sicher nach Gaza geflohen war. Von Gaza aus konnte er sich leicht nach Ägypten absetzen. Und von dort sonst wohin. Er konnte seine Identität ändern. Vielleicht gelang es ihm sogar, einen Flüchtlingsstatus zu bekommen und mit diesen Papieren nach Europa einzureisen. Auf jeden Fall aber war es schlichtweg unmöglich für Ahmad Abu Najib, nach Israel zurückzukehren, ohne festgenommen zu werden. Allerdings bezweifelte der Kommissar, dass sie ihn jemals finden würden. Natürlich hatte Assaf mit den Kollegen vom Geheimdienst gesprochen. Auch Interpol wusste Bescheid. Aber die Tat hatte keinen terroristischen Hintergrund, und damit rangierte Ahmad Abu Najib hinter zu vielen Leuten, die es aufzutreiben galt.

Gili war nach der Entführung erst einmal zu ihrer Familie nach Jerusalem gezogen. Sie erholte sich jedoch mit jedem Tag mehr von der furchtbaren Erfahrung. Mittlerweile schaffte sie es sogar, Witzchen darüber zu machen. Assaf besuchte sie regelmäßig und kümmerte sich aufmerksam um seine Exfreundin. Sie war stark und hatte sofort therapeutische Hilfe in Anspruch genommen. Es kam ihr zugute, dass Israel über die besten Therapeuten der Welt im Bereich der posttraumatischen Belastungsstörungen verfügte. In gewisser Weise wurde ihr die traurige Tatsache zum Vorteil, dass sich ihr Land immer im Krieg befand und bestens auf die Behandlung von Ängsten eingestellt war.

Drei Wochen nach der Entführung traf Assaf in der Teeküche auf seine Kollegin Anat Cohen. Gerade als er ansetzen wollte, sie zum Essen einzuladen, erzählte sie ihm, dass sie und ihr Freund es noch einmal miteinander versuchen wollten. Dabei sah sie ihm nicht in die Augen. Der Kommissar machte auf dem Absatz kehrt und beschloss, dass dies nun der richtige Zeitpunkt war, seine restlichen Urlaubstage nachzuholen. Er stieg auf seinen Roller und fuhr einfach los. Nördlich von Tel Aviv, kurz hinter der Strandpromenade in der Nähe des kleinen Regionalflughafens, stellte Assaf den Roller ab, zog seine Schuhe aus und ging langsam zum Strand hinunter. Der Sand knirschte unter seinen nackten Füßen. Er spürte die Sonne auf seinen Armen. Die Sommerhitze machte langsam einem warmen Herbst Platz. Er war wieder allein. Und irgendwie war das gar nicht so schlecht. Der Kommissar blickte auf das Wasser. Die Luft über dem Meer flimmerte aufgeregt, als stünde etwas Großes bevor.

ANMERKUNGEN
DER AUTORIN

Alle im Roman beschriebenen Figuren, ihre Namen sowie die Handlung sind frei erfunden. Allerdings hat mich ein realer Kriminalfall zu dieser Geschichte inspiriert: Im Januar 2012 wurde der leitende Priester der griechisch-orthodoxen Gemeinde in Jaffa, Gabriel Cadis, während eines Umzuges zur Feier des orthodoxen Weihnachtsfestes von einem Mann im Weihnachtsmannkostüm erstochen. Bis heute wurde der Täter nicht gefunden, die Polizei vermutet jedoch, dass der Mord mit Immobiliengeschäften und Machtkämpfen innerhalb der griechisch-orthodoxen Gemeinde in Verbindung steht.

Real sind auch die Daten und Fakten zum Kindesmissbrauch im Allgemeinen, welche ich unter anderem dem Dokumentarfilm »Missbrauch per Mausklick – Kinderpornografie im Internet« (ZDF) und Veröffentlichungen der Organisation »Internet Watch Foundation« entnommen habe. Auch das Thema Kindesmissbrauch in der jüdisch-orthodoxen Gemeinde Israels ist leider nicht völlig frei erfunden. So wurde 2012 der bis dato größte Fall von Kindesmissbrauch im Land bekannt. Im Zentrum stand eine ultraorthodoxe Gemeinde in der Jerusalemer Nachbarschaft »Nahlaot«, wo mindestens zehn Männer insgesamt mehr als hundert Kinder über einen Zeitraum von sechs Jahren

missbraucht hatten. An dieser Stelle sei auch auf den Dokumentarfilm »Pursued« hingewiesen, in dem der israelische
Filmemacher Menachem Roth den von ihm als Teenager in
einer Yeshiva erlebten Missbrauch verarbeitet.

Im Text erwähnte hebräische Worte

»Aba« – »Papa«

»Achi« – »mein Bruder«

»Adon« – »Herr«

»Asaka« – »Alarm«

»Bemet« – »wirklich«

»Bensona« – »Hurensohn«

»Beseder« – »In Ordnung«

»Betach« – »sicher«, »bestimmt«

»Buba« – Kosewort, wörtlich übersetzt »Puppe«

»Chasan« – »Vorbeter« (auch Kantor)

»Dei« – »Schluss«, »Hör auf«

»Eretz Yisroel« – Dialekt für »Das Land Israel«, eigentlich »Eretz Yisrael«

»Gimmel« – Buchstabe »G«

»Hashem« – wörtlich »Der Name«, Synonym für Gott

»Ima« – »Mama«

»Ine« – »Hier ist …«

»Kelev Ben Kelev« – »Hund, Sohn eines Hundes«

»Ken« – »Ja«

»Kol Ha Kavod« – »Respekt« (auch im Sinne von »gut gemacht«)

»Kusit« – umgangssprachliche Bezeichnung für eine »attraktive Frau«

»Ma ata omer« – »Was du nicht sagst«

»Ma kore« – »Was passiert?« (Im Sinne von, »Was geht ab?«)

»Melacha« – »Arbeit«, wird im Zusammenhang mit dem Ruhetag Schabbat genutzt

»Metukim« – »Ihr Süßen«

»Motek« – Kosewort für Männer, wörtlich übersetzt »Süßer«

»Oi, lo« – »Oh, nein«

»Rav« –»Rabbiner«, auch »Rebbe« (jiddisch für Rabbiner)

»Rega« – »Moment«

»Sababa« – »super«, »großartig«, »cool«

»Schidduch« – »paaren« bezieht sich auf arrangierte Ehen, die im orthodoxen Judentum üblich sind

»Shabbat Shalom« – »Friedlichen Schabbat« (im Sinne von »Schönes Wochenende«)

»Shuk« – »Markt«

»Slicha« – »Entschuldigung«

»Tov« – »gut«

»Walla« – ursprünglich arabisches Wort, das jedoch auch im Hebräischen genutzt wird. Bedeutet so viel wie »ach so«, »echt«

»Zichrono livracha« – »Sein/Ihr Andenken sei gesegnet«